DE BRUILOFT

Nicholas SPARKS

De bruiloft

the house of books

augustus
2005

Oorspronkelijke titel
The Wedding
Uitgave
Warner Books, Inc., New York
Copyright © 2003 by Nicholas Sparks
Copyright voor het Nederlandse taalgebied © 2005 by The House of Books,
Vianen/Antwerpen

Vertaling
Annemarie Verbeek
Omslagontwerp
Studio Jan de Boer BNO, Amsterdam
Omslagdia
Imageselect
Auteursfoto
Alice M. Arthur
Opmaak binnenwerk
ZetSpiegel, Best

ISBN 90 443 1323 1
D/2005/8899/89
NUR 302

Voor Cathy,
die van mij de gelukkigste man ter wereld maakte
toen ze erin toestemde mijn vrouw te worden.

Dankwoord

Hier komt nu mijn woord van dank,
en het is iets dat ik met plezier doe.
Ik ben geen dichter, dat geef ik grif toe,
dus vergeef me dit rijm, het loopt ietwat mank.

Allereerst wil ik mijn kinderen bedanken,
omdat ik van ieder van hen houd.
Miles, Ryan Landon, Lexie en Savannah zijn geweldig,
en dankzij hen is mijn leven een bron van vreugde.

Theresa helpt me altijd, en Jamie verzaakt nooit.
Ik prijs me gelukkig met hen te mogen werken,
en hopelijk verandert dat nooit.

Denise, die mijn boeken verfilmde,
en Richard en Howie, die de deals rondkregen.
Scotty, die de contracten maakte.
Ze zijn mijn vrienden, en zullen het altijd blijven.

Larry, de baas, en een geweldige vent,
en Maureen, die vlijmscherp is.
Emi, Jennifer en Edna, die een speciale
gave hebben om boeken te verkopen.

En zo zijn er nog velen, die mijn dagen
tot een groot en prachtig avontuur maken.
Vandaar mijn dank aan vrienden en familie.
Door jullie toedoen is mijn leven zeer kostbaar.

Voorwoord

Is het mogelijk, vraag ik me af, dat een mens echt verandert? Of vormen karakter en gewoonte de onverzettelijke begrenzingen van ons leven?

Het is half oktober 2003 en ik denk over die vragen na terwijl ik kijk hoe een mot wild tegen de lamp op de veranda fladdert. Jane, mijn vrouw, ligt boven te slapen en ze bewoog niet toen ik uit bed glipte. Het is al laat, het is voorbij middernacht en er hangt iets fris in de lucht wat de belofte van een vroege winter inhoudt. Ik heb een dikke katoenen ochtendjas aan, en hoewel ik gedacht had dat hij dik genoeg zou zijn om de kou buiten te houden, zie ik dat mijn handen trillen voor ik ze in mijn zakken stop.

Boven me zijn de sterren spatjes zilververf op een antracietkleurig doek. Ik zie Orion en de Plejaden, de Grote Beer en de Noorderkroon en denk dat ik me geïnspireerd zou moeten voelen door het besef dat ik niet alleen naar de sterren kijk, maar ook in het verleden staar. Sterrenstelsels die schitteren met een licht dat eeuwen geleden uitgezonden is; ik wacht tot er iets in me opkomt, woorden die een dichter wellicht zou gebruiken om de wonderen van het leven te belichten. Maar er komt niets.

Het verbaast me niet. Ik heb mezelf nooit als een sentimentele man gezien, en als je het mijn vrouw vroeg, weet ik zeker dat ze het met me eens zou zijn. Ik ga niet op in films of toneelstukken, ik ben nooit een dromer geweest en als ik kan bogen op enige vorm van talent dan is het er een dat wordt omlijnd door de regels van de belastingdienst en in de wet is vastgelegd. Ik breng mijn dagen en jaren als notaris grotendeels door in het gezelschap van mensen die zich voorbereiden op hun eigen dood en ik denk dat sommigen misschien zouden zeggen dat mijn leven daardoor minder zin heeft. Maar ook al hebben ze gelijk, wat kan ik eraan doen? Ik ga mezelf niet verontschuldigen – dat heb ik ook nooit gedaan – en tegen het eind van mijn verhaal hoop ik dat je deze eigenaardige karaktertrek met een vergevingsvolle blik zult bezien.

Begrijp me alsjeblieft niet verkeerd. Ik ben dan misschien niet sentimenteel, maar ik ben niet volledig zonder emoties, en er zijn momenten dat ik getroffen word door een overweldigend gevoel van verwondering. Het zijn meestal eenvoudige dingen die ik ongewoon ontroerend vind: tussen reuzensequoia's in de Sierra Nevada staan bijvoorbeeld, of naar oceaangolven kijken terwijl ze ter hoogte van Cape Hatteras tegen elkaar slaan zodat er zilte pluimen opspatten. Vorige week nog kreeg ik een brok in mijn keel toen ik zag hoe een jongetje de hand van zijn vader pakte toen ze samen over de stoep liepen. Er zijn nog andere dingen: ik kan soms de tijd vergeten wanneer ik naar een hemel vol voortjagende wolken kijk, en wanneer ik het hoor rommelen, loop ik altijd naar het raam om te kijken of het weerlicht. Wanneer de volgende felle flits de hemel verlicht, word ik vaak vervuld van een verlangen, al zou ik je niet kunnen vertellen wat ik voor mijn gevoel dan mis in mijn leven.

Mijn naam is Wilson Lewis en dit is het verhaal van een bruiloft. Het is ook het verhaal van mijn huwelijk, maar ondanks de dertig jaar die Jane en ik al bij elkaar zijn, denk ik dat ik allereerst moet toegeven dat er anderen zijn die veel meer van het huwelijk weten dan ik. Je schiet er niets mee op als je mij om raad vraagt. In de loop van mijn huwelijk ben ik egoïstisch en koppig en zo onwetend als een goudvis geweest, en het doet pijn dit van mezelf te beseffen. Maar toch, als ik terugkijk, geloof ik dat ik één ding goed heb gedaan en dat is dat ik in onze jaren samen altijd van mijn vrouw heb gehouden. Hoewel dit op sommigen misschien niet overkomt als zo'n enorme prestatie, moet ik zeggen dat er een tijd is geweest dat ik ervan overtuigd was dat mijn vrouw niet hetzelfde voor mij voelde.

Natuurlijk kennen alle huwelijken hoogtepunten en dieptepunten, en ik geloof dat dit een natuurlijk gevolg is als paren ervoor kiezen lange tijd bij elkaar te blijven. Samen hebben mijn vrouw en ik de dood van mijn beide ouders en een van de hare, en de ziekte van haar vader, meegemaakt. We zijn vier keer verhuisd, en ook al heb ik het ver geschopt in mijn beroep, er zijn wel veel offers gebracht om het zover te brengen. We hebben drie kinderen en hoewel we allebei de ervaring van het ouderschap nog niet voor alle rijkdommen van Toetanchamon zouden willen ruilen, waren de slapeloze nachten en regelmatige ritjes naar het ziekenhuis toen ze klein waren vaak uitputtend en angstwekkend. Het is vanzelfsprekend dat hun tienerjaren een ervaring vormen die ik niet graag zou overdoen.

Al die gebeurtenissen brengen hun eigen spanningen met zich mee, en wanneer twee mensen samenwonen gaan de spanningen over en weer. Dit, zo ben ik gaan geloven, is zowel de zegen als de vloek van het huwelijk. Het is een zegen omdat je een uitlaatklep hebt voor de dagelijkse spanningen van het leven; het is een vloek omdat de uitlaatklep iemand is van wie je veel houdt.

Waarom noem ik dit? Omdat ik wil beklemtonen dat ik door al die gebeurtenissen heen nooit heb getwijfeld aan mijn gevoelens voor mijn vrouw. Natuurlijk waren er dagen dat we aan het ontbijt oogcontact vermeden, maar toch heb ik nooit aan ons getwijfeld. Het zou oneerlijk zijn als ik zou zeggen dat ik nooit eens heb nagedacht over wat er gebeurd zou zijn als ik met iemand anders was getrouwd, maar ik heb nooit een ogenblik spijt gehad dat ik haar heb gekozen en dat zij ook mij heeft gekozen. Ik dacht dat onze relatie stabiel was, maar uiteindelijk kwam ik erachter dat ik het mis had. Dat ontdekte ik iets meer dan een jaar geleden – veertien maanden, om precies te zijn – en het was vooral dat besef dat alles wat er volgde in beweging heeft gebracht.

Wat is er dan gebeurd, vraag je je af?

Gezien mijn leeftijd zou je misschien kunnen denken dat het een voorval was dat uit een midlifecrisis voortkwam. Een plotseling verlangen om mijn leven te veranderen misschien of wellicht een slippertje. Maar het was geen van die dingen. Nee, mijn zonde was maar klein in het grote geheel, een voorval dat onder andere omstandigheden in later jaren het onderwerp van een grappige anekdote had kunnen worden. Maar het deed haar pijn, het deed ons pijn en daarom moet ik daar mijn verhaal beginnen.

Het was 23 augustus 2003 en ik deed het volgende: ik stond op en ontbeet en bracht vervolgens de dag op kantoor door, zoals mijn gewoonte was. Wat er tijdens mijn werk gebeurde speelt geen rol in wat erop volgde; eerlijk gezegd kan ik me niets anders herinneren dan dat er niets bijzonders was. Ik kwam op mijn gebruikelijke tijdstip thuis en zag tot mijn verrassing dat Jane mijn favoriete maaltijd aan het klaarmaken was. Toen ze zich omdraaide om me te begroeten, meende ik haar blik even naar beneden te zien dwalen, alsof ze keek of ik nog iets anders dan mijn aktetas in mijn handen hield, maar ik had niets. Een uur later aten we samen en daarna, toen Jane de tafel ging afruimen, pakte ik wat juridische papieren uit mijn aktetas die ik nog wilde doorlezen. Terwijl ik in mijn werkkamer zat en de eerste pagina doornam, merkte ik dat Jane in de deuropening stond. Ze stond haar handen aan een theedoek af te drogen en er lag een teleurstelling op haar gezicht die ik in de loop der jaren ben gaan herkennen, maar niet helemaal begrijpen.

'Is er iets wat je tegen me wilt zeggen?' vroeg ze na een ogenblik.

Ik aarzelde, me bewust van het feit dat er meer achter haar vraag school dan de onschuld ervan suggereerde. Ik dacht dat ze misschien op een nieuw kapsel doelde, maar ik keek aandachtig en haar haar leek niet anders dan anders. Ik had in de loop der jaren geprobeerd dat soort dingen op te merken. Toch had ik geen flauw idee, en terwijl we tegenover elkaar stonden, wist ik dat ik met iets moest komen.

'Heb je een leuke dag gehad?' vroeg ik ten slotte.

Als antwoord wierp ze me een scheef lachje toe en liep weg.

Nu weet ik natuurlijk wat ze wilde horen, maar op dat moment deed ik het af als een van de mysteries van de vrouw en ging weer aan het werk.

Later die avond toen ik in bed was gekropen en een makkelijke houding aan het zoeken was, hoorde ik Jane opeens snel inademen. Ze lag op haar zij met haar rug naar me toe, en toen ik zag dat haar schouders schokten, drong het ineens tot me door dat ze huilde. Verbluft als ik was, verwachtte ik dat ze me zou vertellen waar ze zo van overstuur was, maar in plaats van iets te zeggen, ademde ze nog een aantal keren snel achter elkaar in, alsof ze probeerde adem te halen door haar eigen tranen heen. Ik kreeg automatisch een brok in mijn keel en ik begon bang te worden. Ik probeerde het niet te zijn; ik probeerde niet te denken dat er iets akeligs met haar vader of met de kinderen was gebeurd of dat ze verschrikkelijk nieuws van de dokter had gekregen. Ik probeerde niet te denken dat er misschien een probleem was dat ik niet kon oplossen en ik legde mijn hand op haar rug in de hoop dat ik haar op de een of andere manier zou kunnen troosten.

'Wat is er?' vroeg ik.

Het duurde even voor ze antwoord gaf. Ik hoorde haar zuchten terwijl ze de dekens tot aan haar schouders optrok.

'Gefeliciteerd met onze trouwdag,' fluisterde ze.

Negenentwintig jaar, herinnerde ik me te laat, en in de hoek van de kamer zag ik de cadeautjes die ze voor me had gekocht, keurig ingepakt op de ladekast.

Ik was het doodgewoon vergeten.

Ik heb er geen excuses voor en ik wil er ook geen bedenken. Wat zou dat voor zin hebben? Ik bood natuurlijk mijn verontschuldigingen aan en bood ze de volgende ochtend opnieuw aan; en later die avond, toen ze het flesje parfum openmaakte dat ik zorgvuldig met behulp van een jongedame bij Belk's had uitgezocht, glimlachte ze en bedankte me en klopte me op mijn been.

Terwijl ik naast haar op de bank zat, wist ik dat ik nog net zo veel van haar hield als op de dag dat we met elkaar trouwden. Maar toen ik naar haar keek en misschien voor het eerst de afwezige manier waarop ze naar opzij keek en de onmiskenbaar verdrietige houding van haar hoofd zag, besefte ik ineens dat ik niet meer zeker wist of ze nog wel van míj hield.

I

Het is hartverscheurend als je denkt dat je vrouw misschien niet van je houdt en die avond, nadat Jane met de parfum naar boven naar onze slaapkamer was gegaan, zat ik uren op de bank en vroeg me af hoe deze situatie zo ontstaan was. In eerste instantie wilde ik geloven dat Jane eenvoudigweg emotioneel reageerde en dat ik veel meer achter het voorval zocht dan het verdiende. Maar hoe meer ik erover nadacht, hoe meer ik voelde dat het niet ging om haar ongenoegen over een vergeetachtige echtgenoot, maar om de verschijnselen van een oudere zwaarmoedigheid – alsof mijn vergeetachtigheid eenvoudigweg de druppel was die de emmer van een lange, lange reeks ondoordachte misstappen deed overlopen.

Was het huwelijk een teleurstelling gebleken voor Jane? Ofschoon ik niet zo wilde denken, deed haar uitdrukking iets anders veronderstellen, en ik vroeg me af wat dat voor ons in de toekomst betekende. Vroeg ze zich af of ze wel bij me zou blijven? Was ze überhaupt wel blij dat ze met me getrouwd was? Dit, moet ik eraan toevoegen, zijn griezelige vragen om bij stil te staan – met antwoorden die mogelijk nog griezeliger waren – want tot dat moment had ik altijd aangenomen dat Jane net zo gelukkig was met mij als ik altijd met haar ben geweest.

Wat, zo vroeg ik me af, had ertoe geleid dat we zulke verschillende gevoelens ten opzichte van elkaar hadden?

Ik kan waarschijnlijk het beste beginnen met te zeggen dat

veel mensen ons leven tamelijk gewoon zouden noemen. Zoals veel mannen had ik de verplichting om het gezin financieel te onderhouden en mijn leven draaide voornamelijk om mijn carrière. Ik werk al dertig jaar voor het advocatenkantoor Ambry, Saxon en Trundle in New Bern, North Carolina, en mijn inkomen – hoewel niet overdreven – was genoeg om ons van een plaats in de gegoede middenklasse te verzekeren. Ik golf en tuinier graag in het weekend, houd het meest van klassieke muziek en lees iedere ochtend de krant. Hoewel Jane vroeger les gaf op een basisschool, heeft ze het grootste deel van ons huwelijk voor drie kinderen gezorgd. Ze heeft altijd zowel het huishouden als ons sociale leven gerund en haar meest glorierijke bezittingen zijn de fotoalbums die ze zorgvuldig heeft samengesteld, als een visuele geschiedenis van ons leven. Ons stenen huis is voorzien van een hek en automatische sproeiers, we hebben twee auto's en we zijn lid van de Rotary en de handelskamer. In de loop van ons huwelijk hebben we geld opzij gelegd voor ons pensioen, hebben een houten schommel in de achtertuin opgehangen die nu niet meer gebruikt wordt, zijn op tientallen ouderavonden geweest, hebben regelmatig gestemd en iedere zondag een bijdrage geleverd aan de episcopale kerk. Ik ben zesenvijftig, drie jaar ouder dan mijn vrouw.

Ondanks mijn gevoelens voor Jane, denk ik wel eens dat we een onwaarschijnlijk stel zijn om een heel leven samen door te brengen. We verschillen in bijna ieder opzicht, en hoewel tegengestelden elkaar kunnen aantrekken en dat ook doen, heb ik altijd het gevoel gehad dat ik op onze trouwdag de beste keuze heb gemaakt van ons tweeën. Jane is tenslotte het soort mens dat ik altijd heb willen zijn. Terwijl ik neig tot stoïcisme en logica, is Jane spontaan en vriendelijk, met een aangeboren empathie die haar zo geliefd maakt bij anderen. Ze lacht gemakkelijk en heeft een brede kring vriendinnen. Door de jaren heen ben ik gaan beseffen dat mijn vrienden eigenlijk de echtgenoten van de vriendinnen van mijn vrouw zijn, maar ik geloof dat dat opgaat voor de meeste echtparen van onze leeftijd. Toch bof ik dat Jane onze vrienden altijd gekozen heeft met mij in haar achterhoofd, en ik ben blij dat er altijd iemand is met wie ik kan kletsen tijdens een etentje. Als ze niet in mijn leven was gekomen, denk ik wel eens dat ik het leven van een monnik zou hebben geleid.

En er is meer: ik ben blij met het feit dat Jane haar gevoelens altijd met het gemak van een kind heeft getoond. Als ze verdrietig is, huilt ze; als ze blij is lacht ze; en er is niets waar ze meer van geniet dan verrast te worden met een mooi gebaar. Op zulke momenten heeft ze een tijdloze onschuld over zich, en hoewel een verrassing per definitie onverwacht is, kunnen de herinneringen aan een verrassing bij Jane nog jaren later dezelfde opgewonden gevoelens teweegbrengen. Soms als ze zit te dagdromen, vraag ik waar ze aan denkt en dan begint ze ineens op enthousiaste toon over iets wat ik allang vergeten was. Dit, moet ik zeggen, heeft me altijd verbaasd.

Hoewel Jane gezegend is met een buitengewone zachtaardigheid, is ze in vele opzichten sterker dan ik. Haar normen en waarden zijn, zoals die van de meeste vrouwen uit het zuiden, gebaseerd op God en het gezin; zij ziet de wereld door een prisma van zwart en wit, goed en kwaad. Voor Jane worden moeilijke beslissingen instinctief – en bijna altijd goed – genomen, terwijl ik daarentegen eindeloze mogelijkheden afweeg en regelmatig achteraf op mezelf terugkom. En in tegenstelling tot mij is mijn vrouw maar zelden verlegen met zichzelf. Dit gebrek aan bezorgdheid over wat andere mensen denken vereist een zelfvertrouwen dat ik altijd ongrijpbaar heb gevonden en dit is waar ik haar vooral om benijd.

Ik neem aan dat sommige verschillen tussen ons voortkomen uit onze opvoeding. Jane is opgegroeid in een klein stadje in een gezin met vier kinderen en ouders die stapelgek op haar waren, terwijl ik ben opgegroeid in Washington, D.C., als enig kind van overheidsjuristen, en mijn ouders waren maar zelden voor zeven uur 's avonds thuis. Als gevolg daarvan bracht ik een groot deel van mijn vrije tijd alleen door, en tot op de dag van vandaag voel ik me het meest op mijn gemak in de privacy van mijn werkkamer.

Zoals ik al heb gezegd, hebben we drie kinderen, en hoewel ik zielsveel van ze houd, zijn ze voornamelijk het product van mijn vrouw. Ze heeft ze ter wereld gebracht en opgevoed en ze voelen zich bij haar het meest op hun gemak. Ook al heb ik er soms spijt van dat ik niet meer tijd met ze heb doorgebracht, ik troost me met de gedachte dat Jane mijn afwezigheid meer dan goedgemaakt heeft. Onze kinderen zijn, ondanks mij, blijkbaar goed terechtgekomen. Ze zijn nu groot en wonen op zichzelf, maar we vinden dat we boffen dat er maar één buiten de staat is gaan wonen. Onze twee dochters komen nog regelmatig bij ons langs, en mijn vrouw zorgt er altijd voor dat ze hun favoriete gerechten in de vriezer heeft voor het geval ze honger hebben, wat nooit het geval schijnt te zijn. Als ze komen, praten ze urenlang met Jane.

Anna is met haar zevenentwintig jaar de oudste. Ze heeft zwart haar en zwarte ogen die haar zwaarmoedige persoonlijkheid van kinds af aan hebben weergegeven. Ze was een piekeraarster die haar puberteit opgesloten in haar kamer doorbracht, waar ze naar zwaarmoedige muziek luisterde en in een dagboek schreef. Ze was in die tijd een vreemde voor me; er gingen soms dagen voorbij waarop ze amper een woord zei waar ik bij was en ik kon maar niet begrijpen hoe ik dit veroorzaakt had. Alles wat ik zei, scheen slechts een zucht of een schudden met haar hoofd op te roepen, en als ik vroeg of er iets was, keek ze me aan alsof ze het een onbegrijpelijke vraag vond. Mijn vrouw scheen er niets vreemds aan te vinden en deed het af als een periode die normaal was voor jonge meisjes, maar ja, Anna praatte nog wel met haar. Soms liep ik langs Anna's kamer en hoorde Anna en Jane tegen elkaar fluisteren, maar als ze me op de gang hoorden, hield het gefluister op. Later, als ik Jane vroeg waar ze het over hadden gehad, haalde ze haar schouders op en maakte een geheimzinnig gebaar met haar hand, alsof hun enige doel was mij in het ongewisse te laten.

Toch, omdat ze mijn eerstgeborene was, is Anna altijd mijn lievelingetje geweest. Dit is niet iets dat ik ooit tegenover iemand zou toegeven, maar ik denk dat zij het ook weet, en de laatste tijd begin ik te geloven dat ze zelfs in haar zwijgzame jaren doller op me was dan ik besefte. Ik herinner me tijden dat ik trusts of nalatenschappen in mijn werkkamer zat door te nemen en dat ze dan de kamer binnen glipte. Dan liep ze de kamer door, bestudeerde de boekenkasten en pakte verschillende boeken, maar als ik dan iets tegen haar zei, glipte ze weer net zo stilletjes naar buiten als ze gekomen was. Na verloop van tijd had ik geleerd dat ik niets moest zeggen, en dan bleef ze vaak wel een uur in de werkkamer en keek naar me terwijl ik op een schrijfblok zat te krabbelen. Als ik een blik in haar richting wierp, glimlachte ze samenzweerderig, genietend van dat spelletje van ons. Ik begrijp het nu niet beter dan toen, maar het is zoals maar weinig beelden in mijn geheugen gegrift.

Momenteel werkt Anna voor de *Raleigh News and Observer*, maar ik denk dat ze ervan droomt romanschrijfster te worden. Op de universiteit was haar hoofdvak creatief schrijven, en de verhalen die ze schreef waren zo zwaarmoedig als haar persoonlijkheid. Ik herinner me dat ik er een las over een jong meisje dat prostituee was geworden om voor haar zieke vader te kunnen zorgen, een man die haar ooit misbruikt had. Toen ik de pagina's neerlegde, vroeg ik me af wat ik ervan moest denken.

Ze is ook stapelverliefd. Anna, altijd zorgvuldig en weloverwogen in haar keuzes, was buitengewoon kieskeurig op het gebied van mannen, en gelukkig is Keith altijd op me overgekomen als iemand die goed voor haar is. Hij wil orthopeed worden en heeft het zelfvertrouwen van iemand die maar weinig tegenslagen in het leven heeft gehad. Ik hoorde van Jane dat Keith Anna op hun eerste afspraakje mee uit vliegeren nam op het strand bij Fort Macon. Later die week, toen Anna hem mee naar huis nam, droeg Keith een sportcolbertje, hij had pas gedoucht en rook vaag naar aftershave. Toen we elkaar een hand gaven, keek hij me recht in de ogen en imponeerde me door te zeggen: 'Aangenaam kennis met u te maken, meneer Lewis.'

Joseph, onze tweede, is een jaar jonger dan Anna. Hij heeft me altijd 'vaders' genoemd, hoewel niemand in onze familie ooit die uitdrukking heeft gebruikt, en wederom hebben we weinig gemeen. Hij is langer en slanker dan ik, draagt een spijkerbroek naar de meeste feestjes en etentjes, en als hij met Thanksgiving of Kerstmis thuiskomt, eet hij alleen groenten. Tijdens zijn jeugd vond ik hem stil, maar zijn terughoudendheid leek, net als die van Anna, vooral naar mij gericht. Anderen hebben het vaak over zijn gevoel voor humor, maar om eerlijk te zijn heb ik er maar weinig van gemerkt. Vaak wanneer we samen waren, had ik het gevoel dat hij zich een indruk van me probeerde te vormen.

Net als Jane was hij als kind al heel meelevend. Hij beet op zijn nagels omdat hij zich zorgen maakte over anderen, en sinds zijn vijfde heeft hij alleen maar afgekloven stompjes. Toen ik voorstelde dat hij bedrijfskunde of economie zou kunnen gaan studeren, negeerde hij mijn advies natuurlijk en ging naar de sociale academie. Hij werkt nu voor een blijf-van-mijn-lijfhuis in New York City, al vertelt hij ons verder niets over zijn werk. Ik weet dat hij twijfels heeft over de keuzes die ik in mijn leven heb gemaakt, net als ik ze over zijn leven heb, maar ondanks onze verschillen, heb ik met Joseph de gesprekken die ik altijd met mijn kinderen wilde hebben toen ik ze als baby in mijn armen hield. Hij is bijzonder intelligent; hij haalde een bijna perfecte score in zijn Cito-toets en zijn belangstelling omvat een heel spectrum, van de geschiedenis van de islamitische *dhimmitude* tot theoretische toepassingen van de fractale meetkunde. Hij is ook eerlijk – soms op het pijnlijke af – en logischerwijs komt het door die kenmerken van zijn persoonlijkheid dat ik in het nadeel ben als ik met hem discussieer. Hoewel ik soms gefrustreerd raak over zijn koppigheid, is het juist tijdens die momenten dat ik er bijzonder trots op ben dat ik hem mijn zoon mag noemen.

Leslie, de jongste van ons gezin, studeert momenteel biologie en fysiologie aan Wake Forest met de bedoeling om dierenarts te worden. In plaats van 's zomers naar huis te komen zoals de meeste studenten, volgt zij extra lessen met de bedoeling snel af te studeren, en werkt 's middags in Animal Farm, zoals het heet. Van al onze kinderen is zij het spontaanst, en haar lach klinkt net als die van Jane. Net als Anna kwam zij me graag in mijn werkkamer opzoeken, al was ze het gelukkigst wanneer ik haar mijn onverdeelde aandacht gaf. Als kind kwam ze graag op schoot zitten en trok aan mijn oren; toen ze ouder werd, kwam ze graag binnenslenteren om me een mop te vertellen. Mijn boekenplanken staan vol cadeautjes die ze voor me maakte toen ze klein was: gipsafdrukken van haar handen, tekeningen met vetkrijt, een ketting gemaakt van macaroni. Ze was de aanhankelijkste, altijd vooraan om knuffels of kussen van de opa's en oma's in ontvangst te nemen, en ze nestelde zich graag op de bank om naar romantische films te kijken. Het verbaasde me niets toen ze drie jaar geleden tot populairste meisje van haar middelbare school werd gekozen.

Ze is ook lief. Iedereen uit haar klas werd altijd voor haar verjaardagsfeestje uitgenodigd omdat ze niemand voor het hoofd wilde stoten, en toen ze negen was, is ze een keer een hele middag van handdoek naar handdoek gelopen omdat ze een horloge in de branding had gevonden dat ze aan de rechtmatige eigenaar wilde teruggeven. Van al mijn kinderen heeft zij me de minste kopzorgen bezorgd en als ze thuiskomt, staak ik al mijn bezigheden om bij haar te kunnen zijn. Haar energie is aanstekelijk en als we samen zijn, vraag ik me altijd af waar ik dit aan verdiend heb.

Nu ze allemaal uit huis zijn, is ons huis anders. Waar ooit keiharde muziek klonk, heerst nu niets anders dan stilte; in onze voorraadkast, waar vroeger acht verschillende soorten cornflakes stonden, staat nu alleen een pak dat extra vezels belooft. Het meubilair is niet veranderd in de slaapkamers van onze kinderen, maar nu de posters en memoborden van de muren zijn gehaald – samen met andere herinneringen aan hun persoon – is er niets meer dat de ene kamer van de andere onderscheidt. Maar het was de leegte van het huis die nu leek te overheersen; ons huis dat perfect was voor een gezin van vijf, was ineens een holle herinnering aan hoe het vroeger was. Ik herinner me dat ik hoopte dat deze verandering in het gezin iets te maken had met hoe Jane zich voelde.

Toch, ongeacht de reden, kan ik niet ontkennen dat we uit elkaar aan het groeien waren, en hoe meer ik erover nadacht, hoe meer ik merkte hoe groot de kloof tussen ons was geworden. We waren als stel begonnen en waren in ouders veranderd – iets dat ik altijd als normaal en onvermijdelijk had beschouwd – maar na negenentwintig jaar was het net alsof we weer vreemden waren geworden. Alleen de macht der gewoonte leek ons bij elkaar te houden. Onze levens hadden weinig met elkaar gemeen; we stonden op een verschillend tijdstip op, brachten onze dag op verschillende plekken door en hadden 's avonds onze eigen bezigheden. Ik wist weinig van haar activiteiten en moest toegeven dat ik delen van de mijne ook geheim hield. Ik kon me de laatste keer niet herinneren dat Jane en ik het over iets onverwachts hadden gehad.

Maar twee weken na de vergeten trouwdag was dat precies wat Jane en ik deden.

'Wilson,' zei ze, 'we moeten eens praten.'

Ik keek naar haar op. Er stond een fles wijn tussen ons op tafel en we waren bijna klaar met eten.

'Ja?'

'Ik zit erover te denken,' zei ze, 'om naar New York te gaan en een tijdje bij Joseph op bezoek te gaan.'

'Komt hij dan niet met Kerstmis?'

'Dat is pas over een paar maanden. En omdat hij van de zomer niet thuis is geweest, dacht ik dat het misschien wel leuk zou zijn om eens bij hem langs te gaan.'

In mijn achterhoofd bedacht ik dat het voor ons als paar misschien goed zou zijn om er een paar dagen tussenuit te gaan. Misschien was dat de reden voor Jane's voorstel geweest, en met een glimlach pakte ik mijn wijnglas. 'Dat is een goed idee,' zei ik instemmend. 'We zijn niet meer in New York geweest sinds hij er net was gaan wonen.'

Jane glimlachte even voor ze haar ogen neersloeg. 'Er is nog iets anders.'

'Ja?'

'Nou ja, het is gewoon omdat je het druk hebt op je werk en ik weet hoe moeilijk het voor je is om vrij te nemen.'

'Ik denk dat ik mijn agenda wel een paar dagen kan leegruimen,' zei ik, terwijl ik in gedachten al in mijn werkagenda bladerde. Het zou lastig worden, maar het zou lukken. 'Wanneer wilde je gaan?'

'Nou, dat is het nu juist...' zei ze.

'Wat is het nu juist?'

'Wilson, laat me nu eens uitpraten,' zei ze. Ze haalde diep adem en nam niet de moeite de vermoeidheid in haar stem te verbloemen. 'Wat ik wilde zeggen is dat ik hem eigenlijk alleen wil gaan opzoeken.'

Een ogenblik lang wist ik niet wat ik moest zeggen.

'Je vindt het akelig, hè?' zei ze.

'Nee,' zei ik snel. 'Hij is onze zoon. Hoe kan ik dat akelig vinden?' Om mijn gemoedsrust te onderstrepen, sneed ik nog een stukje vlees af. 'En wanneer ben je van plan te gaan?' vroeg ik.

'Volgende week,' zei ze. 'Donderdag.'

'Donderdag?'

'Ik heb mijn ticket al.'

Hoewel ze nog niet klaar was met eten, stond ze op en liep naar de keuken. Door de manier waarop ze mijn blik ontweek, vermoedde ik dat er nog iets was wat ze wilde zeggen, maar dat ze niet goed wist hoe. Een ogenblik later zat ik alleen aan tafel. Als ik me omdraaide, kon ik net haar profiel zien terwijl ze bij de gootsteen stond.

'Dat klinkt leuk,' riep ik met iets wat, naar ik hoopte, als enthousiasme klonk. 'En ik weet dat Joseph het ook leuk zal vinden. Misschien is er een voorstelling of zo waar jullie naartoe kunnen als je er bent.'

'Misschien,' hoorde ik haar zeggen. 'Dat zal wel van zijn werk afhangen.'

Toen ik de kraan hoorde lopen, stond ik op en bracht mijn bord naar de keuken. Jane zei niets toen ik aan kwam lopen.

'Het wordt vast een heel leuk weekend,' voegde ik eraantoe.

Ze pakte mijn bord en begon het af te spoelen.

'O, wat dat betreft...' zei ze.

'Ja?'

'Ik dacht erover om langer dan een weekend te blijven.'

Bij haar woorden voelde ik mijn schouders spannen. 'Hoe lang ben je dan van plan te blijven?' vroeg ik.

Ze zette mijn bord op het aanrecht.

'Een paar weken,' antwoordde ze.

Natuurlijk gaf ik Jane niet de schuld van de weg die ons huwelijk scheen ingeslagen te zijn. Op de een of andere manier wist ik dat ik het grootste deel van de verantwoordelijkheid droeg, ook al had ik het hoe en waarom nog niet op een rijtje. Om te beginnen moet ik toegeven dat ik, al vanaf het begin van ons huwelijk, nooit de persoon ben geweest die mijn vrouw graag wilde dat ik was. Ik weet bijvoorbeeld dat ze wilde dat ik romantischer was, zoals haar eigen vader tegen haar moeder was geweest. Haar vader was het soort man dat in de uren na het eten de hand van zijn vrouw vasthield of van zijn werk op weg naar huis spontaan een bos wilde bloemen plukte. Als kind al was Jane in vervoering over de romance tussen haar ouders. In de loop der jaren heb ik haar aan de telefoon met haar zus Kate horen praten, waarbij ze zich afvroeg waarom ik romantiek zo'n lastig idee scheen te vinden. Het is niet zo dat ik geen pogingen heb gedaan, ik schijn alleen niet te begrijpen wat er voor nodig is om het hart van een ander sneller te doen kloppen. Knuffels en kussen waren heel ongewoon in het huis waar ik opgegroeid ben, en ieder vertoon van genegenheid gaf me vaak een ongemakkelijk gevoel, vooral in aanwezigheid van mijn kinderen. Ik heb er een keer met Jane's vader over gepraat, en hij stelde me voor een brief aan mijn vrouw te schrijven. 'Schrijf dat je van haar houdt,' zei hij, 'en geef er duidelijke redenen bij.' Dat was twaalf jaar geleden. Ik herinner me dat ik geprobeerd heb zijn advies op te volgen, maar terwijl mijn hand boven het papier zweefde, kon ik de juiste woorden maar niet vinden. Ten slotte legde ik mijn pen maar weer neer. In tegenstelling tot haar vader, heb ik nooit gemakkelijk over gevoelens kunnen praten. Ik ben gelijkmatig, ja. Betrouwbaar, absoluut. Trouw, ongetwijfeld. Maar romantiek, moet ik met tegenzin toegeven, is me zo vreemd als een kind ter wereld brengen. Ik vraag me soms af hoeveel andere mannen er eigenlijk zijn zoals ik.

Terwijl Jane in New York was, nam Joseph op toen ik belde.
'Hoi, vaders,' zei hij eenvoudig.

'Hoi,' zei ik. 'Hoe gaat het?'

'Goed,' zei hij. Na wat een pijnlijk lange stilte leek, vroeg hij: 'En met jou?'

Ik schuifelde heen en weer. 'Het is hier stilletjes, maar het gaat wel.' Ik zweeg even. 'Is het gezellig met mam?'

'Prima. Ik hou haar bezig.'

'Winkelen en bezienswaardigheden bezoeken?'

'Een beetje. Maar we hebben vooral veel gepraat. Het was interessant.'

Ik aarzelde. Hoewel ik me afvroeg wat hij bedoelde, scheen Joseph geen behoefte te voelen om uit te weiden. 'O,' zei ik, terwijl ik mijn best deed luchtig te klinken. 'Is ze er?'

'Nou nee, ze is even naar de winkel. Maar ze is binnen een paar minuten terug, als je wilt terugbellen.'

'Nee, laat maar,' zei ik. 'Zeg maar dat ik gebeld heb en dat ik de hele avond thuis ben als ze wil bellen.'

'Zal ik doen,' beloofde hij. Toen, na een ogenblik: 'Hé, vaders, ik wilde wat vragen.'

'Ja?'

'Ben je echt je trouwdag vergeten?'

Ik haalde diep adem. 'Ja,' zei ik, 'inderdaad.'

'Hoe kwam dat?'

'Ik weet het niet,' zei ik. 'Ik wist wel dat het eraan zat te komen, maar op de dag zelf is het me gewoon ontschoten. Ik heb geen excuus.'

'Het heeft haar pijn gedaan,' zei hij.

'Dat weet ik.'

Het was even stil aan de andere kant. 'Begrijp je ook waarom?' vroeg hij ten slotte.

Hoewel ik geen antwoord gaf op Josephs vraag, meende ik van wel.

Jane wilde eenvoudigweg niet dat wij zo zouden worden als

die oudere echtparen die we wel eens zagen als we uit eten gingen, stellen waar we altijd medelijden mee hadden.

Die echtparen zijn, moet ik voor de duidelijkheid zeggen, meestal beleefd tegen elkaar. De man trekt misschien een stoel naar achteren of gaat de jassen halen; de vrouw stelt misschien een van de specialiteiten van het huis voor. En zodra de ober verschijnt, geven ze wellicht bijzonderheden bij de bestelling van de ander met de kennis die gedurende een leven samen is vergaard – geen zout op de eieren of extra boter op de toast bijvoorbeeld.

Maar vervolgens, nadat ze hun bestelling hebben opgegeven, wordt er geen woord meer tussen hen gewisseld.

In plaats daarvan drinken ze en kijken ze uit het raam, in stilte wachtend tot hun eten gebracht wordt. Zodra het er is, zeggen ze eventueel nog iets tegen de ober – een verzoek om nog een keer koffie in te schenken bijvoorbeeld – maar ze trekken zich snel terug in hun eigen wereld zodra hij weg is. En de hele maaltijd lang zitten ze als vreemden bij elkaar aan tafel, alsof ze vinden dat het genoegen van elkaars gezelschap een grotere inspanning vraagt dan hij waard is.

Misschien overdrijf ik over hoe hun leven er in werkelijkheid uitziet, maar ik heb me toch wel eens afgevraagd hoe die stellen tot dit punt zijn gekomen.

Maar terwijl Jane in New York was, drong het ineens tot me door dat wij misschien ook die kant aan het opgaan waren.

Ik herinner me dat ik me ongewoon zenuwachtig voelde toen ik Jane van het vliegveld ging ophalen. Het was een raar gevoel, en ik was opgelucht toen ik een glimp van een glimlach zag terwijl ze op me toe kwam gelopen. Toen ze bij me was, pakte ik haar handbagage.

'Hoe was het?' vroeg ik.

'Goed,' zei ze. 'Ik heb geen idee waarom Joseph er zo graag

woont. Het is er altijd druk en het is er zo'n herrie. Ik zou het niet kunnen.'

'Dus je bent blij dat je thuis bent?'

'Ja,' zei ze. 'Inderdaad. Maar ik ben wel moe.'

'Dat zal wel. Reizen is altijd vermoeiend.'

Een ogenblik lang zeiden we allebei niets. Ik nam haar handbagage in mijn andere hand. 'Hoe is het met Joseph?' vroeg ik.

'Goed. Volgens mij is hij een beetje aangekomen sinds de laatste keer dat hij hier was.'

'Nog iets spannends wat hem betreft wat je niet door de telefoon wilde zeggen?'

'Nee, eigenlijk niet,' zei ze. 'Hij werkt te hard, maar dat is het wel.'

In haar stem hoorde ik een zweem van verdriet, wat ik niet begreep. Terwijl ik erover nadacht, zag ik een jong stel met de armen om elkaar heen, elkaar knuffelend alsof ze elkaar jaren niet gezien hadden.

'Ik ben blij dat je thuis bent,' zei ik.

Ze keek me even aan en draaide zich toen om naar de bagageband. 'Dat weet ik.'

Zo was de situatie een jaar geleden.

Ik wou dat ik kon zeggen dat het beter ging in de weken na Jane's uitstapje, maar dat is niet zo. In plaats daarvan ging ons leven verder zoals daarvoor; we hadden ieder ons eigen leven, en de ene ongedenkwaardige dag volgde op de andere. Jane was niet echt kwaad op me, maar ze leek ook niet gelukkig en hoe ik mijn best ook deed, ik had geen flauw idee wat ik eraan moest doen. Het was alsof er op de een of andere manier een muur van onverschilligheid tussen ons was opgetrokken zonder dat ik me er bewust van was. Tegen het eind van de herfst, drie maanden na de vergeten trouwdag, maakte ik me zo'n zorgen om onze relatie dat ik wist dat ik met haar vader moest gaan praten.

Hij heet Noah Calhoun, en als u hem kende, zou u begrijpen waarom ik hem die dag ging opzoeken. Zijn vrouw, Allie, en hij waren bijna elf jaar daarvoor in het verzorgingstehuis Creekside gaan wonen, toen ze zesenveertig jaar getrouwd waren. Terwijl ze vroeger het bed deelden, slaapt Noah nu alleen, en het verbaasde me niet toen zijn kamer leeg bleek te zijn. Meestal als ik hem ging opzoeken, zat hij op een bankje bij de vijver en ik herinner me dat ik naar het raam liep om me ervan te vergewissen dat hij daar zat.

Zelfs van een afstand herkende ik hem met gemak: de witte plukken haar die zachtjes op de wind dansten, zijn voorovergebogen houding, het lichtblauwe vest dat Kate pas voor hem gebreid had. Hij was zevenentachtig, een weduwnaar met handen die krom stonden van de artritis, en hij had een zwakke gezondheid. Hij had een kokertje nitroglycerinepillen in zijn zak zitten en had prostaatkanker, maar de dokters maakten zich meer zorgen over zijn geestelijke gezondheidstoestand. Een paar jaar geleden hadden ze Jane en mij bij zich geroepen en ons ernstig aangekeken. Hij lijdt aan waanideeën, vertelden ze ons, en de waanideeën lijken erger te worden. Wat mij betreft, ik was er niet zo zeker van. Ik meende hem beter te kennen dan de meeste mensen en zeker beter dan de dokters. Met uitzondering van Jane was hij mijn beste maatje en wanneer ik zijn eenzame gestalte zag, voelde ik pijn om wat hij was kwijtgeraakt.

Zijn eigen huwelijk was vijf jaar geleden ten einde gekomen, maar cynici zouden zeggen dat het al lang daarvoor was geëindigd. De laatste jaren van haar leven leed Allie aan alzheimer, en ik ben erachter gekomen dat het een bijzonder wrede ziekte is. Het is een langzame aftakeling van wat een mens ooit was. Wat zijn we tenslotte zonder onze herinneringen, zonder onze dromen? Te zien hoe het voortschreed was als het kijken naar een film in slowmotion over een onvermijdelijke tragedie. Het was moeilijk voor Jane en mij om Allie op te zoeken; Jane wilde zich haar herinneren als de moeder die ze was geweest, en ik drong er nooit op aan dat ze ging, want het was voor mij ook pijnlijk. Maar voor Noah was het het moeilijkst van allemaal.

Maar dat is een ander verhaal.

Ik ging zijn kamer uit en liep naar de binnenplaats. Het was een kille ochtend, zelfs voor de herfst. De bladeren schitterden in het schuin vallende zonlicht en er hing een vage geur van schoorsteenrook. Dit, herinnerde ik me, was Allie's favoriete tijd van het jaar, en ik voelde zijn eenzaamheid toen ik dichterbij kwam. Zoals altijd was hij de zwaan aan het voeren en toen ik naast hem stond, zette ik een boodschappentas op de grond. Er zaten drie Wonderbroden in. Noah liet me altijd dezelfde dingen kopen als ik op bezoek kwam.

'Hallo, Noah,' zei ik. Ik wist dat ik hem 'pa' mocht noemen, zoals Jane bij mijn vader had gedaan, maar ik heb me er nooit prettig bij gevoeld, en Noah heeft het blijkbaar nooit erg gevonden.

Toen hij mijn stem hoorde, keek hij om.

'Hallo, Wilson,' zei hij. 'Fijn dat je langskomt.'

Ik legde een hand op zijn schouder. 'Gaat het?'

'Het kon beter,' zei hij. En toen, met een ondeugende grijns: 'Maar het kon ook slechter.'

Dat waren de woorden die we altijd zeiden als we elkaar begroetten. Hij klopte op de bank en ik ging naast hem zitten. Ik staarde uit over de vijver. Gevallen bladeren die op het water dobberden deden aan een caleidoscoop denken. De wolkeloze hemel weerspiegelde in het gladde oppervlak.

'Ik kom je iets vragen,' zei ik.

'Ja?' Terwijl hij sprak, brak hij een stukje brood af en gooide het in het water. De zwaan boog zijn snavel er naartoe en strekte zijn hals om het door te slikken.

'Het gaat om Jane,' voegde ik eraantoe.

'Jane,' mompelde hij. 'Hoe gaat het met haar?'

'Goed.' Ik knikte terwijl ik onbeholpen ging verzitten. 'Ze komt straks ook, neem ik aan.' Dit was waar. De afgelopen paar jaar zochten we hem regelmatig op, soms samen, soms alleen. Ik vroeg me af of ze het over mij hadden als ik er niet bij was.

'En de kinderen?'

'Daar gaat het ook goed mee. Anna schrijft nu hoofdartikelen en Joseph heeft eindelijk een nieuwe flat gevonden. Wel in Queens, geloof ik, maar vlakbij de ondergrondse. Leslie gaat dit weekend met vrienden in de bergen kamperen. Ze heeft verteld dat ze haar tentamens glansrijk heeft gehaald.'

Hij knikte, zonder zijn blik een moment van de zwaan af te wenden. 'Je boft, Wilson,' zei hij. 'Ik hoop dat je beseft wat een geluk je hebt dat het zulke geweldige volwassenen zijn geworden.'

'Ja hoor,' zei ik.

We zwegen allebei. Van dichtbij vormden de rimpels in zijn gezicht kloven, en ik zag de aderen onder de dunner wordende huid van zijn handen kloppen. Achter ons was het terrein verlaten omdat de kilte mensen binnenhield.

'Ik ben onze trouwdag vergeten,' zei ik.

'O?'

'De negenentwintigste,' voegde ik eraantoe.

'Mmm.'

Achter ons hoorde ik uitgedroogde bladeren ratelen in de wind.

'Ik maak me zorgen over ons,' gaf ik ten slotte toe.

Noah keek naar me. Eerst dacht ik dat hij me zou vragen waarom ik me zorgen maakte, maar in plaats daarvan kneep hij zijn ogen tot spleetjes, alsof hij de uitdrukking op mijn gezicht probeerde te doorgronden. Toen wendde hij zich af en gooide nog een stukje brood naar de zwaan. Toen hij sprak, klonk zijn stem zacht en zwaar, een ouder wordende bariton getemperd door een zuidelijk accent.

'Weet je nog toen Allie ziek werd? Toen ik haar steeds voorlas?'

'Ja,' antwoordde ik, en bij de herinnering kreeg ik een brok in mijn keel. Hij las haar steeds voor uit een schrift dat hij volgeschreven had voor ze naar Creekside verhuisden. In het schrift stond het verhaal van hoe Allie en hij verliefd waren geworden en soms, nadat hij het haar voorgelezen had, werd Allie ineens helder, ondanks de verwoestingen die alzheimer bij haar aanrichtte. De helderheid duurde nooit lang – en naarmate de ziekte voortschreed, hield die helemaal op – maar wanneer het gebeurde, was de verbetering in Allie's toestand dermate opvallend dat specialisten van Chapel Hill naar Creekside kwamen in de hoop erachter te komen hoe het in zijn werk ging. Dat het voorlezen soms hielp, stond buiten kijf. Maar wáárom het hielp, was iets waar de specialisten nooit achtergekomen zijn.

'Weet je waarom ik dat deed?' vroeg hij.

Ik legde mijn handen in mijn schoot. 'Dat geloof ik wel,' antwoordde ik. 'Het hielp Allie. En omdat ze je had laten beloven dat je het zou doen.'

'Ja,' zei hij, 'dat is waar.' Hij zweeg even, en ik hoorde zijn adem piepen, het geluid van lucht uit een oude accordeon. 'Maar dat was niet de enige reden dat ik het deed. Ik deed het ook voor mezelf. Een hoop mensen begrepen dat niet.'

Hoewel zijn stem wegstierf, wist ik dat hij nog niet uitgesproken was, en ik zei niets. In de stilte hield de zwaan op met rondjes zwemmen en kwam dichterbij. Afgezien van een zwarte vlek ter grootte van een zilveren dollar op zijn borst, had de zwaan de kleur van ivoor. Hij leek op zijn plaats te blijven toen Noah het woord weer nam.

'Weet je wat ik me het best herinner van de goede dagen?' vroeg hij.

Ik wist dat hij het had over die zeldzame dagen dat Allie hem herkende, en ik schudde mijn hoofd. 'Nee,' antwoordde ik.

'Verliefd worden,' zei hij. 'Dat is wat ik me herinner. Op haar goede dagen was het alsof we weer helemaal opnieuw begonnen.'

Hij glimlachte. 'Dat is wat ik bedoel als ik zeg dat ik het voor mezelf deed. Iedere keer dat ik haar voorlas, was het alsof ik haar het hof maakte, omdat ze soms, heel soms, opnieuw verliefd op me werd, net als heel lang geleden. En dat is het meest fantastische gevoel dat er maar bestaat. Hoeveel mensen krijgen ooit die kans? Dat iemand van wie je houdt keer op keer verliefd op je wordt?'

Noah scheen geen antwoord te verwachten, en ik gaf er geen.

In plaats daarvan hadden we het in het daaropvolgende uur over de kinderen en zijn gezondheid. We kregen het niet meer over Jane of Allie. Maar toen ik wegging, dacht ik over ons gesprek na. Ondanks de bezorgdheid van de artsen leek Noah even scherpzinnig als altijd. Hij had niet alleen geweten dat ik hem zou komen opzoeken, besefte ik, maar hij had de reden voor mijn bezoek ook verwacht. En op die typisch zuidelijke manier had hij me de oplossing voor mijn probleem gegeven zonder dat ik hem er rechtstreeks naar had hoeven vragen.

Toen wist ik wat me te doen stond.

2

Ik moest mijn vrouw opnieuw het hof maken.

Dat klinkt eenvoudig, hè? Wat kan er gemakkelijker zijn?

Er kleven tenslotte bepaalde voordelen aan een situatie als de onze. Om te beginnen wonen Jane en ik in hetzelfde huis, en na dertig jaar samen hoeven we niet bepaald opnieuw te beginnen. We konden de familiegeschiedenissen, de komische anekdotes uit onze kindertijd, de vragen wat voor werk we deden en of onze doelstellingen wel verenigbaar waren overslaan. Bovendien waren de verrassingen die individuen in het vroege stadium van een relatie geneigd zijn voor zich te houden al bekend. Mijn vrouw wist bijvoorbeeld al dat ik snurk, dus was er geen reden om iets dergelijks voor haar verborgen te houden. Wat mij betreft, ik heb haar gezien wanneer ze griep had en het maakt mij niet uit hoe haar haar zit als ze 's ochtends opstaat.

Gezien die praktische realiteiten nam ik aan dat het betrekkelijk eenvoudig zou zijn om Jane's liefde terug te winnen. Ik zou gewoon proberen opnieuw te creëren wat we in het begin samen hadden – zoals Noah had gedaan bij Allie door haar voor te lezen. Maar toen ik wat dieper nadacht, kwam ik langzamerhand tot het besef dat ik nooit echt begrepen heb wat ze überhaupt in me zag. Hoewel ik mezelf beschouw als een verantwoordelijk type, was dat niet bepaald het soort karaktertrek dat vrouwen in die tijd als aantrekkelijk beschouwden. Ik was tenslotte een babyboomer, een kind van de laat-maar-waaien, ikke-ikke-en-de-rest-kan-stikkengeneratie.

Ik zag Jane voor het eerst in 1971. Ik was vierentwintig en studeerde voor mijn doctoraal rechten op Duke University, en de meeste mensen zullen me beschouwd hebben als een serieuze student, zelfs toen ik nog maar net met mijn kandidaats bezig was. Ik had nooit langer dan één semester dezelfde kamergenoot, omdat ik vaak tot diep in de nacht met de lamp aan zat te studeren. De meeste van mijn voormalige kamergenoten zagen de universiteit kennelijk als een wereld van weekends die onderbroken werden door saaie colleges, terwijl ik de universiteit zag als een voorbereiding op de toekomst.

Ik wil best toegeven dat ik serieus was, maar Jane was de eerste die me verlegen noemde. We ontmoetten elkaar op een zaterdagochtend in een lunchroom in de stad. Het was begin november, en vanwege mijn verantwoordelijkheden bij de *Law Review*, vormde mijn studie wel een bijzondere uitdaging. Bang om achter te raken was ik naar een lunchroom gereden in de hoop een plek te vinden waar ik kon studeren zonder herkend of gestoord te worden.

Het was Jane die naar mijn tafeltje kwam en mijn bestelling opnam, en tot op de dag van vandaag kan ik me dat moment levendig voor de geest halen. Ze droeg haar donkere haar in een paardenstaart en haar chocoladekleurige ogen werden geaccentueerd door de zweem van bruin in haar huid. Ze droeg een donkerblauw schort over een hemelsblauwe jurk en de spontane manier waarop ze naar me glimlachte viel me op, alsof ze blij was dat ik haar werkterrein had gekozen. Toen ze om mijn bestelling vroeg, herkende ik de lijzige zuidelijke tongval die kenmerkend is voor het oostelijk deel van North Carolina.

Ik wist toen niet dat we uiteindelijk samen uit eten zouden gaan, maar ik herinner me dat ik de volgende dag terugging en om hetzelfde tafeltje vroeg. Ze glimlachte toen ik ging zitten, en ik kan niet ontkennen dat ik blij was dat ze me scheen te herkennen. Die weekendbezoekjes gingen ongeveer een maand door, en gedurende die maand raakten we niet aan de praat en vroegen niet naar elkaars naam, maar ik merkte al snel dat ik afgeleid raakte wanneer ze naar mijn tafeltje kwam om koffie bij te schenken. Om een reden die ik niet kan verklaren, leek ze altijd naar kaneel te ruiken.

Eerlijk gezegd voelde ik me als jongeman niet bepaald op mijn gemak bij de andere sekse. Op de middelbare school was ik sportief noch lid van de leerlingenraad, de twee populairste groepen. Maar ik was wel dol op schaken en begon een club die uitgroeide tot elf leden. Jammer genoeg waren er geen meisjes bij. Ondanks mijn gebrek aan ervaring was het me gelukt om met een stuk of wat vrouwen uit te gaan toen ik met mijn kandidaats bezig was, en ik had genoten van hun gezelschap op die avondjes uit. Maar omdat ik besloten had om geen relatie aan te gaan tot ik er financieel klaar voor was, leerde ik geen van die vrouwen goed kennen, en ze verdwenen al snel uit mijn geheugen.

Toch merkte ik, zodra ik uit de lunchroom weg was, dat ik steeds aan de serveerster met de paardenstaart moest denken, vaak wanneer ik er helemaal niet op bedacht was. Meer dan eens dwaalden mijn gedachten af tijdens een college, en dan stelde ik me voor hoe ze met haar schort voor door de collegezaal liep en bestellingen opnam. Die fantasieën brachten me in verlegenheid, maar toch bleven ze terugkomen.

Ik heb geen idee waar dit allemaal toe geleid zou hebben als ze niet uiteindelijk het initiatief had genomen. Ik had al het grootste deel van de ochtend te midden van wolken sigarettenrook die van de andere tafeltjes kwamen zitten studeren, toen het begon te gieten. Het was een koude, striemende regen die vanuit de bergen kwam. Ik had natuurlijk een paraplu meegenomen voor een dergelijke situatie.

Toen ze naar mijn tafeltje kwam gelopen, keek ik op omdat ik verwachtte dat ze koffie zou bijschenken, maar zag in plaats daarvan dat ze haar schort onder haar arm hield. Ze haalde het lint uit haar paardenstaart, en haar haar viel op haar schouders.

'Zou je me alsjeblieft naar mijn auto willen brengen?' vroeg ze. 'Ik zie dat je een paraplu bij je hebt, en ik word liever niet nat.'

Ik kon haar verzoek onmogelijk weigeren, dus pakte ik mijn spullen bij elkaar, hield de deur voor haar open en samen liepen we door plassen die zo diep als rivieren waren. Haar schouder raakte de mijne en terwijl we in de stromende regen over straat liepen, schreeuwde ze haar naam en vertelde ze me dat ze op Meredith, een hogeschool voor vrouwen, zat. Ze studeerde Engels, voegde ze eraantoe, en wilde gaan lesgeven als ze afgestudeerd was. Ik reageerde niet echt, omdat ik me moest concentreren om haar droog te houden. Toen we bij haar auto kwamen, verwachtte ik dat ze meteen zou instappen, maar in plaats daarvan keek ze me aan.

'Je bent nogal verlegen, hè?' zei ze.

Ik wist niet goed hoe ik moest reageren en ik denk dat ze dat aan mijn gezicht zag, want ze schoot vrijwel meteen in de lach.

'Het geeft niet, hoor, Wilson. Ik hou toevallig wel van verlegen.'

Dat ze op de een of andere manier het initiatief had genomen om achter mijn naam te komen had me toen moeten opvallen, maar dat deed het niet. In plaats daarvan, terwijl ze op straat stond in de regen die met bakken uit de hemel kwam en haar mascara over haar wangen deed lopen, kon ik niets anders denken dan dat ik nog nooit iemand had gezien die zo mooi was.

Mijn vrouw is nog steeds mooi.

Natuurlijk is het een zachtere schoonheid, een schoonheid die zich met de jaren heeft verdiept. Haar huid voelt zacht aan en er zijn rimpels waar hij vroeger glad was. Haar heupen zijn ronder geworden, haar buik een beetje boller, maar ik word nog steeds vervuld van verlangen wanneer ik naar kijk terwijl ze zich in de slaapkamer staat uit te kleden.

We hebben de afgelopen paar jaar maar weinig gevrijd, en als we het deden, ontbraken de spontaniteit en de opwinding die we vroeger kenden. Maar het was niet het vrijen zelf dat ik het meest miste. Waar ik naar verlangde, was die al lang afwezige blik van begeerte in Jane's ogen of een simpele aanraking of een gebaar dat me duidelijk maakte dat ze nog net zo naar mij verlangde als ik naar haar. Iets, om het even wat, wat aangaf dat ik nog steeds bijzonder voor haar was.

Maar hoe, vroeg ik me af, moest ik dit bewerkstelligen? Ja, ik wist dat ik Jane opnieuw moest versieren, maar ik realiseerde me dat dit niet zo gemakkelijk was als ik in eerste instantie had gedacht. Het feit dat we elkaar zo goed kenden, iets waarvan ik eerst dacht dat het de zaken zou vereenvoudigen, maakte het nu juist moeilijker. Onze gesprekken tijdens het eten, bijvoorbeeld, hingen van routine aan elkaar. Een paar weken lang nadat ik met Noah had gesproken, bracht ik zelfs een deel van de middagen op kantoor door met het bedenken van nieuwe gespreksonderwerpen, maar wanneer ik ermee op de proppen kwam, leken ze altijd geforceerd en waren we snel uitgepraat. Zoals altijd keerden we terug naar gesprekken over de kinderen of cliënten en medewerkers van mijn advocatenkantoor.

Ons leven samen, begon ik me te realiseren, was in het soort patroon vervallen dat niet gemakkelijk leidt naar een eventuele heropleving van de hartstocht. Jarenlang hadden we er aparte werkschema's op na gehouden om aan onze uiterst aparte verplichtingen te voldoen. In de beginjaren van ons gezin bracht ik lange uren op kantoor door – inclusief de avonden en de weekends – om ervoor te zorgen dat ik als een waardige vennoot beschouwd zou worden zodra de tijd daar was. Ik gebruikte nooit alle vakantiedagen waar ik recht op had. Misschien was ik over-ijverig in mijn besluit om indruk te maken op Ambry en Saxon, maar met opgroeiende kinderen wilde ik geen risico's nemen. Ik besef nu dat het streven naar succes in mijn werk in combinatie met mijn natuurlijke terughoudendheid me altijd op afstand van de rest van het gezin heeft gehouden en ik geloof nu dat ik altijd een soort buitenstaander in mijn eigen huis ben geweest.

Terwijl ik druk bezig was in mijn eigen wereld, had Jane haar handen vol aan de kinderen. Naarmate hun activiteiten en eisen talrijker werden, leek het soms alsof ze een schim van haastige bedrijvigheid was die me in de gang voorbij stoof. Er waren jaren, moest ik toegeven, waarin we vaker apart van elkaar aten dan samen, en hoewel ik het zo nu en dan wel vreemd vond, deed ik niets om het te veranderen.

Misschien raakten we gewend aan deze manier van leven, maar toen de kinderen niet langer ons leven regeerden, schenen we niet bij machte om de leegte tussen ons te vullen. En ondanks mijn bezorgdheid over de toestand van onze relatie, leek de plotselinge poging om onze gewoonten te veranderen op met een lepel een tunnel door een rotswand graven.

Dit wil niet zeggen dat ik mijn best niet deed. In januari, bijvoorbeeld, kocht ik een kookboek en begon op zaterdagavond voor ons tweeën te koken; sommige gerechten waren best origineel en heerlijk, al zeg ik het zelf. Bovenop mijn gebruikelijke rondje golf ging ik drie ochtenden in de week door de buurt wandelen, in de hoop wat pondjes kwijt te raken. Ik bracht zelfs een paar middagen in de boekwinkel door op de afdeling zelfhulp, in de hoop erachter te komen wat ik verder nog kon doen. Het advies van deskundigen om een huwelijk te verbeteren? Aandacht, waardering, genegenheid en aantrekkingskracht. Ja, herinner ik me dat ik dacht, dat klinkt heel logisch, dus richtte ik mijn inspanningen meer op die punten. Ik bracht meer avonden met Jane door in plaats van in mijn werkkamer te gaan zitten; ik gaf haar regelmatig complimentjes, en wanneer ze vertelde wat ze die dag had gedaan, luisterde ik aandachtig en knikte waar nodig om haar te laten weten dat ze mijn onverdeelde aandacht had.

Ik had geen enkele illusie dat die remedies op magische wijze Jane's hartstocht voor mij zouden herstellen en ik dacht ook niet dat het een kwestie van de korte termijn was. Als het negenentwintig jaar had gekost om uit elkaar te groeien, wist ik dat een paar weken van moeite eenvoudigweg het begin waren van een lang proces van opnieuw toenadering zoeken. Maar ook al ging het ietsje beter, de vooruitgang ging trager dan ik had gehoopt. Tegen het eind van het voorjaar kwam ik tot de conclusie dat ik iets anders moest doen, iets dramatisch, iets om Jane te laten zien dat ze nog steeds de belangrijkste persoon in mijn leven was en dat altijd zou blijven. Toen, terwijl ik op een avond laat in onze fotoalbums zat te kijken, begon zich een idee te vormen.

Ik werd de volgende dag vol energie en goede voornemens wakker. Ik wist dat mijn plan in het geheim en methodisch uitgevoerd moest worden, en het eerste wat ik deed was een postbus huren. Maar ik schoot niet meteen erg op met mijn plannen, omdat Noah rond deze tijd een beroerte kreeg.

Het was niet de eerste beroerte die hij had, maar wel zijn zwaarste. Hij lag bijna acht weken in het ziekenhuis en in die tijd ging de aandacht van mijn vrouw volledig naar hem uit. Ze bracht iedere dag in het ziekenhuis door en was 's avonds te moe en te veel overstuur om mijn pogingen om onze relatie nieuw leven in te blazen op te merken. Noah mocht uiteindelijk terug naar Creekside en zat al snel de zwaan in de vijver weer te voeren, maar ik denk dat het ons duidelijk maakte dat hij er niet veel langer meer zou zijn. Ik zat heel wat uurtjes zachtjes Jane's tranen weg te vegen en haar eenvoudigweg te troosten.

Van alles wat ik gedurende dat jaar deed was dit, denk ik, wat ze het meest waardeerde. Misschien was het de evenwichtigheid die ik met me mee bracht, of misschien was het echt het resultaat van mijn inspanningen van de afgelopen paar maanden, maar wat het ook was, ik begon zo nu en dan tekenen van een hernieuwde warmte bij Jane te bespeuren. Hoewel ze nog niet regelmatig voorkwamen, koesterde ik ze wanhopig, hopend dat onze relatie op de een of andere manier weer op de rails was gezet.

Gelukkig ging het steeds beter met Noah, en begin augustus kwam het jaar van de vergeten trouwdag tot een einde. Ik was bijna tien kilo kwijt geraakt sinds ik met mijn wandelingen door de buurt was begonnen en ik had me de gewoonte aangeleerd om iedere dag even bij mijn postbus langs te gaan om de spullen die ik aan anderen had gevraagd op te halen. Ik werkte op kantoor aan mijn speciale project om het voor Jane geheim te houden. Bovendien had ik besloten om de twee weken rond onze dertigste trouwdag vrij te nemen – de langste vakantie die ik ooit van mijn werk had genomen – met de bedoeling om tijd met Jane door te brengen. Met het oog op wat ik het jaar ervoor gedaan had, wilde ik deze trouwdag zo gedenkwaardig mogelijk maken.

Toen, op de avond van vrijdag 15 augustus – de eerste avond van mijn vakantie en precies acht dagen voor onze trouwdag – gebeurde er iets dat Jane noch ik ooit zal vergeten.

We zaten allebei te ontspannen in de woonkamer. Ik zat in mijn lievelingsfauteuil een biografie van Theodore Roosevelt te lezen, terwijl mijn vrouw in een catalogus zat te bladeren. Ineens kwam Anna via de voordeur binnengevallen. Op dat moment woonde ze nog in New Bern, maar ze had pas een aanbetaling gedaan op een flat in Raleigh en zou er over een paar weken gaan wonen om dicht bij Keith te zijn, die zijn eerste jaar als inwonend assistent-arts op Duke begonnen was.

Ondanks de warmte was Anna in het zwart gekleed. Ze had dubbele piercings in beide oren en haar lippenstift leek minstens een paar tinten te donker. Ik was nu al wel gewend geraakt aan de gothic kant van haar persoonlijkheid, maar toen ze tegenover ons ging zitten, viel me opnieuw op hoeveel ze op haar moeder leek. Ze had blossen op haar wangen en ze sloeg haar handen in elkaar alsof ze zich overeind probeerde te houden.

'Pap en mam,' zei ze, 'ik moet jullie iets vertellen.'

Jane ging rechtop zitten en legde de catalogus weg. Ik wist dat ze aan Anna's stem kon horen dat er iets gewichtigs aankwam. De laatste keer dat Anna zo had gedaan, had ze ons verteld dat ze bij Keith zou intrekken.

Ik weet het, ik weet het. Maar ze was volwassen en wat kon ik eraan doen?

'Wat is het, schat?' vroeg Jane.

Anna keek van Jane naar mij en toen weer naar Jane voor ze diep adem haalde.

'Ik ga trouwen,' zei ze.

Ik ben gaan geloven dat kinderen leven voor het genoegen om hun ouders te verrassen, en Anna's aankondiging was geen uitzondering.

Eerlijk gezegd is alles wat met kinderen te maken had altijd verrassend geweest. Er is een algemene klaagzang dat de eerste vijf jaar van een huwelijk het moeilijkst zijn, maar voor Jane en mij ging dat niet op. Ook was het zevende jaar, het jaar waarin je zogenaamd last van die kriebel moet krijgen, niet het moeilijkst.

Nee, voor ons – afgezien van de afgelopen paar jaar misschien – waren de jaren die op de geboortes van onze kinderen volgden de moeilijkste jaren. Er schijnt een misvatting te bestaan, vooral onder de echtparen die nog kinderen moeten krijgen, dat het eerste jaar van een kind op een reclame voor

Hallmark-kaarten lijkt, compleet met kirrende baby's en glim-
lachende, kalme ouders.

In tegenstelling daarmee noemt mijn vrouw die periode nog
steeds 'de hekeljaren'. Ze zegt dit natuurlijk met een lachje,
maar ik betwijfel ten sterkste of ze ze over zou willen doen
– net zomin als ik.

Met 'hekeljaren' bedoelde Jane dit: er waren momenten dat
ze aan vrijwel alles een hekel had. Ze had een hekel aan hoe ze
eruitzag en hoe ze zich voelde. Ze had een hekel aan vrouwen
van wie de borsten geen pijn deden en vrouwen die hun kleren
nog pasten. Ze had er een hekel aan dat haar huid vet werd en
had een hekel aan de puistjes die voor het eerst sinds haar puberteit weer verschenen. Maar het was vooral het slaapgebrek
dat haar woede opwekte, en als gevolg daarvan irriteerde haar
niets zo erg als verhalen van andere moeders van wie de baby
binnen enkele weken nadat ze uit het ziekenhuis waren gekomen doorsliep. Eerlijk gezegd had ze een hekel aan íedereen die
meer dan drie uur achtereen kon slapen, en er waren momenten dat ze zelfs aan mij een hekel had vanwege de rol die ik in
het geheel speelde. Tenslotte kon ik geen borstvoeding geven,
en gezien mijn lange dagen op het advocatenkantoor had ik
geen andere keus dan zo nu en dan in de logeerkamer slapen om
de volgende dag mijn werk naar behoren te kunnen doen. Hoewel ik zeker weet dat ze het verstandelijk wel begreep, leek het
er vaak niet op.

'Goeiemorgen,' zei ik dan wanneer ik haar de keuken binnen
zag wankelen. 'Hoe heeft de baby geslapen?'

In plaats van antwoord te geven, zuchtte ze dan ongeduldig
terwijl ze naar de koffiepot liep.

'Veel op geweest?' vroeg ik dan voorzichtig.

'Jij zou het geen week volhouden.'

Op dat moment begon natuurlijk de baby te huilen. Dan
klemde Jane haar kaken op elkaar, zette haar koffiemok met

een klap neer en keek alsof ze zich afvroeg waarom God een hekel aan haar leek te hebben.

Na verloop van tijd kwam ik erachter dat het verstandiger was om niets te zeggen.

Dan is er natuurlijk nog het feit dat een kind krijgen het wezen van de huwelijksrelatie verandert. Je bent niet alleen man en vrouw, maar ook vader en moeder, en alle spontaniteit verdwijnt onmiddellijk. Uit eten gaan? Eerst bellen of haar ouders kunnen oppassen of dat er misschien een andere oppas beschikbaar is. Een weekendje weg? Weet niet eens meer wat het is. Er was geen tijd om de dingen te doen waardoor we überhaupt verliefd op elkaar geworden waren – wandelen en praten en alleen zijn – en dit was voor ons allebei moeilijk.

Dat wil niet zeggen dat het eerste jaar één brok ellende was. Wanneer mensen me vragen hoe het is om ouder te zijn, dan zeg ik dat het een van de moeilijkste dingen is die je ooit zult doen, maar in ruil daarvoor leert het je de betekenis van onvoorwaardelijke liefde. Alles wat de baby doet, is voor de ouder het meest magische dat hij of zij ooit heeft gezien. Ik zal me altijd de dag herinneren waarop elk van mijn kinderen voor het eerst naar me lachte; ik herinner me dat ik klapte en zag hoe de tranen over Jane's wangen liepen toen ze de eerste stapjes zetten, en er is niets zo rustgevend als een slapend kind in de geborgenheid van je armen houden en je afvragen hoe het mogelijk is dat je zo intens kunt liefhebben. Dat zijn de momenten die ik me nu levendig herinner. De vervelende dingen – hoewel ik er nu kalm over kan praten – zijn niets anders dan verre, wazige beelden die meer met een droom dan met de werkelijkheid te maken lijken te hebben.

Nee, er is geen enkele ervaring die in de buurt komt van het krijgen van kinderen, en ondanks de moeilijkheden die we tegenkwamen, beschouw ik mezelf als gezegend vanwege het gezin dat we gesticht hebben.

Maar zoals ik al zei, ik heb nog maar net geleerd om voorbereid te zijn op verrassingen.

Na Anna's aankondiging sprong Jane met een gilletje op van de bank en sloeg onmiddellijk haar armen om Anna heen. Zij en ik waren allebei erg op Keith gesteld. Toen ik haar feliciteerde en een kus gaf, reageerde Anna met een cryptische glimlach.

'O, schat,' herhaalde Jane, 'wat geweldig... Hoe heeft hij je gevraagd... Wanneer... Je moet me alles vertellen... Laat me de ring eens zien...'

Na de waterval van vragen zag ik hoe het gezicht van mijn vrouw betrok toen Anna haar hoofd begon te schudden.

'Het wordt niet dat soort bruiloft, mam. We wonen al samen en we willen geen van tweeën al die poespas. We zitten echt niet op nog een blender of slakom te wachten.'

Haar verklaring verbaasde me niet. Anna heeft, zoals ik al heb gezegd, alles altijd op haar manier gedaan.

'O...' zei Jane, maar voor ze meer kon zeggen, pakte Anna haar hand.

'Er is nog iets, mam. Het is best belangrijk.'

Anna keek weer voorzichtig van mij naar Jane.

'Nou, eh... nou, je weet hoe het met opa gaat, hè?'

We knikten. Zoals al mijn kinderen is Anna altijd heel hecht met Noah geweest.

'En nu met zijn beroerte en zo... nou, Keith is heel blij dat hij hem heeft leren kennen, en ik hou ontzettend veel van hem...'

Ze zweeg. Jane kneep in haar hand om haar aan te moedigen om door te gaan.

'Nou, we willen trouwen nu hij nog gezond is, en niemand van ons weet hoe lang hij nog heeft. Dus Keith en ik kregen het over mogelijke data en gezien het feit dat hij over een paar weken naar Duke gaat voor zijn assistentschap en ik ook ga verhuizen en dan ook nog de gezondheid van opa... nou, we vroegen ons af of jullie het erg zouden vinden...'

Haar stem stierf weg en haar blik bleef ten slotte op Jane rusten.

'Ja,' fluisterde Jane.

Anna haalde diep adem. 'We dachten erover om aanstaande zaterdag te trouwen.'

Jane's mond vormde een kleine O. Anna ging door met praten, er duidelijk op gebrand om de rest te zeggen voor we haar in de rede konden vallen.

'Ik weet dat het jullie trouwdag is – en het is natuurlijk prima als jullie nee zeggen – maar we vinden het allebei een geweldige manier om jullie eer te bewijzen. Voor alles wat jullie voor elkaar hebben gedaan, voor alles wat jullie voor mij hebben gedaan. En het lijkt ons de beste manier. Ik bedoel, we willen iets gemakkelijks, gewoon naar de kantonrechter en daarna misschien met de familie uit eten. We willen geen cadeaus of iets bijzonders. Zouden jullie het erg vinden?'

Zodra ik Jane's gezicht zag, wist ik wat haar antwoord zou zijn.

3

Net als Anna waren Jane en ik niet lang verloofd. Na mijn rechtenstudie begon ik als associé bij Ambry en Saxon, want Joshua Tundle was toen nog geen vennoot. Hij was net als ik associé, en onze kantoren bevonden zich tegenover elkaar in de gang. Hij kwam oorspronkelijk uit Pollocksville – een klein dorpje zo'n twintig kilometer ten zuiden van New Bern – en hij had op East Carolina University gezeten. Tijdens mijn eerste jaar op het kantoor vroeg hij me vaak of ik me een beetje aan het leven in een klein stadje kon aanpassen. Het was niet helemaal, bekende ik, wat ik me had voorgesteld. Zelfs toen ik nog studeerde, had ik altijd aangenomen dat ik in een grote stad zou gaan werken zoals mijn ouders hadden gedaan, maar toch had ik een baan aangenomen in het stadje waar Jane was opgegroeid.

Ik was er voor haar gaan wonen, maar ik kan niet zeggen dat ik ooit spijt van mijn beslissingen heb gehad. New Bern mag dan geen universiteit of kenniscentrum hebben, maar wat het in omvang ontbeert, heeft het dubbel en dwars in karakter. Het ligt een kleine honderdvijftig kilometer ten zuidoosten van Raleigh in een vlak landschap te midden van bossen van *loblolly pines* en brede, langzaam stromende rivieren. Het brakke water van de Neuse loopt langs de rand van het stadje en lijkt bijna ieder uur van kleur te veranderen, van staalgrijs bij zonsopgang tot blauw op zonnige middagen en vervolgens tot bruin wanneer de zon begint te zakken. 's Nachts is het een werveling van vloeibare steenkool.

Mijn kantoor staat in de stad, vlakbij het historische centrum, en na de lunch slenter ik soms langs de oude huizen. New Bern is in 1710 gesticht door Zwitserse en Zuid-Duitse kolonisten, wat het de op een na oudste stad van North Carolina maakt. Toen ik hier net was komen wonen, waren de meeste historische gebouwen vervallen en leegstaand. Dat is in de afgelopen dertig jaar veranderd. Een voor een zijn nieuwe eigenaren begonnen die woningen in hun oude glorie te herstellen, en tegenwoordig krijg je wanneer je over de trottoirs loopt het gevoel dat vernieuwing op de minst verwachte momenten en plekken mogelijk is. Mensen die in architectuur geïnteresseerd zijn zien handgeblazen glas in de ramen, antieke koperen sloten op de deuren en handgesneden lambrisering die fraai bij de hardgrenen vloeren binnen past. Sierlijke veranda's kijken uit op de smalle straatjes en herinneren aan een tijd dat de mensen in de vroege avond buiten zaten om het minste zuchtje wind op te vangen. De straten worden overschaduwd door eiken en kornoelje, en ieder voorjaar bloeien er duizenden azalea's. Het is eenvoudigweg een van de mooiste plaatsen die ik ooit heb gezien.

Jane is in de buitenwijken opgegroeid in een voormalig plantagehuis dat bijna tweehonderd jaar eerder is gebouwd. Noah had het in de jaren na de Tweede Wereldoorlog gerestaureerd; hij was uiterst nauwkeurig in het werk dat hij deed, en net als veel van de historische gebouwen in de stad, heeft het een grandeur die met het verstrijken van de jaren alleen maar is gegroeid.

Soms ga ik naar het oude huis toe. Ik ga er na mijn werk of op weg naar de winkel langs; ik maak er ook wel eens speciaal een omweg voor. Dit is een van mijn geheimen, want Jane weet niet dat ik dit doe. Hoewel ik zeker weet dat ze het niet erg zou vinden, geniet ik er stiekem van om die bezoeken voor me te houden. Het geeft me een gevoel van geheimzinnigheid en tegelijkertijd van broederschap als ik hier kom, want ik weet dat iedereen geheimen heeft, inclusief mijn vrouw. Terwijl ik over het terrein uitkijk, vraag ik me regelmatig af wat de hare zijn.

Slechts één persoon weet van mijn bezoeken. Hij heet Harvey Wellington en hij is een zwarte man van mijn leeftijd die in een klein houten huisje op het aangrenzende perceel woont. Zijn familie woont daar al sinds voor de eeuwwisseling en ik weet dat hij voorganger is in de plaatselijke baptistenkerk. Hij is altijd een goede bekende geweest van iedereen in Jane's familie, vooral van Jane, maar sinds Allie en Noah naar Creekside zijn verhuisd, bestaat onze communicatie voor het grootste deel uit kerstkaarten die we elkaar elk jaar sturen. Ik zie hem wel eens op de doorzakkende veranda van zijn huisje staan als ik er kom, maar door de afstand is het onmogelijk te zien wat hij denkt wanneer hij me ziet.

Ik ga maar zelden Noah's huis binnen. Het is dichtgetimmerd sinds Noah en Allie naar Creekside zijn verhuisd, en er hangen lakens over de meubelen als spoken met Halloween. In plaats daarvan loop ik liever over het land dat erbij hoort. Ik schuifel over het grind van de oprijlaan; ik loop langs het hek en raak de palen aan; ik ga naar de achterkant van het huis waar de rivier loopt. De rivier is smaller bij het huis dan in de stad en er zijn momenten dat het water volkomen stil is, een spiegel die de hemel weerkaatst. Soms ga ik aan het eind van de vlonder staan en kijk naar de hemel in de weerspiegeling van het water en luister naar het zuchtje wind dat de bladeren zachtjes laat ritselen.

Zo nu en dan ga ik onder de pergola staan die Noah na zijn huwelijk heeft neergezet. Allie was altijd dol op bloemen geweest, en Noah had een rozentuin in de vorm van concentrische harten geplant die zichtbaar was vanuit het slaapkamer-

raam en een klassieke, uit drie lagen bestaande fontein omring-
de. Hij had ook een reeks schijnwerpers geïnstalleerd waardoor
het mogelijk was de bloemen zelfs in het donker te zien, en het
effect was oogverblindend. De handgesneden pergola leidde
naar de tuin, en omdat Allie kunstenares was, waren beide in
een aantal van haar schilderijen verschenen – schilderijen die
om de een of andere reden altijd een zweem van triestheid achter hun schoonheid uitstraalden. Nu is de rozentuin verwaarloosd en verwilderd, de pergola verweerd en vol scheuren, maar
ik raak nog steeds ontroerd wanneer ik ervoor ga staan. Net als
met zijn werk aan het huis, heeft Noah zich grote moeite ge-
troost om zowel de tuin als de pergola uniek te maken; ik ga
vaak met mijn vingers over het houtsnijwerk of staar eenvoudigweg naar de rozen, misschien in de hoop om de talenten te
absorberen die altijd aan mij zijn voorbijgegaan.

Ik kom hier omdat dit een speciale plek voor me is. Het was
tenslotte hier dat ik besefte dat ik verliefd was op Jane en hoewel ik weet dat mijn leven er beter door is geworden, moet ik
toegeven dat ik tot op de dag van vandaag geen flauw idee heb
hoe het is gekomen.

Ik was zeker niet van plan om voor Jane te vallen toen ik haar
op die regenachtige dag in 1971 naar haar auto bracht. Ik kende
haar amper, maar terwijl ik onder de paraplu stond en haar weg
zag rijden, was ik er ineens zeker van dat ik haar weer wilde
zien. Uren later, toen ik die avond zat te studeren, bleven haar
woorden maar door mijn hoofd weergalmen.

Het geeft niet, hoor, Wilson, had ze gezegd. *Ik hou toevallig
wel van verlegen.*

Omdat ik me niet kon concentreren, legde ik mijn boek opzij
en stond op vanachter mijn bureau. Ik had geen tijd voor en
geen zin in een relatie, zei ik bij mezelf, en nadat ik door de kamer had geijsbeerd en over mijn drukke schema had nagedacht

– en over mijn wens om financieel onafhankelijk te zijn – nam ik het besluit om niet naar de lunchroom terug te gaan. Het was geen gemakkelijke beslissing, maar het was de juiste, dacht ik, en besloot er verder niet meer over na te denken.

De daaropvolgende week studeerde ik in de bibliotheek, maar ik zou liegen als ik zei dat ik Jane niet zag. Iedere nacht ging ons korte samenzijn weer door mijn hoofd: het haar dat op haar schouders danste, de melodie van haar stem, haar geduldige blik terwijl we in de regen stonden. Maar hoe meer ik mezelf dwong om niet aan haar te denken, hoe sterker de beelden werden. Ik wist toen dat ik mijn goede voornemen geen tweede week zou volhouden, en op zaterdagochtend pakte ik ineens mijn sleutels.

Ik ging niet naar de lunchroom om haar mee uit te vragen. Eerlijk gezegd ging ik erheen om mezelf te bewijzen dat het niet meer dan een kortstondige bevlieging was geweest. Het was maar een gewoon meisje, zei ik bij mezelf, en zodra ik haar zag, zou ik zien dat ze niets bijzonders was. Ik had mezelf er bijna van overtuigd tegen de tijd dat ik de auto geparkeerd had.

Zoals altijd was het druk in de lunchroom, en ik baande me een weg door een vertrekkende groep mannen naar mijn vaste tafeltje. De tafel was pas schoongeveegd en nadat ik was gaan zitten, droogde ik hem met een servetje voor ik mijn studieboek opensloeg.

Met gebogen hoofd zocht ik net naar het juiste hoofdstuk toen ik me realiseerde dat ze eraan kwam. Ik deed net of ik niets merkte, tot ze bij het tafeltje bleef staan, maar toen ik opkeek was het Jane niet. In plaats daarvan was het een vrouw van in de veertig. Ze had een bestellingenboekje in haar schortzak en een pen achter haar oor.

'Wilt u een kopje koffie?' vroeg ze. Ze had een vastberaden, efficiënte houding die erop duidde dat ze er waarschijnlijk al jaren werkte en ik vroeg me af waarom ze me niet eerder opgevallen was.

'Ja, graag.'

'Ben zo terug,' tjilpte ze, een menukaart achterlatend. Zodra ze wegliep, liet ik mijn blik door de lunchroom dwalen en zag Jane met borden uit de keuken naar een groepje tafels aan de andere kant van de zaak lopen. Ik sloeg haar een ogenblik gade terwijl ik me afvroeg of ze had gemerkt dat ik binnengekomen was, maar ze was geconcentreerd op haar werk en keek mijn kant niet op. Vanaf een afstandje was er niets magisch aan de manier waarop ze stond en liep en ik slaakte een zucht van verlichting, in de overtuiging dat ik die vreemde fascinatie die me de laatste tijd zo geteisterd had van me afgeschud had.

Mijn koffie kwam en ik gaf mijn bestelling op. Ik dook weer in mijn boek en had een halve pagina doorgelezen toen ik haar stem naast me hoorde.

'Hoi, Wilson.'

Jane glimlachte toen ik opkeek. 'Ik heb je het afgelopen weekend niet gezien,' ging ze op luchtige toon verder. 'Ik dacht al dat ik je misschien had afgeschrikt.'

Ik slikte en kon niets uitbrengen; ik bedacht dat ze nog mooier was dan ik me herinnerde. Ik weet niet hoe lang ik staarde zonder iets te zeggen, maar het duurde zó lang dat er een bezorgde uitdrukking op haar gezicht verscheen.

'Wilson?' vroeg ze. 'Gaat het?'

'Ja,' zei ik, maar vreemd genoeg kon ik niets bedenken om eraantoe te voegen.

Na een ogenblik knikte ze met een verwonderd gezicht. 'Nou… goed. Sorry dat ik je niet heb zien binnenkomen. Dan zou ik je naar mijn afdeling gebracht hebben. Jij bent zo'n beetje de enige vaste klant die ik heb.'

'Ja,' zei ik opnieuw. Ik wist ook toen al dat mijn antwoord nergens op sloeg, maar dit was het enige woord dat ik in haar aanwezigheid wist uit te brengen.

Ze wachtte tot ik er iets aan toevoegde. Toen ik niets zei, ving ik een zweem van teleurstelling in haar blik op. 'Ik zie dat je het druk hebt,' zei ze ten slotte, terwijl ze in de richting van mijn boek knikte. 'Ik wilde alleen even gedag zeggen en je nogmaals bedanken dat je me naar mijn auto hebt gebracht. Eet smakelijk.'

Ze wilde zich net omdraaien toen ik kans zag de betovering waarin ik zat te verbreken.

'Jane?' flapte ik eruit.

'Ja?'

Ik schraapte mijn keel. 'Misschien kan ik je nog eens een keer naar je auto brengen. Ook als het niet regent.'

Ze keek me een ogenblik onderzoekend aan voor ze antwoord gaf. 'Dat zou leuk zijn, Wilson.'

'Misschien later vandaag?'

Ze glimlachte. 'Ja, hoor.'

Toen ze zich omdraaide, sprak ik weer.

'En Jane?'

Ditmaal keek ze over haar schouder. 'Ja?'

Eindelijk de ware reden begrijpend waarom ik gekomen was, legde ik beide handen op mijn studieboek, alsof ik kracht probeerde te putten uit een wereld die ik niet begreep. 'Zou je dit weekend met me uit eten willen?'

Ze leek geamuseerd dat ik er zo lang over had gedaan.

'Ja, Wilson,' zei ze. 'Dat zou ik heel graag willen.'

Het was moeilijk te geloven dat we daar zaten, meer dan dertig jaar later, met onze dochter die het over haar aanstaande huwelijk had.

Op Anna's verrassende verzoek om een eenvoudige, snelle bruiloft werd met een diepe stilte gereageerd. Eerst leek Jane met stomheid geslagen, maar toen ze bij haar positieven kwam, begon ze haar hoofd te schudden terwijl ze op steeds dringender toon 'Nee, nee, nee...' fluisterde.

Achteraf was haar reactie nauwelijks onverwacht. Ik denk

dat een van de momenten waar een moeder in het leven het meest naar uitkijkt, de bruiloft van een dochter is. Er is een hele industrie om bruiloften opgebouwd en het is niet meer dan natuurlijk dat de meeste moeders verwachtingen hebben over hoe het hoort te gaan. Anna's ideeën vormden een scherp contrast met wat Jane altijd voor haar dochters had gewild, en hoewel het Anna's bruiloft was, kon Jane net zomin aan haar opvattingen ontsnappen als aan haar eigen verleden.

Jane had er geen moeite mee dat Anna en Keith op onze trouwdag zouden trouwen – zij was als geen ander op de hoogte van Noah's gezondheidstoestand, en Anna en Keith zouden inderdaad over een paar weken verhuizen – maar ze had moeite met het idee dat ze door een kantonrechter getrouwd zouden worden. Ook was ze niet blij met het feit dat ze maar acht dagen had om alles te organiseren en dat Anna van plan was het eenvoudig te houden.

Ik zweeg terwijl de onderhandelingen serieus op gang kwamen. Jane kwam met: 'En de Sloans dan? Ze zouden het verschrikkelijk vinden als je hen niet uitnodigde. Of John Peterson? Hij is jarenlang je pianoleraar geweest en ik weet hoe je op hem gesteld was.'

'Maar het is helemaal niets bijzonders,' herhaalde Anna dan. 'Keith en ik wonen al samen. De meeste mensen doen trouwens al alsof we getrouwd zijn.'

'Maar een fotograaf dan? Je zult toch wel een paar foto's willen hebben.'

'Ik weet zeker dat heel veel mensen een fototoestel meenemen,' wierp Anna dan tegen. 'Of jij zou het kunnen doen. Je hebt in de loop der jaren al duizenden foto's gemaakt.'

Daarop schudde Jane haar hoofd en gaf zich over aan een hartstochtelijk pleidooi over hoe het de belangrijkste dag van haar leven was waarop Anna reageerde met dat het toch gewoon een huwelijk zou zijn, ook zonder alle opsmuk. Het ging er niet vijandig aan toe, maar het was duidelijk dat ze in een impasse waren geraakt.

Het is mijn gewoonte om de meeste van dit soort zaken aan Jane over te laten, vooral waar het de meisjes betreft, maar ik realiseerde me dat ik in dit geval een duit in het zakje moest doen, en ik ging iets meer overeind zitten.

'Misschien is er een compromis,' kwam ik tussenbeide.

Anna en Jane keken naar me.

'Ik weet dat je per se volgend weekend wilt trouwen,' zei ik tegen Anna, 'maar zou je het erg vinden als we nog wat extra mensen uitnodigden naast de familie? Als we met de organisatie helpen?'

'Ik weet niet of we tijd hebben voor iets dergelijks...' begon Anna.

'Is het goed als we het proberen?'

De onderhandelingen gingen nog een uur daarna door, maar uiteindelijk rolden er een paar compromissen uit. Anna bleek verrassend plooibaar toen ik eenmaal mijn mond had opengedaan. Ze kende een pastor, zei ze, en ze wist zeker dat hij erin toe zou stemmen om volgende week het huwelijk te voltrekken. Jane leek blij en opgelucht toen de eerste plannen vorm begonnen te krijgen.

In de tussentijd dacht ik niet alleen aan de bruiloft van mijn dochter, maar ook aan onze dertigste trouwdag. Nu zouden onze trouwdag – die ik gedenkwaardig hoopte te maken – en een bruiloft op dezelfde dag plaatsvinden, en ineens wist ik welke van de twee het meest op de voorgrond stond.

Het huis waar Jane en ik wonen ligt aan de rivier de Trent en hij is achter onze tuin meer dan een halve kilometer breed. 's Avonds zit ik soms op het houten terras en kijk naar de kabbelende golfjes waarop het maanlicht danst. Afhankelijk van het weer zijn er momenten dat het water net een levend wezen is.

In tegenstelling tot Noah's huis heeft het onze geen veranda om het hele huis heen. Het is gebouwd in een tijd waarin airconditioning en de stevige aantrekkingskracht van de televisie de mensen binnen hielden. Toen we de eerste keer door het huis liepen, wierp Jane één blik uit het raam en besloot dat als ze dan geen veranda mocht hebben, ze in ieder geval een terras wilde. Dat was een van de vele verbouwinkjes die ons huis uiteindelijk gemaakt hebben tot iets dat we echt ons thuis kunnen noemen.

Nadat Anna weg was gegaan, bleef Jane op de bank zitten en staarde naar de glazen schuifdeuren. Ik kon de uitdrukking op haar gezicht niet doorgronden, maar voor ik kon vragen waar ze aan dacht, stond ze ineens op en liep naar buiten. Ik realiseerde me dat het een schokkende avond was geweest, liep naar de keuken en maakte een fles wijn open. Jane is nooit een grote drinker geweest, maar een glaasje wijn zo nu en dan vond ze wel lekker, en ik dacht dat ze er nu wel zin in zou hebben.

Met het glas in mijn hand liep ik naar het terras. Buiten gonsde het van de geluiden van kikkers en krekels. De maan was nog niet op en aan de overkant van de rivier zag ik de gele lichtjes van landhuizen. Er was een briesje opgestoken en ik hoorde het vage getinkel van de windklokjes die Leslie ons vorig jaar met Kerstmis had gegeven.

Verder was het stil. In het zachte licht van de buitenlamp deed Jane's profiel me denken aan een Grieks standbeeld, en opnieuw viel me op hoeveel ze leek op de vrouw die ik lang geleden voor het eerst zag. Terwijl ik naar haar hoge jukbeenderen en volle lippen keek, was ik dankbaar dat onze dochters meer op haar dan op mij leken, en nu er een ging trouwen, verwachtte ik dat haar gezicht zou stralen. Maar toen ik dichterbij kwam, zag ik tot mijn schrik dat Jane huilde.

Ik bleef aan het begin van het terras staan, terwijl ik me afvroeg of ik er verkeerd aan had gedaan om naar haar toe te gaan.

Maar voor ik me kon omdraaien, scheen Jane mijn aanwezigheid te voelen en keek achterom.

'O, hoi,' zei ze snuffend.

'Gaat het?' vroeg ik.

'Ja.' Ze zweeg even en schudde toen haar hoofd. 'Ik bedoel nee. Eigenlijk weet ik niet hoe ik me voel.'

Ik ging naast haar staan en zette het glas wijn op de balustrade. In het donker zag de wijn eruit als olie.

'Dank je,' zei ze. Nadat ze een slok had genomen, ademde ze diep uit voor ze haar blik weer over het water liet gaan.

'Het is zo typisch Anna,' zei ze na een tijdje. 'Het zou me niet moeten verbazen, maar toch…'

Haar stem stierf weg en ze zette haar glas neer.

'Ik dacht dat je Keith graag mocht,' zei ik.

'Ja, dat is ook zo.' Ze knikte. 'Maar een week? Ik weet niet waar ze die ideeën vandaan heeft. Als ze toch zoiets wilde doen, snap ik niet waarom ze het niet gewoon achter onze rug om heeft gedaan.'

'Zou je dat liever hebben gehad?'

'Nee. Ik zou woedend op haar zijn geweest.'

Ik glimlachte. Jane was altijd eerlijk geweest.

'Er is alleen zo veel te doen,' vervolgde ze, 'en ik heb geen idee hoe we het allemaal voor elkaar moeten krijgen. Ik zeg niet dat de bruiloft in de balzaal van de Plaza gehouden zou moeten worden, maar toch zou je denken dat ze er wel een fotograaf bij wilde hebben. Of een paar van haar vriendinnen.'

'Heeft ze daar niet allemaal in toegestemd?'

Jane aarzelde terwijl ze zorgvuldig haar woorden koos.

'Ik geloof alleen niet dat ze beseft hoe vaak ze nog terug zal denken aan haar trouwdag. Ze doet net alsof het allemaal niets voorstelt.'

'Ze zal hem zich altijd herinneren, hoe de dag ook uitpakt,' wierp ik vriendelijk tegen.

Jane hield haar ogen lange tijd gesloten. 'Je begrijpt het niet,' zei ze.

Hoewel ze verder niets meer over het onderwerp zei, wist ik precies wat ze bedoelde.

Jane wilde eenvoudigweg niet dat Anna dezelfde fout zou maken als zij had gedaan.

Mijn vrouw heeft altijd spijt gehad van de manier waarop we getrouwd zijn, en ik weet dat het mijn schuld is. We hadden het soort bruiloft waar ik op aangedrongen had, en hoewel ik de verantwoordelijkheid ervoor op me neem, speelden mijn ouders een belangrijke rol bij mijn beslissing.

Mijn ouders waren, in tegenstelling tot de grote meerderheid van de bevolking, atheïst en ik werd dienovereenkomstig opgevoed. Ik herinner me dat ik, toen ik opgroeide, nieuwsgierig was naar de kerk en de mysterieuze rituelen waar ik soms over las, maar godsdienst was iets waar we nooit over spraken. Het kwam tijdens het eten nooit ter sprake en ofschoon er momenten waren dat ik besefte dat ik anders was dan andere kinderen in de buurt, was het niet iets waar ik bij stilstond.

Ik denk er nu anders over. Ik beschouw mijn christelijke geloof als een van de grootste geschenken die ik ooit heb gekregen en ik zal er niet veel meer over zeggen dan dat ik achteraf denk dat ik altijd heb geweten dat er iets ontbrak in mijn leven. De jaren die ik met Jane heb doorgebracht, zijn er het bewijs van. Net als haar ouders was Jane sterk gelovig, en zij was degene die me mee naar de kerk nam. Ze kocht ook de bijbel die we 's avonds lezen en zij was degene die antwoord gaf op de vragen die ik aanvankelijk had.

Maar dit gebeurde pas toen we al getrouwd waren.

Als er een bron van spanningen is geweest in de tijd dat we verkering hadden, dan was het mijn gebrek aan geloof, en ik weet zeker dat er tijden waren dat ze zich afvroeg of we wel bij elkaar pasten. Ze heeft me verteld dat ze niet weet of ze wel met me getrouwd zou zijn als ik niet uiteindelijk Jezus Christus als mijn Verlosser was gaan erkennen. Ik wist dat Anna's opmerkingen een pijnlijke herinnering voor haar naar boven hadden gehaald, want het kwam door ditzelfde gebrek aan geloof dat we voor de kantonrechter zijn getrouwd. In die tijd had ik sterk het gevoel dat het hypocriet zou zijn als ik in de kerk trouwde.

Er was nog een reden waarom we door een rechter zijn getrouwd in plaats van door een dominee, en dat had te maken met trots. Ik wilde niet dat Jane's ouders voor een traditioneel kerkelijk huwelijk zouden betalen, ook al konden ze het zich veroorloven. Nu ik zelf ouder ben, zie ik een dergelijke plicht als het geschenk dat het is, maar in die tijd vond ik dat ik alleen voor de kosten moest opdraaien. Als ik geen behoorlijke receptie kon betalen, zo redeneerde ik, dan zou ik er geen houden.

In die tijd kon ik me geen galatoestand veroorloven. Ik werkte nog maar pas op het kantoor en verdiende behoorlijk, maar ik deed ook mijn best om te sparen voor een aanbetaling op een huis. Hoewel we negen maanden nadat we getrouwd waren ons eerste huis konden kopen, denk ik niet langer dat het zo'n offer waard is. Zuinigheid, zo heb ik geleerd, heeft zijn eigen prijs, een die soms voor altijd voortduurt.

Onze huwelijksvoltrekking duurde minder dan tien minuten; er werd geen gebed gezegd. Ik droeg een donkergrijs pak; Jane was gekleed in een gele zomerjurk met een gladiool in haar haar gespeld. Haar ouders keken vanaf de trap onder ons toe en zwaaiden ons met een kus en een hand uit. We brachten onze wittebroodsweken door in een oude herberg in Beaufort, en hoewel ze het antieke hemelbed waar we voor het eerst vrijden geweldig vond, bleven we er korter dan een weekend, omdat ik maandag weer op kantoor moest zijn.

Dat is niet het soort bruiloft waar Jane als jong meisje van had gedroomd. Dat weet ik nu. Wat zij toen wilde, is wat ze volgens mij nu Anna probeert op te dringen. Een stralende bruid die door haar vader naar het altaar wordt geleid, een huwelijk dat door een dominee wordt voltrokken, met familie en vrienden erbij. Een receptie met eten en taart en bloemen op iedere tafel, waar de bruid en bruidegom de felicitaties in ontvangst kunnen nemen van ieder die hen dierbaar is. Misschien zelfs muziek waarop de bruid met haar prille echtgenoot zou kunnen dansen en met haar vader die haar had grootgebracht, terwijl anderen met vreugde in hun ogen toekeken.

Dat is wat Jane zou hebben gewild.

4

Op zaterdagochtend, de dag na Anna's aankondiging, was het
al snikheet toen ik mijn auto op het parkeerterrein van Creekside zette. Zoals in de meeste zuidelijke dorpen en stadjes,
wordt het tempo in New Bern in augustus een stuk lager. Mensen rijden voorzichtiger, verkeerslichten lijken langer dan anders op rood te staan en degenen die lopen gebruiken maar net
genoeg energie om hun lichaam vooruit te bewegen, alsof ze
bezig zijn met een wedstrijd schuifelen in slowmotion.

Jane en Anna waren al op stap. Nadat ze gisteren van het terras naar binnen was gekomen, was Jane aan de keukentafel gaan
zitten en begonnen aantekeningen te maken van alle dingen die
ze moest doen. Hoewel ze niet in de veronderstelling verkeerde dat ze alles af zou krijgen, besloegen haar aantekeningen drie
pagina's, met omschreven doelen voor iedere dag van de komende week.

Jane was altijd goed geweest in projecten. Of het nu ging om
een geldinzamelingsactie voor de padvinders of het organiseren van een kerkbazaar, ze klopten meestal bij mijn vrouw aan
als vrijwilligster. Hoewel ze soms het gevoel had dat het haar
te veel werd – ze had tenslotte drie kinderen die weer met andere dingen bezig waren – weigerde ze nooit. Ik bedacht hoe
bekaf ze vaak werd en knoopte mezelf in de oren dat ik in de
komende week zo weinig mogelijk beslag op haar tijd moest
leggen.

Op de binnenplaats van Creekside waren vierkante heggen en groepjes azalea's aangelegd. Na het gebouw door te hebben gelopen – ik wist zeker dat Noah niet in zijn kamer was – liep ik over het kronkelige grindpad naar de vijver. Ik zag Noah en schudde mijn hoofd toen ik zag dat hij ondanks de hitte zijn favoriete blauwe vest aan had. Alleen Noah kon het op een dag als vandaag koud hebben.

Hij was net klaar met het voeren van de zwaan, die nog steeds in kleine kringetjes voor hem zwom. Toen ik aan kwam lopen, hoorde ik hem ertegen praten, al kon ik de woorden niet verstaan. De zwaan scheen hem volledig te vertrouwen. Noah vertelde me een keer dat de zwaan soms aan zijn voeten kwam liggen, al had ik dit nog nooit gezien.

'Hallo, Noah,' zei ik.

Het omkijken kostte hem moeite. 'Hallo, Wilson.' Hij stak een hand op. 'Fijn dat je langskomt.'

'Gaat het?'

'Het kon beter,' antwoordde hij. 'Maar het kon ook slechter.'

Hoewel ik hier vaak kwam, deprimeerde Creekside me soms, want het leek vol te zitten met mensen die in het leven achtergelaten waren. De dokters en verpleegkundigen vertelden ons dat Noah geluk had omdat hij regelmatig bezoek kreeg, maar te veel anderen brachten hun dagen door met televisie kijken om aan de eenzaamheid van hun laatste jaren te ontkomen. Noah bracht zijn avonden nog steeds door met het declameren van poëzie aan de mensen die er wonen. Hij is dol op Walt Whitman, en *Leaves of Grass* lag naast hem op de bank. Hij ging maar zelden ergens heen zonder de bundel, en hoewel Jane en ik ze vroeger hebben gelezen, moet ik toegeven dat ik niet begrijp waarom hij de gedichten zo betekenisvol vindt.

Terwijl ik hem onderzoekend bekeek, viel me weer op hoe triest het was om een man als Noah oud te zien worden. Het grootste deel van mijn leven had ik nooit in die termen aan hem gedacht, maar tegenwoordig als ik zijn adem hoorde, deed het me denken aan lucht die uit een oude accordeon kwam. Hij bewoog zijn linkerhand niet, een gevolg van de beroerte die hem in het voorjaar had getroffen. Noah was aan het aftakelen, en terwijl ik allang wist dat dit te gebeuren stond, scheen hij het eindelijk ook te beseffen.

Hij keek naar de zwaan en toen ik zijn blik volgde, herkende ik het dier aan de zwarte vlek op zijn borst. Het deed me denken aan een moedervlek, of steenkool in de sneeuw, een poging van de natuur om perfectie te temperen. Op bepaalde momenten in het jaar zaten er wel een stuk of tien zwanen op het water, maar deze was de enige die nooit wegging. Ik heb hem zelfs op de vijver zien dobberen terwijl de temperatuur 's winters sterk gedaald was en de andere zwanen allang verder naar het zuiden waren getrokken. Noah heeft me een keer verteld waarom de zwaan nooit wegging, en zijn uitleg was een van de redenen dat de dokters dachten dat hij waanideeën had.

Terwijl ik naast hem ging zitten, vertelde ik wat er de avond tevoren met Anna en Jane had plaatsgevonden. Toen ik klaar was met mijn verhaal, keek Noah me met een flauwe grijns aan.

'Jane was verbaasd?' vroeg hij.

'Wie zou dat niet zijn?'

'En ze wil dingen op een bepaalde manier?'

'Ja,' zei ik. Ik vertelde hem over de plannen die ze aan de keukentafel had ontvouwd voordat ik het idee van mezelf ter sprake bracht, iets waarvan ik dacht dat Jane het over het hoofd had gezien.

Met zijn goede hand klopte Noah me op mijn been alsof hij me zijn goedkeuring gaf.

'Hoe is het met Anna?' vroeg hij. 'Hoe gaat het met haar?'

'Prima. Ik geloof niet dat ze ook maar in het minst verbaasd was over Jane's reactie.'

'En met Keith?'

'Ook goed. Tenminste, als ik afga op wat Anna vertelt.'

Noah knikte. 'Een prima jong stel, die twee. Ze hebben allebei het hart op de juiste plaats zitten. Ze doen me denken aan Allie en mij.'

Ik glimlachte. 'Ik zal haar vertellen dat je dat hebt gezegd. Dat zal ze fantastisch vinden.'

We zwegen een tijdje tot Noah naar het water gebaarde.

'Wist jij dat zwanen hun hele leven bij elkaar blijven?' zei hij. 'Ik dacht dat dat een sprookje was.'

'Het is waar,' zei hij nadrukkelijk. 'Allie zei altijd dat het een van de meest romantische dingen was die ze ooit had gehoord. Voor haar was dat het bewijs dat liefde de sterkste kracht op aarde is. Voor we trouwden, was ze met iemand anders verloofd. Dat wist je, hè?'

Ik knikte.

'Dat dacht ik wel. In ieder geval kwam ze me opzoeken zonder het haar verloofde te vertellen, en ik nam haar mee in een kano naar een plek waar we duizenden zwanen op een kluitje zagen. Het was net sneeuw op het water. Heb ik je dat wel eens verteld?'

Ik knikte opnieuw. Hoewel ik er niet bij was geweest, zag ik het beeld levendig voor me, net als Jane. Ze had het vaak vol verwondering over dat verhaal.

'Daarna kwamen ze nooit meer terug,' mompelde hij. 'Er waren er altijd een paar in de vijver, maar het werd nooit meer zoals op die dag.' Verzonken in herinneringen zweeg hij even. 'Maar Allie ging er toch graag heen. Ze voerde graag de dieren die er waren en ze wees me altijd de stelletjes aan. Dat is er een, zei ze dan, en dat is er ook een. Geweldig, hè, zoals ze altijd samen zijn?' Noah's gezicht was een en al rimpel toen hij glimlachte. 'Ik denk dat het haar manier was om me eraan te herinneren dat ik haar trouw moest blijven.'

'Ik denk niet dat ze zich daar zorgen over hoefde te maken.'

'O nee?' vroeg hij.

'Ik denk dat Allie en jij voor elkaar bestemd waren.'

Hij glimlachte weemoedig. 'Ja,' zei hij ten slotte, 'dat waren we. Maar we moesten er wel wat voor doen. We hebben ook onze moeilijke tijden gehad.'

Misschien had hij het over haar Alzheimer. En lang daarvoor, de dood van een van hun kinderen. Er waren nog andere dingen ook, maar dat waren de gebeurtenissen waar hij nog steeds moeilijk over kon praten.

'Maar je doet het zo gemakkelijk voorkomen,' protesteerde ik.

Noah schudde zijn hoofd. 'Dat was het niet. Niet altijd. Al die brieven die ik haar schreef, waren een manier om haar niet alleen te herinneren aan wat ik voor haar voelde, maar ook aan de belofte die we elkaar ooit hadden gedaan.'

Ik vroeg me af of hij me probeerde te herinneren aan de keer dat hij voorstelde dat ik zoiets voor Jane zou doen, maar ik zei er niets over. In plaats daarvan kwam ik met iets wat ik hem had willen vragen.

'Was het moeilijk voor Allie en jou toen alle kinderen uit huis waren?'

Noah nam een ogenblik de tijd om over zijn antwoord na te denken. 'Ik weet niet of moeilijk het juiste woord is, maar het was anders.'

'In welke zin?'

'Het was stil, om te beginnen. Heel stil. Met Allie die in haar atelier aan het werk was, liep ik meestal een beetje in mijn eentje door het huis te scharrelen. Ik denk dat ik toen in mezelf begon te praten, gewoon om gezelschap te hebben.'

'Hoe reageerde Allie op het feit dat er geen kinderen meer om haar heen waren?'

'Net als ik,' zei hij. 'In het begin tenminste. De kinderen waren lange tijd ons leven, en het is altijd wennen wanneer dat verandert. Maar zodra ze er eenmaal aan gewend was, denk ik dat ze begon te genieten van het feit dat we weer alleen waren.'

'Hoe lang duurde dat?' vroeg ik.

'Ik weet het niet. Een paar weken misschien.'

Ik voelde mijn schouders zakken. Een paar weken? dacht ik.

Noah scheen mijn gezicht gezien te hebben, en na een ogenblik schraapte hij zijn keel. 'Nu ik er bij stilsta,' zei hij, 'vraag ik me af of het wel zo lang duurde. Volgens mij duurde het een paar dagen voor ze weer normaal ging doen.'

Een paar dágen? Toen kon ik niet eens meer een reactie opbrengen.

Hij bracht een hand naar zijn kin. 'Trouwens, als ik het me goed herinner,' vervolgde hij, 'was het niet eens een paar dagen. Eerlijk gezegd deden we de jitterbug pal voor het huis nadat we de laatste spullen van David in de auto hadden geladen. Maar ik zal je vertellen dat de eerste paar minuten lastig waren. Heel lastig. Ik vraag me wel eens af hoe we ze ooit overleefd hebben.'

Hoewel hij serieus bleef kijken terwijl hij sprak, bespeurde ik de ondeugende twinkeling in zijn ogen.

'De jitterbug?' vroeg ik.

'Dat is een dans.'

'Ik weet wel wat het is.'

'Hij was vroeger behoorlijk populair.'

'Dat is heel lang geleden.'

'Wat? Geen jitterbugs meer?'

'Een kunst die verloren is gegaan, Noah.'

Hij gaf me een zachte por. 'Maar daar had ik je toch mooi te grazen, hè?'

'Een beetje wel, ja,' gaf ik toe.

Hij knipoogde. 'Hebbes.'

Een ogenblik lang zweeg hij, ingenomen met zichzelf. Toen, wetend dat hij niet echt antwoord op mijn vraag had gegeven, ging hij verzitten en slaakte een diepe zucht.

'Het was voor ons allebei moeilijk, Wilson. Tegen de tijd dat ze weggingen, waren ze niet alleen meer onze kinderen, maar ook onze vrienden. We waren allebei eenzaam, en een tijdlang wisten we eigenlijk niet wat we met elkaar aan moesten.'

'Je hebt er nooit iets over gezegd.'

'Je hebt er nooit naar gevraagd,' zei hij. 'Ik miste ze, maar van ons tweeën denk ik dat het voor Allie het ergst was. Ze was dan misschien schilderes, maar ze was bovenal moeder, en toen de kinderen de deur uit waren, was het net alsof ze niet precies meer wist wie ze was. Een tijdje, tenminste.'

Ik probeerde het me voor te stellen, maar het lukte niet. Het was niet een Allie die ik ooit had gezien of ooit voor mogelijk had gehouden.

'Waarom gebeurt dat?' vroeg ik.

In plaats van antwoord te geven keek Noah me aan en zweeg even. 'Heb ik je wel eens over Gus verteld?' vroeg hij ten slotte. 'Die bij me langskwam toen ik het huis aan het opknappen was?'

Ik knikte. Ik wist dat Gus familie van Harvey was, de zwarte predikant die ik soms zag wanneer ik naar Noah's huis ging.

'Nou, die ouwe Gus,' legde Noah uit, 'vertelde graag sterke verhalen, hoe komischer hoe beter. En soms zaten we 's avonds op de veranda en probeerden met onze eigen sterke verhalen te komen om elkaar aan het lachen te maken. In de loop der jaren heb ik wel wat mooie gehoord, maar wil je weten wat mijn favoriete verhaal was? Het sterkste verhaal dat Gus ooit heeft verteld? Maar voor ik het vertel, moet je weten dat Gus al een halve eeuw met hetzelfde meisje getrouwd was en dat ze acht kinderen hadden. Die twee hadden samen wel zo'n beetje alles meegemaakt. Nou, in ieder geval, we zitten de hele avond over en weer van die verhalen te vertellen en hij zegt: "Ik heb er één." Dus Gus haalt diep adem en kijkt me met een uitgestreken gezicht recht aan en zegt: "Noah, ik begrijp vrouwen."'

Noah grinnikte alsof hij het voor het eerst hoorde. 'Waar het om gaat is,' vervolgde hij, 'dat geen enkele man in alle eerlijkheid die woorden kan zeggen en ze menen. Het is gewoon niet mogelijk, dus het heeft geen zin het te proberen. Maar dat wil niet zeggen dat je niet toch van ze kunt houden. En dat wil niet zeggen dat je ooit moet ophouden je best te doen ze te laten merken hoe belangrijk ze voor je zijn.'

Ik zag op het water hoe de zwaan zijn veren schudde en zijn vleugels vouwde terwijl ik nadacht over wat hij had gezegd. Dit was de manier waarop Noah in het afgelopen jaar met me over Jane praatte. Hij kwam niet één keer met uitgesproken advies, hij vertelde me niet één keer wat ik moest doen. Tegelijkertijd was hij zich altijd bewust van mijn behoefte aan steun.

'Ik denk dat Jane zou willen dat ik meer op jou leek,' zei ik.

Noah grinnikte om mijn woorden. 'Je doet het prima, Wilson,' zei hij. 'Je doet het uitstekend.'

Afgezien van het tikken van de staande klok en het gestage gebrom van de airconditioning, was het stil toen ik thuiskwam. Terwijl ik mijn sleutels op de secretaire in de woonkamer legde, tuurde ik naar de boekenkasten aan weerszijden van de schouw. De planken stonden vol familiefoto's die in de loop der jaren waren gemaakt: wij allevijf in spijkerbroek en blauw T-shirt twee zomers geleden, een op het strand bij Fort Macon toen de kinderen tieners waren, nog een van toen ze nog kleiner waren. Dan de foto's die Jane had genomen: Anna in haar galajurk voor het laatste schoolbal, Leslie in haar cheerleaderpakje, een foto van Joseph met onze hond, Sandy, die jammer genoeg een paar zomers geleden was gestorven. Er waren er meer; sommige gingen zelfs terug tot aan hun babytijd, en hoewel ze niet op chronologische volgorde stonden, was het een testament van hoe het gezin in de loop der jaren gegroeid en veranderd was.

Midden op de planken boven de schouw stond een zwartwitfoto van Jane en mij op onze trouwdag. Allie had de foto op de trappen van de rechtbank genomen. Ook toen bleek Allie's kunstzinnigheid al duidelijk en hoewel Jane altijd mooi was geweest, was de lens mij die dag ook gunstig gezind. Ik hoopte dat ik er altijd zo uitzag wanneer ik naast haar stond.

Maar vreemd genoeg staan er verder geen foto's van Jane en mij als stelletje op de planken. In de albums zitten tientallen kiekjes die de kinderen hebben genomen, maar geen ervan heeft ooit de weg naar een lijstje gevonden. In de loop der jaren had Jane meerdere malen voorgesteld om weer een portret te laten maken, maar in de jachtigheid van leven en werk had het nooit zo mijn aandacht gekregen. Nu vraag ik me wel eens af waarom we er nooit de tijd voor hebben genomen of wat het voor onze toekomst betekent en of het er eigenlijk wel toe doet.

Door mijn gesprek met Noah ging ik peinzen over de jaren sinds de kinderen uit huis waren gegaan. Had ik al die tijd een betere echtgenoot kunnen zijn? Ongetwijfeld, ja. Maar als ik terugkijk, denk ik dat ik Jane in de maanden nadat Leslie is vertrokken om te gaan studeren pas echt in de steek heb gelaten, als een volkomen gebrek aan besef op die manier omschreven kan worden. Ik herinner me nu dat Jane in die tijd stil en zelfs een beetje humeurig leek; ze stond vaak met nietsziende blik door de schuifpui naar buiten te staren of lusteloos in oude dozen met spullen van de kinderen te rommelen. Maar het was een buitengewoon druk jaar voor mij op kantoor – de oude Ambry had een hartaanval gehad en moest zijn werk drastisch terugdringen, zodat veel van zijn cliënten naar mij doorgeschoven werden. Door de dubbele belasting van een enorm toegenomen aantal zaken en de organisatorische rompslomp die Ambry's ziekte met zich meebracht, was ik vaak uitgeput en met mijn gedachten ergens anders.

Toen Jane ineens besloot het huis opnieuw in te richten, zag ik het als een goed teken dat ze zich met een nieuw project bezighield. Werk, redeneerde ik, weerhoudt haar ervan om bij de afwezigheid van de kinderen stil te staan. En dus verschenen er leren banken waar er eerder stoffen exemplaren hadden gestaan, salontafels van kersenhout, lampen van gedraaid koper. Er zit nieuw behang op de muren van de eetkamer en er staan genoeg stoelen om de tafel om alle kinderen en hun toekomstige aanhang te kunnen herbergen. Hoewel Jane er iets prachtigs van heeft gemaakt, moet ik toegeven dat ik regelmatig schrok van de creditcardafrekeningen die in de bus vielen, maar ik kwam erachter dat ik er maar beter niets van kon zeggen.

Maar toen ze eenmaal klaar was, begonnen we allebei te merken dat er iets ongemakkelijks in het huwelijk was geslopen, een ongemakkelijkheid die niets te maken had met een leeg nest, maar met het soort echtpaar dat we geworden waren. Toch zeiden we er geen van tweeën iets over. Het was alsof we allebei dachten dat als we de woorden hardop uitspraken, ze dan op de een of andere manier permanent zouden worden en ik denk dat we allebei bang waren voor wat er als gevolg daarvan zou gebeuren.

Dit, wil ik eraantoe voegen, is ook de reden dat we nooit naar een relatietherapeut zijn gestapt. Noem het ouderwets, maar ik heb het nooit een prettige gedachte gevonden om onze problemen met anderen te bespreken, en Jane is net zo. Bovendien weet ik precies wat een relatietherapeut zou zeggen. Nee, dat de kinderen het huis uit waren, was niet de oorzaak van het probleem, zou de therapeut zeggen, en Jane's toegenomen vrije tijd ook niet. Dat waren eenvoudigweg katalysators die bestaande problemen in een scherper licht zetten.

Wat had ons dan naar dit punt gebracht?

Hoewel het me pijn doet het te moeten zeggen, denk ik dat ons ware probleem er een van onschuldige verwaarlozing is – voornamelijk van mijn kant, als ik heel eerlijk ben. Bovenop het feit dat ik mijn werk regelmatig vóór mijn gezin heb laten gaan, is de stabiliteit van ons huwelijk altijd vanzelfsprekend voor me geweest. Zoals ik het zag, was onze relatie er een zonder grote problemen en de hemel weet dat ik nooit het type ben geweest om de kleine dingetjes te doen die mannen als Noah voor hun vrouw deden. Wanneer ik erover nadacht – wat, gebiedt de waarheid me te zeggen, niet vaak voorkwam – verzekerde ik mezelf dat Jane altijd had geweten wat voor soort man ik was, en dat zou altijd genoeg zijn.

Maar liefde, zo ben ik gaan begrijpen, is meer dan vier woordjes die je mompelt voor het slapengaan. Liefde wordt in stand gehouden door handelingen, een vast stramien van toewijding in de dingen die we iedere dag voor elkaar doen.

Nu, terwijl ik naar de foto keek, kon ik alleen maar denken dat mijn liefde door dertig jaar van onschuldige verwaarlozing een leugen was gaan lijken en dat het ernaar uitzag dat ik eindelijk de rekening gepresenteerd kreeg. We waren alleen in naam getrouwd. We hadden al bijna een half jaar niet meer gevrijd, en de paar kusjes die we elkaar gaven, zeiden ons allebei weinig. Ik stierf inwendig, vol pijn om alles wat we verloren hadden en terwijl ik naar onze trouwfoto staarde, haatte ik mezelf omdat ik het had laten gebeuren.

5

Ondanks de hitte ging ik de rest van de middag onkruid wieden en daarna nam ik een douche voor ik boodschappen ging doen. Het was tenslotte zaterdag – mijn dag om te koken – en ik had besloten een nieuw recept uit te proberen waar als bijgerechten vlinderpasta en groenten bij hoorden. Hoewel ik wist dat dit waarschijnlijk genoeg voor ons beiden zou zijn, besloot ik op het laatste moment een voorgerecht en ook een Caesarsalade te maken.

Om vijf uur stond ik in de keuken, om halfzes was het voorgerecht een eind klaar. Ik had gevulde champignons met worst en roomkaas gemaakt, en ze stonden in de oven naast het brood dat ik bij de bakker had gekocht. Ik had net de tafel gedekt en stond een fles Merlot open te maken, toen ik Jane door de voordeur binnen hoorde komen.

'Hallo?' riep ze.

'Ik ben in de eetkamer,' zei ik.

Toen ze de hoek om kwam, viel me op hoe stralend ze eruitzag. Terwijl mijn haar vol met grijs zit, is het hare nog zo vol en donker als op de dag dat ik met haar trouwde. Ze had een paar plukken achter haar oor gestopt en om haar hals zag ik het kleine diamanten hangertje dat ik in de eerste paar jaar van ons huwelijk had gekocht. Hoe druk ik ook bij tijd en wijle tijdens ons huwelijk met andere dingen bezig mocht zijn geweest, ik ben nooit immuun geraakt voor haar schoonheid.

'Wauw,' zei ze. 'Wat ruikt het hier lekker. Wat gaan we eten?'

'Kalfsoesters marsala,' verkondigde ik, en schonk een glas wijn voor haar in. Ik liep naar de andere kant van de eetkamer en gaf het haar. Toen ik onderzoekend naar haar gezicht keek, zag ik dat de bezorgdheid van de avond ervoor vervangen was door een trek van opwinding die ik al lang niet meer had gezien. Ik zag dat Anna en zij een goede dag hadden gehad en hoewel ik niet doorhad dat ik mijn adem had ingehouden, merkte ik dat ik opgelucht uitademde.

'Je zult niet geloven wat er vandaag is gebeurd,' zei ze ademloos. 'Zelfs als ik het je vertel, zul je het nog niet geloven.'

Ze nam een slok wijn en pakte mijn arm om haar evenwicht te bewaren terwijl ze eerste de ene voet en toen de andere uit haar schoenen wurmde. Ik voelde de warmte van haar aanraking zelfs nadat ze me had losgelaten.

'Wat is het?' vroeg ik. 'Wat is er gebeurd?'

Ze gebaarde enthousiast met haar vrije hand. 'Kom mee,' zei ze. 'Loop met me mee naar de keuken terwijl ik je erover vertel. Ik rammel. We hadden het zo druk dat we geen tijd hadden om te lunchen. Tegen de tijd dat we ons realiseerden dat het tijd was om te eten, waren de meeste restaurants dicht en waren er nog een aantal winkels waar we heen moesten voordat Anna terug moest. Fijn dat je gekookt hebt, trouwens. Ik was helemaal vergeten dat het jouw dag was om te koken en ik probeerde een excuus te verzinnen om iets te laten bezorgen.'

Ze bleef praten terwijl ze door de klapdeuren de keuken binnen liep. In haar kielzog bewonderde ik de subtiele beweging van haar heupen terwijl ze liep.

'Overigens denk ik dat Anna nu een beetje de smaak te pakken krijgt. Ze leek een stuk enthousiaster dan gisteravond.' Jane keek me over haar schouder aan, en haar ogen fonkelden. 'Maar, o, wacht even. Je zult het niet geloven.'

Op de werkbladen in de keuken lagen de voorbereidingen

voor het hoofdgerecht: gesneden kalfsvlees, allerhande groenten, een snijplank en een mes. Ik trok een ovenhandschoen aan en zette het bakblik op het fornuis.

'Hier,' zei ik.

Ze keek me verrast aan. 'Zijn ze al klaar?'

'Gelukkige timing.' Ik haalde mijn schouders op.

Jane pakte een champignon en nam een hapje.

'Dus vanochtend haalde ik haar op... Mmm, wat is dit lekker, zeg.' Ze zweeg even en begon ineens de champignon te bestuderen. Ze nam nog een hapje en liet het door haar mond gaan voor ze verderging. 'In ieder geval, het eerste wat we deden, was praten over mogelijke fotografen – iemand die het heel wat beter kan dan ik. Ik weet wel dat er in de stad een paar studio's zijn, maar ik was ervan overtuigd dat we zo op het laatste moment niemand zouden vinden. Dus gisteravond zat ik te bedenken dat Claire's zoon het misschien kon doen. Hij studeert fotografie aan Carteret Community College, en dat wil hij gaan doen als hij klaar is. Ik had Claire vanochtend gebeld en gezegd dat we misschien langs zouden komen, maar Anna twijfelde omdat ze nooit iets van zijn werk heeft gezien. Mijn andere idee was om iemand te gebruiken die ze van de krant kent, maar Anna zei dat de krant niet zo gelukkig is met dat soort freelancewerk. In ieder geval, om een lang verhaal kort te maken, ze wilde bij de studio's langsgaan en kijken of er iemand beschikbaar was. En je raadt nooit wat er gebeurde.'

'Zeg het eens,' zei ik.

Jane stak het laatste stukje champignon in haar mond zodat de spanning zich opbouwde. Haar vingertoppen glommen toen ze nog een champignon pakte.

'Die zijn echt heel lekker,' zei ze enthousiast. 'Is dit een nieuw recept?'

'Ja,' zei ik.

'Is het ingewikkeld?'

'Niet echt,' zei ik schouderophalend.

Ze haalde diep adem. 'Dus in ieder geval, zoals ik al had gedacht, waren de eerste twee fotografen die we bezochten al bezet. Maar toen gingen we naar Cayton's Studio. Heb je de trouwfoto's wel eens gezien die Jim Cayton maakt?'

'Ik heb gehoord dat hij de beste in de buurt is.'

'Hij is ongelooflijk,' zei ze. 'Zijn werk is subliem. Zelfs Anna was onder de indruk, en je weet hoe ze is. Hij heeft de bruiloft van Dana Crowe gedaan, weet je nog? Hij is meestal al een maand of zes, zeven van tevoren volgeboekt, en zelfs dan krijg je hem met moeite te pakken. Ik bedoel, we hadden geen schijn van kans, hè? Maar toen ik zijn vrouw ernaar vroeg – zij is degene die de studio runt – vertelde ze me dat er net iemand had afgezegd.'

Ze nam nog een hapje van haar voorgerecht en kauwde langzaam.

'En stomtoevallig,' verkondigde ze met een heel licht schouderophalen, 'had hij zaterdag nog niets.'

Ik trok mijn wenkbrauwen op. 'Dat is geweldig,' zei ik.

Nu het hoogtepunt was onthuld, begon ze sneller te praten en me de bijzonderheden te vertellen.

'O, je zult niet geloven hoe blij Anna was. Jim Cayton! Ook al hadden we een jaar gehad om te plannen, hij is degene die ik gewild zou hebben. We hebben zeker een paar uur zitten bladeren in de albums die ze samengesteld hebben om ideeën op te doen. Dan vroeg Anna me weer of ik dit soort opnames mooi vond of ik vroeg haar welke zij mooi vond. Mevrouw Cayton dacht vast dat we gek waren. Zodra we een album uit hadden, vroegen we om het volgende – ze was zo vriendelijk om op iedere vraag die we hadden antwoord te geven. Tegen de tijd dat we weggingen, denk ik dat we ons allebei liepen te knijpen omdat we zo'n geluk hadden gehad.'

'Dat zal best.'

'Dus daarna,' vervolgde ze luchtig, 'gingen we op weg naar de bakkers. Opnieuw visten we een paar keer achter het net, maar ik maakte me niet zo veel zorgen over een taart. Ze maken ze tenslotte niet al maanden van tevoren, hè? In ieder geval vonden we een klein bakkertje dat het kon doen, maar ik wist niet dat er zo veel keuze was. Er was een hele catalogus alleen voor bruidstaarten. Ze hebben grote taarten en kleine en iedere maat er tussenin. Dan moet je natuurlijk nog beslissen welke smaak je wilt, wat voor soort glazuur, wat voor andere versieringen en al dat soort dingen...'

'Klinkt spannend,' zei ik.

Ze sloeg haar ogen ten hemel. 'Je weet nog niet de helft,' zei ze, en ik moest lachen om haar overduidelijke plezier.

De sterren stonden niet vaak gunstig, maar vanavond blijkbaar wel. Ze was in een stralende stemming, de avond was nog jong en Jane en ik stonden op het punt een romantische maaltijd met zijn tweetjes te genieten. Alles leek perfect, en toen ik naast mijn vrouw, met wie ik dertig jaar getrouwd was, ging staan, wist ik ineens dat de dag niet beter had kunnen verlopen als ik het van tevoren had gepland.

Terwijl ik de voorbereidingen voor het eten afrondde, bleef Jane me vertellen over de rest van haar dag, waarbij ze in details trad over de taart (twee lagen, vanillesmaak, glazuur van zure room) en de foto's (Cayton werkt eventuele onvolkomenheden op de computer weg). In het warme licht van de keuken kon ik net de kleine rimpeltjes rond haar ooghoeken zien, de vederlichte spoortjes van ons leven samen.

'Ik ben blij dat het goed is gegaan,' zei ik. 'En gezien het feit dat het jullie eerste dag was, hebben jullie al best veel voor elkaar gekregen.'

De keuken vulde zich met de geur van smeltende boter, en het kalfsvlees begon zachtjes te sissen.

'Ik weet het. En ik ben er dolgelukkig mee!' zei ze. 'Maar we weten nog steeds niet waar we de huwelijksvoltrekking moeten houden, en tot die tijd weet ik niet hoe ik de rest moet organiseren. Ik heb tegen Anna gezegd dat we het hier konden houden als ze dat wilde, maar ze vond het niet zo'n goed idee.'

'Wat wil ze dan wel?'

'Dat weet ze nog niet. Ze denkt dat ze misschien wel een soort tuinbruiloft zou willen hebben. Niet al te formeel.'

'Het lijkt me toch niet zo moeilijk om zoiets te vinden.'

'Daar zul je nog versteld van staan. Het enige dat ik kon bedenken was het Tryon Palace, maar ik denk niet dat het ons op zo korte termijn gaat lukken. Ik weet niet eens of ze er wel bruiloften toestaan.'

'Mmm...' Ik deed zout, peper en knoflookpoeder in de pan.

'De Ortonplantage is ook mooi. Weet je nog? Daar gingen we vorig jaar naar de bruiloft van de Brattons.'

Ik herinnerde het me; het lag tussen Wilmington en Southport, bijna twee uur van New Bern. 'Het is wel een beetje uit de buurt, hè?' zei ik. 'Aangezien de meeste gasten hiervandaan komen.'

'Ik weet het. Het was maar een idee. Hij zal al wel gereserveerd zijn ook.'

'En wat dacht je van ergens in de stad? In een van die pensions?'

Ze schudde haar hoofd. 'Ik denk dat de meeste te klein zullen zijn – en ik weet niet hoeveel er een tuin hebben – maar daar kan ik wel eens achteraan gaan. En als dat niet lukt... nou, we vinden wel iets. Dat hoop ik tenminste.'

Jane fronste haar voorhoofd, in gedachten verzonken. Ze leunde tegen het aanrecht en zette haar kousenvoet tegen het kastje achter zich, op en top het jonge meisje dat me overhaalde om haar naar haar auto te brengen. De tweede keer dat ik haar naar haar auto bracht, nam ik aan dat ze gewoonweg in haar auto zou stappen en wegrijden, net als de eerste keer. Maar in plaats daarvan nam ze precies dezelfde houding aan tegen het portier aan de bestuurderskant, en daar hadden we wat ik als ons eerste gesprek beschouwde. Ik herinner me hoe ik bewonderend naar haar levendige gezicht keek terwijl ze over de bijzonderheden van haar jeugd in New Bern vertelde, en het was de eerste keer dat ik iets voelde van haar eigenschappen die ik altijd heb gekoesterd: haar intelligentie en hartstocht, haar charme, de zorgeloze manier waarop ze de wereld in keek. Jaren later legde ze diezelfde karaktereigenschappen aan de dag terwijl ze onze kinderen opvoedde, en ik weet dat het een van de redenen is dat het zulke aardige en verantwoordelijke volwassenen zijn geworden.

Ik verbrak Jane's dagdroom door mijn keel te schrapen. 'Ik ben vandaag bij Noah geweest,' zei ik.

Mijn woorden brachten haar weer terug naar de werkelijkheid. 'Hoe is het met hem?'

'Goed. Hij zag er moe uit, maar hij was opgewekt.'

'Zat hij weer bij de vijver?'

'Ja,' zei ik. Omdat ik wist wat haar volgende vraag zou zijn, voegde ik eraantoe: 'De zwaan was er ook.'

Ze klemde haar lippen op elkaar, maar omdat ik haar stemming niet wilde bederven, ging ik snel verder.

'Ik heb hem over de bruiloft verteld,' zei ik.

'Vond hij het leuk?'

'Heel erg.' Ik knikte. 'Hij vertelde me dat hij zich erop verheugt erbij te zijn.'

Jane sloeg haar handen in elkaar. 'Ik ga er morgen met Anna heen. Ze heeft vorige week geen tijd gehad om hem op te zoeken en ik weet dat ze hem erover wil vertellen.' Ze glimlachte waarderend. 'En trouwens, bedankt dat je hem bent gaan opzoeken. Ik weet hoeveel hij ervan geniet.'

'Je weet dat ik ook graag bij hem ben.'

'Dat weet ik. Maar evengoed bedankt.'

Het vlees was klaar, en ik voegde er de rest van de ingrediënten aan toe: marsala, citroensap, champignons, vleesbouillon, gehakte sjalotjes, stukjes bosui. Om het af te maken deed ik er nog wat boter bij, als beloning voor de tien kilo die ik in het afgelopen jaar was afgevallen.

'Heb je al met Joseph of Leslie gesproken?' vroeg ik.

Een ogenblik lang keek Jane toe terwijl ik roerde. Toen pakte ze een lepel uit de la, stak het puntje in de saus en proefde ervan. 'Lekker, zeg,' merkte ze op, met opgetrokken wenkbrauwen.

'Je klinkt verbaasd.'

'Nee, echt niet. Je bent tegenwoordig een echte kok. In ieder geval vergeleken met toen je net begon.'

'Wat? Heb je niet altijd van mijn gerechten genoten?'

Ze legde haar vinger op haar kin. 'Laten we zeggen dat aangebrande aardappelpuree en jus met klontjes toch echt dingen zijn die je moet leren waarderen.'

Ik glimlachte, omdat ik wist dat het waar was. Mijn eerste paar experimenten in de keuken waren niet bepaald een overweldigend succes.

Jane proefde nog een keer voor ze de lepel op het aanrecht legde.

'Wilson? Wat de bruiloft betreft...' begon ze.

Ik keek haar aan. 'Ja?'

'Je wéét dat het duur is om op het laatste moment een ticket voor Joseph te kopen, hè?'

'Ja,' zei ik.

'En de fotograaf is niet goedkoop, ook al was er sprake van een afzegging.'

Ik knikte. 'Dat dacht ik al.'

'En de taart is ook nogal prijzig. Voor een taart, bedoel ik.'

'Geen probleem. Hij is toch voor een hoop mensen?'

Ze keek me bevreemd aan, duidelijk verbluft over mijn antwoorden. 'Nou... ik wilde je alleen maar van tevoren waarschuwen zodat je niet over je toeren raakt.'

'Waarom zou ik over mijn toeren raken?'

'O, je weet wel. Soms raak je over je toeren als dingen wat duurder uitpakken.'

'O?'

Jane trok een wenkbrauw op. 'Doe nou maar niet zo huichelachtig. Weet je niet meer hoe je was met al die renovaties? Of toen de pomp van de verwarming steeds kapotging? Je poetst zelfs je eigen schoenen...'

Ik hief mijn handen in een speels gebaar van overgave. 'Oké, het is duidelijk,' zei ik. 'Maar wees maar niet bang. Dit is anders.' Ik keek op, wetend dat ik haar aandacht had. 'Ook al geven we alles uit wat we hebben, dan is het het nog waard.'

Ze verslikte zich bijna in haar wijn en staarde me aan. Toen, na een lange pauze, deed ze plotseling een stap naar voren en priemde met haar vinger in mijn arm.

'Waarom doe je dat?' vroeg ik.

'Even kijken of je echt mijn man bent of dat je vervangen bent door zo'n peulenmens.'

'Peulenmens?'

'Ja. *Invasion of the Body Snatchers*. Je herinnert je die film toch wel?'

'Ja, natuurlijk. Maar ik ben het echt,' zei ik.

'Gelukkig maar,' zei ze quasi-opgelucht. Toen knipoogde ze, wonder boven wonder, naar me. 'Maar toch wilde ik je waarschuwen.'

Ik glimlachte en had het gevoel of mijn hart uit mijn borst knalde. Hoe lang was het geleden dat we samen in de keuken gelachen en gedold hadden? Maanden? Jaren, misschien? Ook al realiseerde ik me dat het maar tijdelijk kon zijn, het wakkerde niettemin het vlammetje hoop aan dat ik stiekem was gaan koesteren.

Het eerste afspraakje van Jane en mij liep niet helemaal zoals ik het had gepland.

Ik had een tafeltje gereserveerd bij Harper's, dat beschouwd werd als het beste restaurant van de stad. Ook het duurste. Ik had genoeg geld om het etentje te betalen, maar ik wist dat ik de rest van de maand zuinig aan moest doen om mijn andere rekeningen te betalen. Ik had ook nog iets speciaals gepland voor erna.

Ik haalde haar op van haar kamer in Meredith, en het ritje naar het restaurant duurde maar een paar minuten. Ons gesprek was typerend voor eerste afspraakjes en ging niet verder dan wat oppervlakkigheden. We hadden het over de studie en over hoe koud het was, en ik merkte op dat het maar goed was dat we allebei een jas bij ons hadden. Ik herinner me ook dat ik zei dat ik haar trui mooi vond en zij zei dat ze hem de dag ervoor had gekocht. Hoewel ik me afvroeg of ze dat had gedaan met het oog op ons afspraakje, was ik zo wijs om het haar niet rechtstreeks te vragen.

Door de winkeldrukte in verband met de feestdagen was het moeilijk om een plekje vlakbij het restaurant te vinden, dus parkeerden we een paar straten verder. Maar ik had voldoende tijd uitgetrokken en wist zeker dat we op de afgesproken tijd bij het restaurant zouden zijn. Op weg naar het restaurant werd het puntje van onze neus rood, en onze adem vormde wolkjes. Om een paar etalages twinkelden lichtjes en toen we langs een van de pizzeria's in de buurt liepen, hoorden we kerstmuziek uit de jukebox binnen komen.

Het was toen we in de buurt van het restaurant kwamen dat we de hond zagen. Hij zat ineengedoken in een steegje; hij was middelgroot maar mager en hij zat onder het vuil. Hij rilde, en aan zijn vacht kon je zien dat hij al een tijdje aan het zwerven was. Ik ging tussen Jane en de hond in staan voor het geval hij gevaarlijk was, maar Jane stapte langs me heen en hurkte terwijl ze probeerde de hond te lokken.

'Het is goed,' fluisterde ze. 'We doen je niks.'

De hond dook nog verder de schaduwen in.

'Hij heeft een halsband om,' merkte Jane op. 'Ik durf te wedden dat hij verdwaald is.' Ze bleef naar de hond kijken, die haar met waakzame belangstelling scheen op te nemen.

Ik keek op mijn horloge en zag dat we nog een paar minuten hadden voor we in het restaurant moesten zijn. Hoewel ik nog steeds niet zeker wist of de hond gevaarlijk was of niet, hurkte ik naast Jane en begon hem op dezelfde kalmerende toon toe te spreken als zij. Dit ging een tijdje zo door, maar de hond bleef waar hij was. Jane deed een stapje in zijn richting, maar de hond jankte en dook nog verder weg.

'Hij is bang,' zei ze met een bezorgde blik. 'Wat moeten we doen? Ik wil hem hier niet achterlaten. Het gaat vannacht vriezen. En als hij verdwaald is, wil hij natuurlijk alleen maar naar huis.'

Ik denk dat ik van alles had kunnen zeggen. Ik had kunnen zeggen dat we ons best hadden gedaan of dat we het asiel konden bellen of zelfs dat we na het eten terug konden komen en dat als hij er nog steeds zat, we het nog eens konden proberen. Maar Jane's gezicht weerhield me ervan. Het vertoonde een mengeling van bezorgdheid en vastberadenheid – het eerste signaal dat ik kreeg van Jane's goedheid en bezorgdheid voor degenen die het minder goed hadden dan zij. Ik wist op dat moment dat ik geen andere keuze had dan haar terzijde te staan.

'Laat mij het eens proberen,' zei ik.

In alle eerlijkheid wist ik niet goed wat ik moest doen. Als kind had ik nooit een hond gehad, om de eenvoudige reden dat mijn moeder er allergisch voor was, maar ik stak mijn hand uit en bleef tegen hem fluisteren, omdat ik gezien had dat mensen in films dat deden.

Ik liet de hond aan mijn stem wennen en toen ik langzaam naar voren ging, bleef de hond zitten. Omdat ik het dier niet wilde laten schrikken, stopte ik even om hem aan me te laten wennen en schoof toen weer iets naar voren. Na wat een eeuwigheid leek, was ik zo dichtbij de hond dat toen ik mijn hand uitstak, hij er met zijn neus naartoe ging. Toen kwam hij blijkbaar tot de conclusie dat hij van mij niets te vrezen had en liet zijn tong over mijn hand gaan. Een ogenblik later mocht ik hem over zijn kop aaien, en ik keek achterom naar Jane.

'Hij vindt je aardig,' zei ze verbaasd.

Ik haalde mijn schouders op. 'Blijkbaar.'

Ik kon het telefoonnummer op de halsband lezen, en Jane ging naar de boekwinkel ernaast om het baasje te bellen. Terwijl ze weg was, wachtte ik bij de hond en hoe meer ik hem aaide, hoe meer hij geaaid bleek te willen worden. Toen Jane terugkwam, wachtten we nog bijna twintig minuten tot het baasje hem kwam ophalen. Hij was halverwege de dertig en hij sprong zowat uit zijn auto. Onmiddellijk rende de hond kwispelend naar hem toe. Nadat hij even de tijd had genomen om zich met een paar slobberige likken te laten begroeten, keek de man ons aan.

'Ontzettend bedankt dat jullie gebeld hebben,' zei hij. 'Hij was al een week weg en mijn zoontje heeft zich iedere avond in slaap gehuild. Jullie hebben geen idee hoeveel dit voor hem zal betekenen. Zijn hond terugkrijgen was het enige dat hij op zijn verlanglijstje voor Kerstmis had gezet.'

Hij wilde ons een beloning geven, maar Jane en ik wilden er niets van horen, en hij bedankte ons nogmaals voor hij weer in zijn auto stapte. Terwijl we hem nakeken, denk ik dat we allebei het gevoel hadden dat we iets goeds hadden gedaan. Toen het geluid van de motor weggestorven was, gaf Jane me een arm.

'Zijn we nog op tijd voor onze reservering?' vroeg ze.

Ik keek op mijn horloge. 'We zijn een half uur te laat.'

'Maar ze zullen ons tafeltje toch nog wel hebben?'

'Ik weet het niet. Het was al moeilijk om er een te pakken te krijgen. Ik heb een van mijn professoren voor me laten bellen.'

'Misschien hebben we geluk,' zei ze.

Dat hadden we niet. Toen we in het restaurant aankwamen, was ons tafeltje al vergeven, en het volgende tijdstip dat er weer een vrij kwam was kwart voor tien. Jane keek naar me op.

'In ieder geval hebben we een kind gelukkig gemaakt,' zei ze.

'Inderdaad.' Ik haalde diep adem. 'En ik zou het zo weer doen.'

Ze keek me een ogenblik onderzoekend aan en kneep in mijn arm. 'Ik ben ook blij dat we gestopt zijn, ook al kunnen we daardoor niet hier eten.'

Met een lichtkrans van de straatlantaarn om haar hoofd zag ze er bijna bovennatuurlijk uit.

'Zou je ergens anders heen willen?' vroeg ik.

Ze hield haar hoofd schuin. 'Hou je van muziek?'

Tien minuten later zaten we aan een tafeltje in de pizzeria waar we even daarvoor langsgelopen waren. Hoewel ik kaarslicht en wijn had gepland, namen we uiteindelijk bier bij onze pizza.

Toch leek Jane niet teleurgesteld. Ze praatte gemakkelijk, over haar colleges Griekse mythologie en Engelse literatuur, haar jaren op Meredith, haar vriendinnen en al het andere dat bij haar opkwam. Ik knikte voornamelijk en stelde genoeg vragen om haar de komende twee uur aan de praat te houden, en ik kan naar alle eerlijkheid zeggen dat ik nog nooit zo van iemands gezelschap had genoten.

In de keuken zag ik dat Jane me nieuwsgierig aankeek. Ik drong de herinnering uit mijn gedachten, legde de laatste hand aan onze maaltijd en bracht het eten naar de tafel. Nadat we waren gaan zitten, bogen we ons hoofd en dankten God voor alles wat we gekregen hadden.

'Gaat het? Je leek daarstraks met je gedachten heel ergens anders,' merkte Jane op terwijl ze wat salade in haar schaaltje deed.

Ik schonk een glas wijn voor ons in. 'Eerlijk gezegd stond ik aan onze eerste afspraak te denken,' zei ik.

'Echt?' Haar vork bleef in de lucht hangen. 'Hoezo?'

'Ik weet het niet,' zei ik. Ik schoof haar glas naar haar toe. 'Weet jij het niet meer?'

'Natuurlijk weet ik het nog,' zei ze verwijtend. 'Het was vlak voor de kerstvakantie. We zouden bij Harper's gaan eten, maar we vonden een verdwaalde hond en we waren te laat voor onze reservering. Dus gingen we in die kleine pizzeria verderop in de straat eten. En daarna…'

Ze kneep haar ogen toe terwijl ze zich de juiste volgorde van de gebeurtenissen probeerde te herinneren.

'We stapten in de auto en reden naar Havermill Road om naar de kerstversieringen te kijken, hè? Jij stond erop dat ik uitstapte, ook al was het ijskoud. Bij een van de huizen was het dorp van de kerstman nagebouwd, en toen je me erheen bracht, gaf de man die zich als de kerstman verkleed had me het cadeautje dat jij voor Kerstmis voor me had uitgezocht. Ik herinner me dat ik stomverbaasd was dat je al die moeite had gedaan voor een eerste afspraakje.'

'Weet je nog wat ik voor je had gekocht?'

'Hoe zou ik dat kunnen vergeten?' Ze grinnikte. 'Een paraplu.'

'En als ik het me juist herinner, was je er helemaal niet zo blij mee.'

'Ja,' zei ze, terwijl ze haar handen in de lucht gooide, 'hoe moest ik daarna nog jongens benaderen? Me door iemand naar mijn auto laten brengen was in die tijd mijn modus operandi. Je moet bedenken dat de enige mannen op Meredith leraren of conciërges waren.'

'Daarom had ik het uitgezocht,' zei ik. 'Ik wist precies hoe je te werk ging.'

'Je had geen flauw idee,' zei ze grijnzend. 'Ik was het eerste meisje met wie je ooit uitging.'

'Nee, dat is niet waar. Ik was eerder met meisjes uitgeweest.'

Er lag een speelse blik in haar ogen. 'Oké, het eerste meisje dat je ooit gekust hebt dan.'

Dat was waar, al heb ik er spijt van gekregen dat ik het haar ooit heb verteld, want ze is dat feit nooit vergeten en het komt op momenten als deze altijd naar boven. Maar ter verdediging zei ik: 'Ik had het te druk met me voor te bereiden op de toekomst. Ik had geen tijd voor dat soort dingen.'

'Je was verlegen.'

'Ik was een studiebol. Dat is iets anders.'

'Herinner je je ons etentje niet meer? Of het ritje erheen? Je zei bijna geen woord tegen me, behalve over je colleges.'

'Ik heb wel meer gezegd,' zei ik. 'Ik zei toch tegen je dat ik je trui mooi vond?'

'Dat telt niet.' Ze knipoogde. 'Je bofte gewoon dat ik zoveel geduld met je had.'

'Ja,' zei ik instemmend, 'dat deed ik zeker.'

Ik zei het op een manier waarop ik het van haar had willen horen, en ik denk dat ze de toon in mijn stem hoorde. Ze glimlachte even.

'Weet je wat me het meeste is bijgebleven van die avond?' vervolgde ik.

'Mijn trui?'

Mijn vrouw, moet ik eraan toevoegen, is altijd ad rem geweest. Ik lachte, maar was duidelijk in een meer bespiegelende stemming en ging verder. 'Ik vond het mooi zoals je voor die hond stopte en niet weg wilde gaan voor je zeker wist dat hij veilig was. Zo wist ik dat je je hart op de juiste plaats had zitten.'

Ik had durven zweren dat ze bloosde om mijn opmerking, maar ze pakte snel haar wijnglas, dus ik wist het niet zeker. Voor ze iets kon zeggen, veranderde ik van onderwerp.

'Begint Anna al zenuwachtig te worden?' vroeg ik.

Jane schudde haar hoofd. 'Helemaal niet. Ze schijnt zich helemaal niet druk te maken. Ik denk dat ze ervan uitgaat dat alles op zijn pootjes terechtkomt, net als vandaag met de foto's en de taart. Vanochtend toen ik de lijst liet zien van alle dingen die we moesten doen, was het enige dat ze zei: "Nou, dan moeten we maar eens gaan beginnen, hè?"'

Ik knikte. Ik kon me voorstellen dat Anna zoiets zei.

'Hoe zit het met haar vriend, de pastor?' vroeg ik.

'Ze zei dat ze hem gisteravond heeft gebeld en dat hij heeft gezegd dat hij het graag zou doen.'

'Dat is fijn. Weer een ding minder,' zei ik geruststellend.

'Mmm.' Jane zweeg. Ik wist dat ze in gedachten alweer bezig was met de activiteiten van de komende week.

'Ik denk dat ik je hulp nodig zal hebben,' zei ze ten slotte.

'Wat had je in gedachten?'

'Nou, ik heb een smoking nodig voor jou, Keith en Joseph natuurlijk. En ook voor papa...'

'Geen probleem.'

Ze ging verzitten. 'En Anna zou nu een lijst moeten samenstellen van mensen die ze wil uitnodigen. We hebben geen tijd om uitnodigingen te versturen, dus iemand zal moeten bellen. En aangezien ik met Anna op sjouw ben, en jij vakantie hebt...'

Ik hief mijn handen in de lucht. 'Ik neem het met liefde op me,' zei ik. 'Ik begin morgen.'

'Weet je waar het adressenboek ligt?'

Dat is het soort vraag waar ik in de loop der jaren mee vertrouwd ben geraakt. Jane gelooft al lang dat ik een natuurlijk onvermogen heb om dingen in ons huis te vinden. Ze gelooft ook dat, omdat ik wel eens dingen op de verkeerde plek terugleg, ik de verantwoordelijkheid om precies te weten waar ik ze misschien gelegd zou kunnen hebben, op haar heb afgeschoven. Geen van die dingen, mag ik er misschien aan toevoegen, is helemaal mijn schuld. Hoewel het waar is dat ik niet weet waar ieder voorwerp zich in het huis bevindt, heeft dit meer te maken met verschillende opbergmethodes dan met een eventuele onhandigheid van mijn kant. Mijn vrouw vindt het bijvoorbeeld logisch dat de zaklamp in een van de keukenlades ligt, terwijl mijn verstand zegt dat hij in de bijkeuken zou moeten liggen, waar de wasmachine en de droger staan. Als gevolg daarvan verhuist hij van de ene plek naar de andere en omdat ik buitenshuis werk, is het voor mij onmogelijk om dat soort dingen bij te houden. Als ik mijn autosleutels bijvoorbeeld op het aanrecht leg, zegt mijn gevoel dat ze daar nog zullen liggen wanneer ik ze nodig heb, terwijl Jane automatisch aanneemt dat ze ik ze aan het prikbord bij de deur zal zoeken. Wat de plaats van het adressenboek betreft, het was voor mij duidelijk dat het in de la bij de telefoon lag. Daar had ik het de laatste keer dat ik het gebruikt had in gestopt en dat wilde ik net zeggen, toen Jane begon te praten.

'Het staat op de plank naast de kookboeken.'

Ik keek haar aan.

'Ja, natuurlijk,' beaamde ik.

De gemoedelijke stemming tussen ons duurde totdat we klaar waren met eten en begonnen af te ruimen.

Toen, geleidelijk aan en in het begin bijna onmerkbaar, maakte de speelse manier van praten tussen ons plaats voor wat houterige opmerkingen met steeds langere stiltes ertussen. Tegen de tijd dat we de keuken gingen opruimen, hadden we ons alweer teruggetrokken in een bekende dialoog waarvan het levendigste geluid niet van een van ons, maar van het leegschrapen van de borden kwam.

Ik heb er geen verklaring voor waarom dit gebeurde, behalve dan dat we niet meer wisten wat we tegen elkaar moesten zeggen. Ze vroeg een tweede keer naar Noah, en ik herhaalde wat ik eerder had gezegd. Een minuut later kreeg ze het weer over de fotograaf, maar stopte halverwege haar verhaal toen ze besefte dat ze dat ook al een keer had verteld. Omdat we geen van tweeën nog met Joseph of Leslie hadden gepraat, was er van dat front ook geen nieuws. En wat het werk betreft, omdat ik niet op kantoor was geweest, had ik daar ook niets over op te merken, al was het maar tussen neus en lippen door. Ik voelde hoe de eerdere stemming van die avond begon weg te glippen en wilde het onvermijdelijke voorkomen. Ik begon naar iets te zoeken, om het even wat, en ten slotte schraapte ik mijn keel.

'Heb je van die haaienaanval in Wilmington gehoord?' vroeg ik.

'Bedoel je die van vorige week? Met dat meisje?'

'Ja,' zei ik, 'die.'

'Je hebt het me verteld.'

'Ja?'

'Ja, vorige week. Je hebt me het artikel voorgelezen.'

Ik waste met de hand haar wijnglas af en spoelde vervolgens het vergiet af. Ik hoorde haar in de kastjes naar de tupperware zoeken.

'Wat een verschrikkelijke manier om je vakantie te beginnen,' merkte ze op. 'Haar familie had de auto nog niet eens uitgepakt.'

Daarna kwamen de borden, en ik schraapte de restjes in de gootsteen. Ik zette de afvalvermaler aan, en het was alsof het gerommel tegen de muren weerkaatste en zo onze stilte benadrukte. Toen hij klaar was, zette ik de borden in de vaatwasser.

'Ik heb wat onkruid gewied in de tuin,' zei ik.

'Ik dacht dat je het een paar dagen geleden nog had gedaan.'

'Ja.'

Ik zette de messen en vorken in de vaatwasser en spoelde het slacouvert af. Ik deed de kraan aan en uit en schoof het rek van de vaatwasser heen en weer.

'Ik hoop dat je niet te lang in de zon bent gebleven,' zei ze.

Dat zei ze omdat mijn vader op zijn eenenzestigste aan een hartaanval was overleden toen hij de auto aan het wassen was. Hartaandoeningen kwamen in mijn familie voor, en ik wist dat het iets was waar Jane zich zorgen om maakte. Hoewel we tegenwoordig eerder vrienden dan minnaars waren, wist ik dat Jane altijd voor me zou zorgen. Ze is een zorgzaam type en dat zal ze altijd blijven.

Haar broers en zus zijn net zo, en ik schrijf dat aan Noah en Allie toe. Knuffelen en lachen waren belangrijk in hun huis, een plek waar ze elkaar graag in de maling namen omdat niemand bang was dat het kwaad bedoeld was. Ik heb me vaak afgevraagd wat voor mens ik zou zijn geworden als ik in die familie geboren was.

'Ze zeggen dat het morgen weer heet wordt,' onderbrak Jane mijn gedachten.

'Ik heb op het nieuws gehoord dat het vijfendertig graden wordt,' viel ik haar bij. 'En de vochtigheidsgraad wordt ook hoog.'

'Vijfendertig?'

'Dat zeiden ze.'

'Dat is veel te warm.'

Jane zette de restjes in de koelkast terwijl ik het aanrecht afveegde. Na onze eerdere intimiteit leek het gebrek aan een zinvol gesprek oorverdovend. Ik zag aan Jane's gezicht dat zij ook teleurgesteld was over die terugkeer naar de normale stand van zaken tussen ons. Ze klopte op haar jurk, alsof ze in haar zakken naar woorden zocht. Ten slotte haalde ze diep adem en forceerde een glimlach.

'Ik denk dat ik Leslie even bel,' zei ze.

Een ogenblik later stond ik alleen in de keuken, terwijl ik opnieuw wenste dat ik iemand anders was en me afvroeg of het eigenlijk nog wel mogelijk was om opnieuw te beginnen.

In de twee weken na ons eerste afspraakje zagen Jane en ik elkaar nog vijf keer voor ze naar New Bern terugging voor de kerstvakantie. We studeerden twee keer samen, gingen een keer naar de bioscoop en liepen twee middagen over de campus van Duke University.

Maar er is één bepaalde wandeling die me altijd zal bijblijven. Het was een sombere dag; het had de hele ochtend geregend en grauwe wolken strekten zich langs de hemel uit, zodat het bijna avond leek. Het was zondag, twee dagen nadat we de verdwaalde hond hadden gered, en Jane en ik slenterden langs de verschillende gebouwen op de campus.

'Hoe zijn jouw ouders?' vroeg ze.

Ik deed een paar stappen voor ik antwoord gaf. 'Het zijn goede mensen,' zei ik ten slotte.

Ze wachtte op meer, maar toen ik verder niets zei, gaf ze met haar schouder een zet tegen de mijne.

'Is dat alles wat je kunt zeggen?'

Ik wist dat dit haar poging was om me meer over mezelf te laten vertellen, en hoewel het niet iets was waarbij ik me op mijn gemak voelde, wist ik dat Jane zou blijven vissen – vriendelijk en volhardend – tot ik het deed. Ze was slim zoals maar weinigen waren, niet alleen academisch, maar ook wat mensen betrof. Vooral bij mij.

'Ik weet niet wat ik verder moet zeggen,' zei ik. 'Het zijn gewoon ouders. Ze werken voor de overheid en ze wonen al bijna twintig jaar in Dupont Circle. Dat is in Washington, waar ik opgegroeid ben. Ik geloof dat ze er een paar jaar geleden over gedacht hebben om een huis in een van de buitenwijken te kopen, maar ze hadden geen van beiden zin om te forensen, dus zijn we gebleven waar we waren.'

'Hadden jullie een achtertuin?'

'Nee, maar we hadden wel een gezellige binnenplaats, en soms piepte er onkruid tussen de stenen door.'

Ze lachte. 'Waar hebben je ouders elkaar ontmoet?'

'In Washington. Ze zijn er allebei opgegroeid en ze hebben elkaar ontmoet toen ze op het ministerie van Verkeer en Waterstaat werkten. Ik denk dat ze al een tijdje op hetzelfde kantoor werkten, maar dat is het enige dat ik zeker weet. Ze hebben er nooit veel meer over verteld.'

'Hebben ze ook hobby's?'

Ik dacht over haar vraag na terwijl ik mijn ouders voor me zag. 'Mijn moeder schrijft graag ingezonden brieven naar *The Washington Post*,' zei ik. 'Ik geloof dat ze de wereld wil veranderen. Ze neemt het altijd op voor de onderdrukten, en natuurlijk heeft ze altijd ideeën om de wereld te verbeteren. Ze schrijft minstens een brief per week. Ze worden niet allemaal gepubliceerd, maar ze knipt degene die wel gepubliceerd worden uit en plakt ze in een plakboek. En mijn vader… die is nogal stil. Hij bouwt graag schepen in flessen. Hij heeft er in de loop der jaren honderden gemaakt, en toen we geen plaats meer op de planken hadden, is hij begonnen ze aan scholen te geven om ze in hun bibliotheek te zetten. De kinderen vinden ze prachtig.'

'Doe jij dat ook?'

'Nee. Dat is de uitlaatklep van mijn vader. Hij wilde het me niet echt leren, omdat hij vond dat ik mijn eigen hobby moest hebben. Maar ik mocht er wel bij kijken, als ik maar niks aanraakte.'

'Dat is triest.'

'Ik had er geen last van,' wierp ik tegen. 'Ik heb nooit anders geweten, en het was interessant. Stil, maar interessant. Hij zei niet veel terwijl hij aan het werk was, maar het was fijn om bij hem te zitten.'

'Ging hij wel eens met je voetballen? Of fietsen?'

'Nee. Hij was niet zo'n sportief type. Alleen de schepen. Het heeft me een hoop over geduld geleerd.'

Ze sloeg haar ogen neer en keek naar haar voeten terwijl ze

liep, en ik wist dat ze het met haar eigen opvoeding vergeleek.

'En je bent enig kind?' vervolgde ze.

Hoewel ik het nooit aan iemand anders had verteld, merkte ik dat ik haar wilde vertellen waarom. Zelfs toen al wilde ik dat ze me kende, dat ze alles van me wist. 'Mijn moeder kon niet meer kinderen krijgen. Ze kreeg een of andere bloeding toen ik geboren werd, en daarna was het gewoon te gevaarlijk.'

Ze fronste haar voorhoofd.

'O, wat erg.'

'Ja, ik geloof dat zij dat ook wel vond.'

Op dat moment kwamen we bij de grootste kapel op de campus aan, en Jane en ik bleven een ogenblik staan om de architectuur te bewonderen.

'Dat is het meeste dat je me in een keer over jezelf hebt verteld,' merkte ze op.

'Het is waarschijnlijk meer dan ik ooit iemand verteld heb.'

Vanuit mijn ooghoek zag ik haar een haarlok achter haar oor stoppen. 'Ik denk dat ik je nu een beetje beter begrijp,' zei ze.

Ik aarzelde. 'Is dat goed?'

In plaats van antwoord te geven, keek Jane me aan en ik besefte plotseling dat ik het antwoord al wist.

Ik denk dat ik me precies zou moeten herinneren hoe het gebeurde, maar eerlijk gezegd weet ik de volgende momenten niet meer. Ik pakte ineens haar hand en trok haar meteen zachtjes naar me toe. Ze keek een beetje geschrokken, maar toen ze mijn gezicht naar zich toe zag komen, deed ze haar ogen dicht, aanvaardend wat ik op het punt stond te doen. Ze leunde naar voren, en terwijl haar lippen de mijne beroerden, wist ik dat ik me onze eerste kus altijd zou herinneren.

Terwijl ik naar Jane luisterde die door de telefoon met Leslie sprak, vond ik dat ze heel erg klonk als het meisje dat die dag naast me over de campus liep. Haar stem klonk levendig en de woorden rolden er achter elkaar uit; ik hoorde haar lachen alsof Leslie in de kamer was.

Ik zat een eindje verderop, met een half oor te luisteren. Vroeger wandelden en praatten Jane en ik uren achtereen, maar nu waren er anderen die mijn plaats ingenomen schenen te hebben. Bij de kinderen zat Jane nooit verlegen om woorden, en het kostte haar ook geen moeite als ze bij haar vader was. Haar vriendenkring is tamelijk groot en ze gaat ook vlot met hen om. Ik vroeg me af wat ze zouden denken als ze een gemiddelde avond bij ons zouden doorbrengen.

Waren wij het enige stel met dit probleem? Of was het normaal bij alle langdurige huwelijken, een onvermijdelijke functie van de tijd? Het leek logisch dat het laatste het geval was, maar toch deed het me pijn te weten dat haar luchtigheid verdwenen zou zijn op het moment dat ze ophing. In plaats van grapjes en speelse opmerkingen te maken, zouden we in clichés gaan praten en de betovering zou verbroken zijn, en ik kon niet nog een gesprek over het weer verdragen.

Maar wat moest ik doen? Dat was de vraag die me achtervolgde. Binnen het tijdsbestek van een uur had ik onze beide huwelijken gezien en ik wist welk ik wilde, van welk ik vond dat we dat verdienden.

Ik hoorde op de achtergrond dat Jane het gesprek met Leslie begon af te sluiten. Iedereen heeft zijn eigen manier van praten als een gesprek ten einde loopt en ik kende die van Jane net zo goed als de mijne. Al snel zou ik haar tegen onze dochter horen zeggen dat ze van haar hield, stilte terwijl Leslie het terugzei, en dan gedag zeggen. Wetend dat het er aankwam – en plotseling besluitend om een kans te wagen – stond ik op en draaide me in haar richting.

Ik zou de kamer door lopen, zei ik bij mezelf, en haar hand pakken, net als ik voor die kapel op Duke had gedaan. Ze zou zich afvragen wat er gebeurde – net als ze het zich toen afvroeg –

maar ik zou haar lichaam tegen het mijne trekken. Ik zou haar gezicht aanraken, dan langzaam mijn ogen dichtdoen, en zodra mijn lippen de hare raakten, zou ze weten dat dit een heel andere kus was dan ze ooit van mij gekregen had. Hij zou nieuw maar vertrouwd zijn; waarderend maar vol verlangen, en zo geïnspireerd dat dezelfde gevoelens in haar gewekt zouden worden. Het zou, dacht ik, een nieuw begin van ons leven zijn, net als onze kus zo lang geleden.

Ik zag het duidelijk voor me, en een ogenblik later hoorde ik haar haar laatste woorden zeggen en op de toets drukken om het gesprek te beëindigen. Het was het moment, en mijn moed verzamelend, liep ik naar haar toe.

Jane stond met haar rug naar me toe, met haar hand nog op de telefoon. Ze bleef een ogenblik staan en staarde uit het raam van de woonkamer, keek naar de grijze lucht die langzaam donkerder werd. Ze is de geweldigste mens die ik ooit heb gekend en dat zou ik haar vertellen in de ogenblikken na onze kus.

Ik bleef lopen. Ze was nu dichtbij, zo dichtbij dat ik de vertrouwde geur van haar parfum kon ruiken. Ik voelde hoe mijn hart sneller ging kloppen. Ik was er bijna, realiseerde ik me, maar toen ik zo dichtbij was dat ik haar kon aanraken, pakte ze ineens de telefoon weer. Haar bewegingen waren snel en efficiënt; ze drukte maar twee toetsen in. Het nummer zit onder een sneltoets, en ik wist precies wat ze had gedaan.

Een ogenblik later, toen Joseph opnam, zonk de moed me in de schoenen, en ik liep met grote tegenzin terug naar de bank.

Het daaropvolgende uur zat ik onder de lamp, met de biografie van Roosevelt opengeslagen op mijn schoot.

Hoewel Jane mij had gevraagd om de gasten te bellen, belde ze zelf na haar telefoontje naar Joseph de mensen die het dichtst bij de familie stonden. Ik begreep haar gretigheid, maar we verkeerden zodoende wel tot na negenen in verschillende werelden, en ik kwam tot de conclusie dat onvervulde hoop, ook al is het maar weinig, altijd pijnlijk is.

Toen ze klaar was, probeerde ik haar blik te vangen. In plaats van naast me op de bank te gaan zitten, pakte ze een tas op het tafeltje bij de voordeur, een tas die ik haar niet had zien binnenbrengen.

'Ik heb deze op weg naar huis voor Anna gehaald,' zei ze, terwijl ze met een paar bruidstijdschriften zwaaide, 'maar voor ik ze haar geef, wil ik ze eerst even zelf doorkijken.'

Ik forceerde een glimlach, wetend dat de rest van de avond verloren was. 'Goed idee,' zei ik.

Terwijl we ons in stilzwijgen hulden – ik op de bank, Jane in de ligstoel – merkte ik dat ik steeds stiekem naar haar keek. Haar ogen schoten heen en weer terwijl ze van de ene japon naar de andere gingen; ik zag hoe ze het hoekje van verschillende pagina's omvouwde. Haar ogen zijn, net als de mijne, niet meer zo sterk als ze ooit waren en ik zag dat ze haar hoofd achterover moest houden, alsof ze langs haar neus omlaag moest kijken om het beter te zien. Zo nu en dan hoorde ik haar iets fluisteren, en ik wist dat ze Anna voor zich zag in wat er ook op de pagina stond.

Terwijl ik naar haar expressieve gezicht keek, verwonderde ik me over het feit dat ik op een bepaald moment ieder stukje ervan had gekust. *Ik heb nooit van iemand anders dan jij gehouden,* wilde ik zeggen, maar het gezonde verstand had de overhand en herinnerde me eraan dat ik die woorden beter kon bewaren voor een ander moment wanneer ik haar volle aandacht had en de woorden misschien teruggezegd konden worden.

Naarmate de avond verstreek, bleef ik naar haar kijken, terwijl ik net deed of ik zat te lezen. Ik zou dit de hele nacht kunnen doen, dacht ik, maar ik werd moe en ik wist zeker dat Jane nog minstens een uur wakker zou blijven. De pagina's met de omgevouwen hoekjes zouden om haar blijven schreeuwen als ze er niet een tweede keer naar keek en ze moest beide tijdschriften nog doorwerken.

'Jane?' zei ik.

'Mmm?' antwoordde ze automatisch.

'Ik heb een idee.'

'Waarover?' Ze bleef naar de pagina kijken.

'Waar we de bruiloft moeten houden.'

Mijn woorden drongen eindelijk tot haar door, en ze keek op.

'Het is misschien niet perfect, maar ik weet zeker dat het beschikbaar is,' zei ik. 'Het is buiten en er is genoeg parkeerruimte. En er zijn ook bloemen. Duizenden bloemen.'

'Waar?'

Ik aarzelde.

'Bij Noah's huis,' zei ik. 'Onder de pergola bij de rozen.'

Jane's mond ging open en dicht; ze knipperde snel met haar ogen alsof er een waas voor zat. Maar toen, heel langzaam, begon ze te glimlachen.

6

De volgende ochtend regelde ik de smokings en begon naar vrienden en buren op Anna's gastenlijst te bellen, waarbij ik overwegend de antwoorden kreeg die ik had verwacht.

Natuurlijk komen we, zei het ene stel. We zouden het voor geen goud willen missen, zei een ander. Hoewel het vriendelijke telefoontjes waren, bleef ik niet hangen om een praatje te maken en was ruim voor twaalf uur klaar.

Jane en Anna waren op zoek gegaan naar bloemen voor de boeketten; later die middag waren ze van plan om bij Noah's huis langs te gaan. Met nog uren te gaan voor we afgesproken hadden, besloot ik naar Creekside te rijden. Onderweg haalde ik drie broden bij de supermarkt.

Terwijl ik reed, dwaalden mijn gedachten naar Noah's huis en mijn eerste bezoek lang geleden.

Jane en ik hadden al een paar maanden verkering voor ze me mee naar haar huis nam. Ze was in juni afgestudeerd en na de plechtigheid reed ze mee in mijn auto terwijl we haar ouders terug naar New Bern volgden. Jane was de oudste van de kinderen – er zat maar zeven jaar tussen hun vieren – en toen we aankwamen, zag ik aan hun gezichten dat ze zich nog steeds een oordeel over me aan het vormen waren. Hoewel ik op de plechtigheid bij Jane's familie had gestaan en Allie me zelfs op een gegeven moment een arm had gegeven, voelde ik me toch verlegen met de indruk die ik op hen had gemaakt.

Jane, die mijn nervositeit aanvoelde, stelde onmiddellijk voor om een wandeling te maken toen we bij het huis kwamen. De verleidelijke schoonheid van het vlakke land had een kalmerende invloed op me; de hemel had de kleur van roodborstjeseieren, en in de lucht hing noch de koelte van de lente, noch de hitte en vochtigheid van de zomer. Noah had in de loop der jaren duizenden bollen geplant en langs het hek bloeiden groepjes uitbundig gekleurde lelies. Duizend tinten groen sierden de bomen, en overal klonk het gekwinkeleer van vogels. Maar het was de rozentuin die mijn blik trok, zelfs van een afstandje. De vijf concentrische harten – de hoogste struiken in het midden, de laagste aan de buitenkant – waren een weelde aan schakeringen rood, roze, oranje, wit en geel. De bloemen hadden een opzettelijke nonchalance die een patstelling suggereerde tussen de mens en de natuur die bijna misplaatst leek in de wilde schoonheid van het landschap.

Na een tijdje belandden we onder de pergola naast de tuin. Ik was tegen die tijd natuurlijk al behoorlijk gek op Jane, maar toch wist ik nog steeds niet of we eigenlijk wel een toekomst hadden samen. Zoals ik al heb gezegd, vond ik het noodzakelijk om een vaste baan te hebben voor ik een serieuze relatie aanging. Ik had zelf nog een jaar te gaan voor ik afstudeerde, en het leek me niet eerlijk haar te vragen op me te wachten. Ik wist natuurlijk nog niet dat ik uiteindelijk in New Bern zou gaan werken. Ik had voor het komende jaar al afspraken voor sollicitatiegesprekken met kantoren in Atlanta en Washington, terwijl zij van plan was om weer thuis te gaan wonen.

Maar Jane maakte het me moeilijk om aan mijn plannen vast te houden. Ze scheen gesteld op mijn gezelschap. Ze luisterde belangstellend, plaagde me speels en pakte altijd mijn hand wanneer we samen waren. Ik herinner me dat ik, de eerste keer dat ze dat deed, dacht: wat voelt dit goed. Het klinkt misschien belachelijk, maar als een man en vrouw elkaars hand vasthouden, geeft het al dan niet een goed gevoel. Ik denk dat dit te maken heeft met de verstrengeling van de vingers en de juiste plaats van de duim, alhoewel Jane, toen ik mijn redenering aan haar probeerde uit te leggen, lachte en vroeg waarom een analyse zo belangrijk was.

Op die dag, de dag van haar afstuderen, pakte ze mijn hand weer en vertelde me voor het eerst het verhaal van Allie en Noah. Ze hadden elkaar ontmoet toen ze tieners waren en waren verliefd geworden, maar Allie was verhuisd, en ze zagen elkaar de daaropvolgende veertien jaar niet meer. Terwijl ze van elkaar gescheiden waren, werkte Noah in New Jersey, vocht in de oorlog en kwam uiteindelijk terug naar New Bern. Allie was inmiddels met iemand anders verloofd. Toen ze op het punt stond te gaan trouwen, kwam ze terug om Noah op te zoeken en realiseerde zich dat hij degene was van wie ze altijd had gehouden. Uiteindelijk verbrak Allie haar verloving en bleef in New Bern.

Hoewel we het al over veel dingen hadden gehad, had ze me dit nog nooit verteld. Toentertijd vond ik het verhaal niet zo ontroerend als nu, maar ik denk dat het te maken had met mijn leeftijd en geslacht. Toch merkte ik dat het verhaal voor haar veel betekende, en ik vond het ontroerend hoeveel ze om haar ouders gaf. Kort nadat ze begon te vertellen, schoten haar donkere ogen vol tranen die vervolgens over haar wangen liepen. Eerst veegde ze ze weg, maar toen hield ze ermee op alsof ze tot de conclusie was gekomen dat het er niet toe deed of ik haar zag huilen of niet. Het vertrouwen dat dat inhield, raakte me bijzonder, want ik wist dat ze me iets toevertrouwde dat ze met weinig anderen had gedeeld. Ik huil zelf maar zelden om iets en toen het verhaal afgelopen was, scheen ze dat van mij te begrijpen.

'Sorry dat ik zo emotioneel werd,' zei ze zachtjes. 'Maar ik wil je dit verhaal al zo lang vertellen. Ik heb gewacht op het juiste moment, op de juiste plaats.'

Toen kneep ze in mijn hand alsof ze hem altijd wilde vasthouden.

Ik wendde mijn blik af toen ik een beklemmend gevoel in mijn borst kreeg dat ik nooit eerder had gehad. Het tafereel om me heen was intens levendig en ieder bloemblaadje en grassprietje stak scherp af. Achter haar zag ik hoe haar familie op de veranda kwam staan. Zonnestralen wierpen patronen op de grond.

'Dank je dat je dit met me hebt gedeeld,' fluisterde ik en toen ik me naar haar toe keerde, wist ik eindelijk wat het was om verliefd te zijn.

Ik ging naar Creekside en trof Noah bij de vijver.

'Hallo, Noah,' zei ik.

'Hallo, Wilson.' Hij bleef over het water uitkijken. 'Fijn dat je langskomt.'

Ik zette de zak met brood op de grond. 'Gaat het?'

'Het kon beter. Maar het kon ook slechter.'

Ik ging naast hem op het bankje zitten. De zwaan in de vijver was niet bang voor me en bleef aan de kant vlakbij ons dobberen.

'Heb je haar verteld,' vroeg hij, 'over de bruiloft bij het huis?'

Ik knikte. Dat was het idee dat ik Noah de dag ervoor had voorgelegd.

'Ik geloof dat ze verbaasd was dat zij er niet als eerste aan had gedacht.'

'Ze heeft een hoop aan haar hoofd.'

'Jazeker. Anna en zij zijn direct na het ontbijt weggegaan.'

'Trappelend van ongeduld?'

'Dat kun je wel zeggen. Jane heeft Anna bijna de deur uitgesleurd. Sindsdien heb ik niets meer van haar gehoord.'

'Allie was net zo toen Kate trouwde.'

Hij had het over Jane's jongere zus. Net als de bruiloft dit weekend, was die van Kate bij het huis van Noah gehouden. Jane was haar getuige geweest.

'Ze heeft zeker al naar trouwjaponnen zitten kijken.'

Ik wierp hem een verraste blik toe.

'Dat was, geloof ik, het leukste onderdeel voor Allie,' vervolgde hij. 'Kate en zij hebben twee dagen lang in Raleigh naar de perfecte japon gezocht. Kate had er wel honderd gepast en toen Allie thuiskwam, beschreef ze ze allemaal. Kant hier, mouwen daar, zijde en tafzijde, strakke tailles... ze heeft urenlang zitten kletsen, maar ze was zo mooi als ze opgewonden was dat ik nauwelijks hoorde wat ze vertelde.'

Ik legde mijn handen op mijn schoot. 'Ik denk niet dat Anna en zij voor zoiets de tijd zullen hebben.'

'Nee, dat zal wel niet.' Hij keek me aan. 'Maar ze zal mooi zijn, wat ze ook aan heeft, weet je.'

Ik knikte.

Tegenwoordig onderhouden de kinderen het huis van Noah gezamenlijk.

Het is van ons allemaal; dat hadden Noah en Allie zo geregeld voor ze naar Creekside verhuisden. Omdat het huis zo veel voor hen en de kinderen had betekend, konden ze het gewoon niet van de hand doen. Maar ze konden het ook niet aan een van de kinderen geven, aangezien het de plaats van ontelbare herinneringen voor hen allemaal is.

Zoals ik al zei, bracht ik regelmatig een bezoek aan het huis en terwijl ik na mijn bezoek aan Creekside over het terrein liep, maakte ik in gedachten een lijstje van wat er gedaan moest worden. Een onderhoudsman maaide het gras en zorgde dat het hek in goede staat bleef, maar er moest nog een hoop werk gedaan worden om het land en het huis klaar te maken voor gasten, en ik kon het onmogelijk alleen af. Er lag een laag grijs stof van honderden regenbuien over het witte huis, maar daar kon een flinke beurt met een hogedrukspuit wel iets aan doen. Ondanks de inspanningen van de onderhoudsman verkeerde de tuin eromheen echter in slechte staat. Langs de palen van het hek stond onkruid, heggen moesten geknipt worden en van de vroegbloeiende lelies stonden alleen nog maar uitgedroogde stengels. Hibiscus, hortensia's en geraniums gaven er wel kleur aan, maar moesten ook bijgeknipt worden.

Al die dingen konden betrekkelijk snel gedaan worden, maar ik maakte me zorgen over de rozentuin. Hij was in de jaren dat het huis leeg stond verwilderd; de concentrische harten waren allemaal ongeveer van dezelfde hoogte en alle struiken leken in elkaar over te gaan. Talloze stelen staken er op de vreemdste manieren uit en de kleuren gingen grotendeels schuil onder de bladeren. Ik had geen idee of de schijnwerpers het nog deden. Vanaf de plek waar ik stond, leek het onmogelijk dat er nog iets gered kon worden behalve door alles terug te snoeien en nog een jaar te wachten tot de bloemen terugkwamen.

Ik hoopte dat mijn tuinarchitect in staat was een wonder te verrichten. Als iemand zo'n project aankon, was hij het wel. Nathan Little, een stille man met een passie voor perfectie, had aan enkele van de beroemdste tuinen in North Carolina gewerkt – de Biltmore Estate, de Tryon Place, de botanische tuinen van Duke – en hij wist meer van planten dan wie ook.

Door mijn voorliefde voor onze eigen tuin thuis – klein, maar niettemin prachtig – waren we in de loop der jaren bevriend geraakt, en Nathan kwam vaak even langs na het werk. We hadden lange gesprekken over de zuurgraad van de bodem en de rol van schaduw voor azalea's, verschillen in mest en zelfs de waterbehoefte van viooltjes. Het was zoiets heel anders dan het werk dat ik op kantoor deed, dat dat misschien de reden was dat ik er zo van genoot.

Terwijl ik mijn blik over het land liet gaan, stelde ik me voor hoe ik wilde dat het eruit zou zien. Onder mijn eerdere telefoontjes was er ook een naar Nathan geweest, en hoewel het zondag was, had hij beloofd om langs te komen. Hij had drie ploegen, waarvan de meesten alleen Spaans spraken, en de hoeveelheid werk die één ploeg in een dag kon verstouwen was verbluffend. Toch was dit een groot project, en ik hoopte dat ze het op tijd af zouden hebben.

Terwijl ik bezig was alles in gedachten te ordenen, zag ik Harvey Wellington, de predikant, in de verte. Hij stond op zijn veranda en leunde op de balustrade met zijn armen over elkaar geslagen. Hij bewoog zich niet toen ik hem in het oog kreeg. Het was alsof we elkaar gadesloegen, en een ogenblik later zag ik hem grijnzen. Ik dacht dat het een uitnodiging was om bij hem langs te komen, maar toen ik mijn blik afwendde en vervolgens weer naar hem keek, was hij in zijn huis verdwenen. Ook al hadden we elkaar gesproken, ook al had ik hem de hand geschud, ik besefte ineens dat ik nog nooit een stap voorbij zijn voordeur had gezet.

Nathan kwam na het middageten langs en we spraken een uur lang met elkaar. Hij knikte voortdurend terwijl ik mijn verhaal deed, maar beperkte zijn vragen tot het minimum. Toen ik uitgepraat was, hield hij zijn hand boven zijn ogen tegen de zon.

Alleen de rozentuin gaat lastig worden, zei hij ten slotte. Het zal een hoop werk kosten om hem te maken zoals hij eruit moet zien.

Maar het is mogelijk?

Hij bestudeerde de rozentuin lange tijd voor hij knikte. Woensdag en donderdag, zei hij ten slotte. Ik stuur het voltallige personeel, voegde hij eraantoe. Dertig man.

Maar twee dagen? vroeg ik. Zelfs met de tuin erbij? Hij kende zijn zaakjes zoals ik de mijne, maar van deze opmerking stond ik toch te kijken.

Hij glimlachte en legde een hand op mijn schouder. 'Wees maar niet bang, mijn vriend,' zei hij. 'Het wordt prachtig.'

Halverwege de middag trilde de hitte boven het land. Door de hoge vochtigheid was het wat nevelig geworden en de horizon leek wazig. Toen ik voelde hoe het zweet op mijn voorhoofd parelde, haalde ik een zakdoek uit mijn zak. Nadat ik mijn voorhoofd had afgeveegd, ging ik op de veranda op Jane en Anna zitten wachten.

Hoewel het huis dichtgetimmerd was, was het niet uit veiligheidsoverwegingen gedaan. Er waren luiken voor de ramen geplaatst tegen eventueel vandalisme en om te voorkomen dat mensen het huis aan de binnenkant gingen verkennen. Noah had ze zelf ontworpen voor ze naar Creekside vertrokken – al hadden zijn zoons het grootste deel van het werk gedaan – en ze zaten aan het huis vast met scharnieren, en haken aan de binnenkant, zodat ze gemakkelijk van binnenuit geopend konden worden. De onderhoudsman deed het twee keer per jaar om het huis te luchten. De stroom stond uit, maar er stond een generator achter die de onderhoudsman soms aanzette om te zien of de knoppen en schakelaars het nog deden. Het water was nooit uitgezet vanwege de sproeiers, en de onderhoudsman had me verteld dat hij de kranen in de keuken en de badkamers soms openzette om de leidingen van eventueel stof te ontdoen dat zich er mogelijk verzameld had.

Ik weet zeker dat op een dag iemand er weer zal gaan wonen. Jane en ik zullen dat niet zijn, en ook kan ik me geen van de andere kinderen hier voorstellen, maar het leek onvermijdelijk. Het was ook onvermijdelijk dat het pas zou gebeuren als Noah er allang niet meer was.

Een paar minuten later kwamen Anna en Jane, een stofwolk achter de auto terwijl ze de oprijlaan op reden. Ik voegde me bij hen in de schaduw van een enorme eikenboom. Ze keken allebei om zich heen, en ik zag de stijgende spanning op Jane's gezicht. Anna had kauwgom in haar mond en ze glimlachte even naar me.

'Hoi, pap,' zei ze.

'Hoi, schat. Hoe is het vandaag gegaan?' vroeg ik.

'Het was leuk. Mam was in paniek, maar we hebben het uiteindelijk allemaal geregeld. Het boeket is besteld, net als de corsages en boutonnières.'

Jane scheen haar niet te horen; ze keek nog steeds verwilderd om zich heen. Ik wist dat ze dacht dat het onmogelijk was om de tuin op tijd in orde te hebben. Omdat ze er minder vaak heen gaat dan ik, denk ik dat zij het beeld nog in haar hoofd had van hoe het er vroeger uitzag, niet hoe het er nu uitziet.

Ik legde mijn hand op haar schouder. 'Maak je maar geen zorgen, het wordt prachtig,' zei ik geruststellend, de belofte van de tuinarchitect herhalend.

Later slenterden Jane en ik samen door de tuin. Anna was ergens anders heen gelopen om met haar mobiele telefoon met Keith te bellen. Terwijl we liepen, vertelde ik over de ideeën die ik met Nathan had besproken, maar ik merkte dat ze met haar gedachten ergens anders was.

Toen ik aandrong, schudde Jane haar hoofd. 'Het gaat om Anna,' bekende ze zuchtend. 'Het ene moment doet ze helemaal mee en het volgende niet meer. En ze schijnt maar geen eigen beslissingen te kunnen nemen. Zelfs met de bloemen. Ze wist niet wat voor kleuren ze voor de boeketten wilde, ze wist niet welke soorten. Maar zodra ik zeg dat ik iets mooi vind, zegt ze: ja ik ook. Ik word er gek van. Ik bedoel, ik weet dat het hele gedoe mijn idee is, maar het blijft toch haar bruiloft.'

'Zo is ze altijd geweest,' zei ik. 'Weet je nog toen ze klein was? Je zei altijd precies hetzelfde tegen me wanneer jullie schoolkleren voor haar gingen kopen.'

'Ik weet het,' zei ze, maar ik kon aan haar toon horen dat haar nog iets anders dwarszat.

'Wat is er?' vroeg ik.

'Ik wou gewoon dat we meer tijd hadden.' Jane zuchtte. 'Ik weet dat we al een paar dingen geregeld hebben, maar als we meer tijd hadden, zou ik een soort receptie hebben kunnen regelen. Zo mooi als de plechtigheid ook zal worden, hoe moet het erna? Ze zal nooit meer de kans krijgen om iets als dit te ervaren.'

Mijn vrouw, de hopeloze romantica.

'Waarom houden we dan geen receptie?'

'Waar heb je het over?'

'Waarom houden we er hier geen? We gooien gewoon het huis open.'

Ze keek me aan alsof ik gek geworden was. 'Waarvoor? We hebben geen cateraar, we hebben geen tafels, we zullen geen muziek hebben. Die dingen moet je ruim van tevoren regelen. Je kunt niet zomaar met je vingers knippen en verwachten dat iedereen die je nodig hebt op je afgestormd komt.'

'Dat zei je over de fotograaf ook.'

'Recepties zijn iets anders,' verklaarde ze op besliste toon.

'Dan doen we het anders,' hield ik vol. 'Misschien kunnen de gasten eten meebrengen.'

Ze knipperde met haar ogen. 'Eten meebrengen?' Ze stak haar ontsteltenis niet onder stoelen of banken. 'Je wilt dat iedereen een gerecht meeneemt naar de receptie?'

Ik had het gevoel dat ik een beetje kleiner werd. 'Het was maar een idee,' mompelde ik.

Ze schudde haar hoofd en staarde in de verte. 'Het geeft niet,' zei ze. 'Het stelt niet zoveel voor. Het is de plechtigheid die telt.'

'Ik zal wel eens rondbellen,' bood ik aan. 'Misschien kan ik iets regelen.'

'Er is geen tijd genoeg,' herhaalde ze.

'Ik kén mensen die dit soort dingen doen.'

Dit was waar. Als een van de slechts drie notarissen in de stad – en in het begin van mijn loopbaan als enige – leek ik de meeste middenstanders in de streek te kennen.

Ze aarzelde. 'Dat weet ik,' zei ze, maar de woorden klonken als een verontschuldiging. Mezelf verbazend, pakte ik haar hand.

'Ik zal wel bellen,' zei ik. 'Vertrouw maar op mij.'

Misschien was het de ernst waarmee ik sprak of de ernstige blik in mijn ogen, maar terwijl we daar samen stonden, keek ze op en leek me te bestuderen. Toen, heel langzaam, kneep ze in mijn hand om haar vertrouwen in mij te betuigen.

'Dank je,' zei ze, en met haar hand in de mijne had ik een vreemd gevoel van déjà vu, alsof onze jaren samen ineens omgedraaid werden. En heel even zag ik Jane weer onder de pergola staan – ik had net het verhaal van haar ouders gehoord en we waren onze jeugdige zelf weer, de toekomst stralend en vol belofte voor ons. Alles was nieuw, net als zo lang geleden en toen ik haar een minuut later met Anna zag weggaan, wist ik ineens zeker dat deze bruiloft het beste was dat ons in jaren was overkomen.

7

Het eten was bijna klaar toen Jane later die avond kwam binnenstappen.

Ik zette de oven laag – vanavond was het kip cordon bleu – en veegde mijn handen af terwijl ik de keuken uit liep.

'Hoi,' zei ik.

'Hoi. Hoe is het met de telefoontjes gegaan?' vroeg ze terwijl ze haar tas op het bijzettafeltje zette. 'Dat vergat ik je daarstraks te vragen.'

'Tot dusver gaat het goed,' zei ik. 'Iedereen op de lijst zei dat ze konden komen. Tenminste, degenen van wie ik gehoord heb.'

'Iedereen? Dat is... ongelooflijk. Mensen zijn in deze tijd van het jaar meestal op vakantie.'

'Zoals wij?'

Ze liet een zorgeloze lach horen en het deed me goed te zien dat ze in een beter humeur was. 'O ja,' zei ze met een nonchalant gebaar, 'wij zitten hier gewoon lekker te relaxen, hè?'

'Het valt wel mee.'

Ze rook de geur die uit de keuken kwam, en er verscheen een verwonderde uitdrukking op haar gezicht. 'Ben je weer aan het koken?'

'Ik dacht dat je vanavond misschien niet zo'n zin zou hebben om te koken.'

Ze glimlachte. 'Dat is lief.' Ze keek me aan en haar ogen leken wat langer dan normaal op me te blijven rusten. 'Vind je het erg als ik even onder de douche ga voordat we gaan eten? Ik ben nogal bezweet. We zijn de hele dag in en uit de auto gesprongen.'

'Helemaal niet,' zei ik terwijl ik met mijn hand zwaaide.

Een paar minuten later hoorde ik water door de leidingen gaan. Ik roerbakte de groenten, warmde het brood van de avond tevoren op en was bezig de tafel te dekken toen Jane de keuken binnenkwam.

Net als zij had ik gedoucht toen ik van Noah's huis kwam. Daarna had ik een nieuwe katoenen broek aangetrokken omdat de meeste van mijn oudere niet meer pasten.

'Is dat de broek die ik voor je gekocht heb?' vroeg Jane terwijl ze in de deuropening bleef staan.

'Ja. Hoe staat-ie?'

Ze bekeek me kritisch.

'Hij staat goed,' merkte ze op. 'Van hieraf kun je echt goed zien dat je behoorlijk bent afgevallen.'

'Dat is goed,' zei ik. 'Ik zou het heel vervelend vinden als ik het afgelopen jaar voor niets geleden had.'

'Je hebt niet geleden. Gewandeld, misschien, maar niet geleden.'

'Probeer jij maar eens op te staan voor de zon opkomt, vooral als het regent.'

'O, arm jochie,' plaagde ze. 'Het valt niet mee om jou te zijn.'

'Je hebt geen idee.'

Ze giechelde. Terwijl ze boven was, had zij ook een gemakkelijke broek aangetrokken, maar haar gelakte teennagels piepten onder de zomen uit. Haar haar was nat en er zaten watervlekken op haar blouse. Zelfs als ze haar best niet deed, was ze een van de meest sensuele vrouwen die ik ooit heb gezien.

'Moet je horen,' zei Jane. 'Volgens Anna is Keith dolgelukkig met onze plannen. Zo te horen is hij opgewondener dan Anna.'

'Anna is wel opgewonden. Ze is gewoon zenuwachtig over hoe het zal worden.'

'Welnee. Anna wordt nergens zenuwachtig over. Ze is net als jij.'

'Ik word wel zenuwachtig,' protesteerde ik.

'Welnee.'

'Natuurlijk wel.'

'Noem dan eens één keer.'

Ik dacht erover na. 'Goed,' zei ik. 'Ik was zenuwachtig toen ik voor mijn laatste jaar rechten terugging.'

Ze dacht er even over na voor ze haar hoofd schudde. 'Je was niet zenuwachtig over je studie. Je deed het geweldig. Je zat in de *Law Review*.'

'Ik was niet zenuwachtig over mijn studie, ik was bang dat ik jou zou kwijtraken. Jij was in New Bern begonnen met lesgeven, weet je nog? Ik wist gewoon dat er een of andere knappe jongeman aan zou komen vliegen en jou van me af zou pakken. Dat zou mijn hart gebroken hebben.'

Ze keek me bevreemd aan terwijl ze tot zich door liet dringen wat ik zojuist had gezegd. Maar in plaats van op mijn opmerking te reageren, zette ze haar handen op haar heupen en hield haar hoofd schuin. 'Weet je, volgens mij krijg jij het ook te pakken.'

'Wat bedoel je?'

'De bruiloft. Ik bedoel, twee avonden achter elkaar koken, me met alle plannen helpen, nostalgisch worden zoals daarnet. Volgens mij stijgt al die opwinding je naar het hoofd.'

Ik hoorde een ping toen de oventimer afsloeg.

'Weet je,' zei ik instemmend, 'je zou wel eens gelijk kunnen hebben.'

Ik loog niet toen ik tegen Jane zei dat ik bang was dat ik haar kwijt zou raken toen ik voor mijn laatste jaar naar Duke terugging, en ik moet toegeven dat ik niet goed met die precaire omstandigheden ben omgegaan. Ik wist dat het, zodra ik mijn laatste jaar inging, onmogelijk was voor Jane en mij om het soort relatie in stand te houden zoals die de afgelopen negen maanden gegroeid was, en ik vroeg me af hoe ze op die verandering zou reageren. Naarmate het einde van de zomer naderde, hadden we het er een paar keer over, maar Jane scheen zich nooit zorgen te maken. Ze leek nogal nonchalant in haar vertrouwen dat we het wel zouden redden, en hoewel ik denk dat ik dit als een geruststellend teken kon zien, werd ik soms overvallen door de gedachte dat ik meer om haar gaf dan zij om mij.

Toegegeven, ik wist dat ik goede eigenschappen had, maar ik beschouw mijn goede eigenschappen niet als bijzonder zeldzaam. Ook zijn mijn slechte eigenschappen niet bijzonder verwerpelijk. Eerlijk gezegd beschouw ik mezelf als gemiddeld in vele opzichten, en zelfs dertig jaar geleden wist ik al dat ik voor roem noch voor vergetelheid was weggelegd.

Jane, daarentegen, had alles kunnen worden wat ze maar wilde. Ik ben al lang geleden tot de conclusie gekomen dat Jane zich even goed thuis zou kunnen voelen in armoede of in rijkdom, in een grootsteedse omgeving of op het platteland. Ik ben altijd onder de indruk geweest van haar aanpassingsvermogen. Als je alles bij elkaar nam – haar intelligentie en hartstocht, haar vriendelijkheid en charme – dan was het duidelijk dat Jane voor vrijwel iedereen een geweldige vrouw zou zijn geweest.

Waarom had ze mij dan gekozen?

Het was een vraag die me in de begintijd van onze relatie voortdurend kwelde, en ik kon geen enkel antwoord bedenken dat logisch leek. Ik maakte me zorgen dat Jane op een ochtend wakker zou worden en beseffen dat ik niets bijzonders had en op zoek zou gaan naar een man met meer charisma. Omdat ik me zo onzeker voelde, durfde ik haar niet te vertellen wat ik voor haar voelde. Er waren momenten dat ik het wilde, maar ze gingen voorbij voor ik de moed had verzameld.

Dit wil niet zeggen dat ik het feit dat ik iets met haar had geheimhield. Integendeel, toen ik 's zomers op het advocatenkantoor werkte, was mijn relatie met Jane een van de onderwerpen die regelmatig tijdens de lunch met de andere zomerassociés ter sprake kwam, en ik beschreef hem expres als zo goed als ideaal. Ik vertrouwde hun nooit iets toe waar ik later spijt van kreeg, maar ik weet nog wel dat ik het idee had dat sommigen van mijn collega's jaloers leken dat ik niet alleen beroepsmatig, maar ook op het persoonlijke vlak op de goede koers zat. Een van hen, Harold Larson – die net als ik ook deel uitmaakte van de *Law Review* op Duke – zat in het bijzonder te luisteren wanneer ik Jane's naam noemde, en ik vermoedde dat het kwam omdat hij ook een vriendin had. Hij had al een jaar verkering met Gail en sprak altijd gemakkelijk over hun relatie. Net als Jane woonde Gail niet langer in de buurt, nadat ze weer in de buurt van haar ouders in Fredericksburg, Virginia, was gaan wonen. Harold had meer dan eens opgemerkt dat hij van plan was met Gail te trouwen zodra hij afgestudeerd was.

Tegen het einde van de zomer zaten we bij elkaar toen iemand ons vroeg of we van plan waren om met onze vriendin naar de cocktailparty te komen die het kantoor ter ere van ons had georganiseerd als afscheidsfeestje. Harold leek uit zijn doen te raken van de vraag en toen we aandrongen, fronste hij zijn voorhoofd.

'Gail en ik hebben het vorige week uitgemaakt,' gaf hij toe. Hoewel het duidelijk een pijnlijk onderwerp was, scheen hij de behoefte te voelen om zich nader te verklaren. 'Ik dacht dat het heel goed zat tussen ons, ook al hadden we elkaar de laatste tijd niet veel meer gezien. Ik denk dat ze de afstand te groot vond en dat ze niet wilde wachten tot ik afgestudeerd was. Ze heeft een ander.'

Ik denk dat het de herinnering aan dat gesprek was die onze laatste middag van de zomer samen heeft gekleurd. Het was zondag, twee dagen nadat ik Jane had meegenomen naar de cocktailparty, en zij en ik zaten in de schommelstoelen op de veranda van Noah's huis. Ik zou die avond naar Durham vertrekken en ik weet nog dat ik over de rivier uitkeek en me afvroeg of het ons zou lukken, of dat Jane, net als Gail, een ander zou vinden om mijn plaats in te nemen.

'Hé, vreemdeling,' zei ze ten slotte, 'waarom ben je vandaag zo stil?'

'Ik zit gewoon te denken aan teruggaan naar de universiteit.'

Ze glimlachte. 'Zie je er tegenop of kijk je ernaar uit?'

'Allebei, denk ik.'

'Je moet het maar zo zien. Het duurt nog maar negen maanden tot je afstudeert, en dan ben je klaar.'

Ik knikte, maar zei niets.

Ze keek me onderzoekend aan. 'Weet je zeker dat het dat is wat je dwarszit? Je kijkt de hele dag al somber.'

Ik schoof heen en weer in mijn stoel. 'Herinner je je Harold Larson?' vroeg ik. 'Ik heb je aan hem voorgesteld op de cocktailparty.'

Ze kneep haar ogen toe terwijl ze hem probeerde te plaatsen. 'Die samen met jou bij de *Law Review* zat? Lang, met bruin haar?'

Ik knikte.

'Wat is er met hem?' vroeg ze.

'Is het je niet opgevallen dat hij alleen was?'

'Nee, niet echt. Hoezo?'

'Zijn vriendin had het net uitgemaakt.'

'O,' zei ze, al kon ik zien dat ze geen idee had in welke zin het met haar te maken had of waarom ik eraan dacht.

'Het zal een zwaar jaar worden,' begon ik. 'Ik denk dat ik praktisch in de bibliotheek zal wonen.'

Ze legde vriendschappelijk een hand op mijn knie. 'Je doet het al jaren prima. Ik weet zeker dat het je gaat lukken.'

'Ik hoop het,' vervolgde ik. 'Alleen, met alles wat ik moet

doen, kan ik waarschijnlijk niet ieder weekend komen, zoals ik van de zomer heb gedaan.'

'Dat had ik al bedacht. Maar we blijven elkaar zien. Het is niet zo dat je helemaal geen tijd meer zult hebben. En ik kan altijd naar jou toe komen.'

In de verte zag ik een zwerm spreeuwen uit de bomen opstijgen. 'Je moet misschien even bellen voor je komt. Om te horen of ik wel tijd heb, bedoel ik. Het laatste jaar schijnt het drukst te zijn.'

Ze hield haar hoofd schuin alsof ze probeerde te achterhalen wat ik bedoelde. 'Wat is er aan de hand, Wilson?'

'Wat bedoel je?'

'Dit. Wat je zojuist zei. Het klinkt alsof je al smoezen hebt lopen bedenken om me niet te hoeven zien.'

'Het is geen smoes. Ik wil alleen zeker weten dat je begrijpt hoe druk ik het zal hebben.'

Jane leunde achterover in haar stoel en klemde haar lippen op elkaar. 'En?' vroeg ze.

'Wat, én?'

'En wat wil dat precies zeggen? Dat je me niet meer wilt zien?'

'Nee,' protesteerde ik, 'natuurlijk niet. Maar het is een feit dat jij hier zult zijn, terwijl ik daar ben. Je weet hoe moeilijk relaties op afstand kunnen zijn.'

Ze sloeg haar armen over elkaar. 'Dus?'

'Nou, de afstand kan fnuikend zijn, ook al heb je de beste bedoelingen, en eerlijk gezegd wil ik niet dat een van ons gekwetst wordt.'

'Gekwetst?'

'Dat is wat er met Harold en Gail is gebeurd,' legde ik uit. 'Ze zagen elkaar niet veel omdat hij het zo druk had, en daarom zijn ze nu uit elkaar.'

Ze aarzelde. 'En jij denkt dat ons hetzelfde zal overkomen,' zei ze voorzichtig.

'Je moet toegeven dat we de statistieken niet mee hebben.'

'De statistíeken?' Ze knipperde met haar ogen. 'Jij probeert wat wij hebben in cijfers uit te drukken?'

'Ik probeer gewoon eerlijk te zijn...'

'Over wat? Statistíeken? Wat heeft dat met ons te maken? Wat heeft Harold ermee te maken?'

'Jane, ik...'

Ze wendde zich af, omdat ze me niet kon aankijken. 'Als je me niet meer wilt zien, zeg het dan gewoon. Kom niet met dat je het zo druk hebt. Zeg me gewoon de waarheid. Ik ben volwassen. Ik kan er wel tegen.'

'Ik zeg je de waarheid,' zei ik snel. 'Ik wil je juist wel nog zien. Ik bedoelde het niet zoals het klonk.' Ik slikte. 'Ik bedoel... nou... je bent een heel bijzonder mens en je betekent heel veel voor me.'

Ze zei niets. In de stilte die volgde zag ik vol verbazing dat er een traan over haar wang rolde. Ze veegde hem weg voor ze haar armen over elkaar sloeg. Haar blik was gericht op de bomen bij de rivier.

'Waarom moet je dat nou altijd doen?' Haar stem klonk hees.

'Wat doe ik?'

'Dat... wat je nu doet. Praten over cijfers, met statistieken komen om dingen te verklaren... om ons te verklaren. Zo gaat het niet altijd in de wereld. En ook niet met mensen. We zijn Harold en Gail niet.'

'Dat weet ik wel...'

Ze keek me aan, en voor het eerst zag ik haar boosheid en het verdriet dat ik haar had aangedaan. 'Waarom zei je het dan?' wilde ze weten. 'Ik weet dat het niet gemakkelijk zal zijn, maar wat maakt het uit? Mijn vader en moeder zagen elkaar veertien jaar lang niet, en toch trouwden ze. En jij hebt het over negen maanden? Terwijl je maar een paar uur rijden van me af bent? We kunnen bellen, we kunnen schrijven...' Ze schudde haar hoofd.

'Sorry,' zei ik. 'Ik denk dat ik gewoon bang ben dat ik je kwijt-raak. Ik wilde je niet overstuur maken...'

'Waarom?' vroeg ze. 'Omdat ik een bijzónder mens ben? Om-dat ik héél veel voor je beteken?'

Ik knikte. 'Ja natuurlijk. En je bént bijzonder.'

Ze haalde diep adem. 'Nou, ik ben ook blij dat ik jou ken.'

Door die woorden drong het eindelijk tot me door. Terwijl ik mijn woorden zelf als compliment bedoelde, had Jane ze anders opgevat, en bij de gedachte dat ik haar pijn had gedaan had, kreeg ik ineens een droge keel.

'Sorry,' zei ik opnieuw. 'Ik bedoelde het niet zoals het klonk. Je bent heel bijzonder voor me, maar zie je, waar het om gaat is...'

Mijn tong voelde aan alsof hij in de knoop zat en mijn gesta-mel ontlokte Jane ten slotte een zucht. Wetend dat mijn tijd begon op te raken, schraapte ik mijn keel en probeerde haar te vertellen wat mij op het hart lag.

'Wat ik wilde zeggen is dat ik denk dat ik van je hou,' fluister-de ik.

Ze was stil, maar ik wist dat ze me had gehoord toen er ein-delijk een flauwe glimlach om haar mond verscheen.

'Nou,' zei ze, 'wel of niet?'

Ik slikte. 'Wel,' zei ik. En toen, om het helemaal duidelijk te maken, voegde ik eraantoe: 'Van je houden, bedoel ik.'

Voor het eerst in ons gesprek lachte ze, geamuseerd over hoe moeilijk ik het gemaakt had. Toen, terwijl ze haar wenkbrau-wen optrok, glimlachte ze eindelijk. 'Nou, Wilson,' zei ze, ter-wijl ze de woorden op een overdreven zuidelijke manier lang-zaam uitsprak, 'ik denk dat dat het liefste is dat je ooit tegen me hebt gezegd.'

Tot mijn verrassing stond ze ineens op uit haar stoel en ging op mijn schoot zitten. Ze sloeg een arm om me heen en kuste me zachtjes. Achter haar was de rest van de wereld wazig en in

het schemerlicht hoorde ik mijn eigen woorden, alsof ze rond-
zweefden, terugkomen.

'Ik ook,' zei ze. 'Van je houden, bedoel ik.'

Ik zat aan dat verhaal te denken toen Jane's stem ertussen kwam.

'Waarom zit je te lachen?' vroeg ze.

Ze keek me vanaf de overkant van de tafel aan. Het eten was
vanavond alledaags; we hadden in de keuken opgeschept en ik
had niet de moeite genomen om een kaars aan te steken.

'Denk je nog wel eens aan die avond dat je me kwam opzoeken op Duke?' vroeg ik. 'Toen we eindelijk naar Harper's gingen?'

'Dat was nadat je de baan in New Bern had gekregen, hè? En
je zei dat je het wilde vieren.'

Ik knikte. 'Jij droeg een zwarte jurk zonder schouderband-
jes...'

'Dat weet je nog?'

'Als de dag van gisteren,' zei ik. 'We hadden elkaar al zo'n
maand niet gezien en ik weet nog dat ik vanuit mijn raam keek
hoe je uit de auto stapte.'

Jane leek enigszins blij. Ik ging verder. 'Ik weet zelfs nog wat
ik dacht toen ik je zag.'

'Ja?'

'Ja, ik stond te denken dat het jaar waarin we verkering hadden gekregen het fijnste jaar was dat ik ooit had gehad.'

Ze sloeg haar ogen neer, maar keek bijna verlegen weer naar
me op. Aangevuurd door de herinnering ploeterde ik verder.

'Weet je nog wat ik je gaf? Met Kerstmis?'

Het duurde een tel voor ze antwoord gaf. 'Oorbellen,' zei ze,
terwijl haar handen afwezig naar haar oorlellen dwaalden. 'Je gaf
me diamanten oorbellen. Ik wist dat ze duur waren en ik weet
nog dat ik geschokt was dat je zo met geld had lopen smijten.'

'Hoe wist je dat ze duur waren?'

'Dat heb je me verteld.'

'Echt waar?' Dit herinnerde ik me niet.

'Eén of twee keer,' zei ze grijnzend. Een ogenblik lang aten we in stilte. Tussen de happen door bestudeerde ik de vorm van haar kaaklijn en de manier waarop het late avondlicht over haar gezicht speelde.

'Het lijkt niet alsof er al dertig jaar voorbij zijn, hè?' zei ik.

Een schaduw van die oude vertrouwde triestheid trok over haar gezicht.

'Nee,' zei ze. 'Ik kan niet geloven dat Anna al oud genoeg is om te trouwen. Ik snap niet waar de tijd blijft.'

'Wat zou je anders hebben gedaan?' vroeg ik. 'Als het had gekund.'

'In mijn leven, bedoel je?' Ze wendde haar blik af. 'Ik weet het niet. Ik denk dat ik geprobeerd zou hebben er meer van te genieten terwijl het zich afspeelde.'

'Ik denk er net zo over.'

'Echt waar?' Jane keek oprecht verbaasd.

Ik knikte. 'Natuurlijk.'

Jane scheen van haar verbazing te bekomen. 'Het is gewoon – vat dit alsjeblieft niet verkeerd op, Wilson, maar jij zwelgt meestal niet in het verleden. Ik bedoel, je bent altijd zo praktisch. Je hebt zo weinig spijt...' Haar stem stierf weg.

'En jij wel?' vroeg ik zachtjes.

Ze bestudeerde een ogenblik haar handen. 'Nee, niet echt.'

Ik pakte toen bijna haar hand, maar ze veranderde van onderwerp en zei opgewekt: 'We zijn vandaag bij Noah langs geweest. Toen we van het huis kwamen.'

'O?'

'Hij zei dat jij al langs was geweest.'

'Ja. Ik wilde er zeker van zijn dat het goed was dat we het huis gebruikten.'

'Dat zei hij ook.' Ze verspreidde met haar vork haar groenten over het bord. 'Hij en Anna zagen er zo leuk uit samen. Ze hield de hele tijd dat ze hem over de bruiloft vertelde zijn hand vast. Ik wou dat je het had gezien. Het deed me denken aan de manier waarop mam en hij bij elkaar zaten.' Een ogenblik lang leek ze in gedachten verzonken. Toen keek ze op. 'Ik wou dat mam er nog was,' zei ze. 'Ze was altijd dol op bruiloften.'

'Ik denk dat het in de familie zit,' mompelde ik.

Ze glimlachte weemoedig. 'Ik denk dat je gelijk hebt. Je kunt je niet voorstellen hoe leuk dit is, zelfs op zo korte termijn. Ik kan niet wachten tot Leslie trouwt en we de tijd hebben om ons er echt op te concentreren.'

'Ze heeft nog niet eens een serieus vriendje, laat staan iemand die haar ten huwelijk wil vragen.'

'Kleinigheidjes, kleinigheidjes,' zei ze, terwijl ze haar haar achterover schudde. 'Dat betekent toch niet dat we niet alvast plannen kunnen gaan maken?'

Wie was ik om er iets tegenin te brengen? 'Nou, zodra het te gebeuren staat,' merkte ik op, 'hoop ik dat degene die haar een aanzoek doet eerst mijn toestemming vraagt.'

'Heeft Keith dat gedaan?'

'Nee, maar deze bruiloft is zo gehaast; dat had ik ook niet van hem verwacht. Toch is het een van die ervaringen waar je sterker van wordt en waarvan ik vind dat iedere jongeman ze door moet maken.'

'Zoals toen jij het pap vroeg?'

'O, ik ben die dag een stuk sterker geworden.'

'O?' Ze keek me nieuwsgierig aan.

'Ik denk dat ik het iets beter had kunnen aanpakken.'

'Dat heeft pap me nooit verteld.'

'Dat komt waarschijnlijk omdat hij medelijden met me kreeg. Het was niet bepaald een van de geschiktste momenten.'

'Waarom heb je me dat nooit verteld?'

'Omdat ik nooit gewild heb dat je het zou weten.'

'Nou, nu móet je het me wel vertellen.'

Ik pakte mijn glas wijn terwijl ik probeerde het niet te zwaarwichtig te maken. 'Goed dan,' zei ik, 'dit is het verhaal. Ik zou direct na mijn werk langskomen, maar ik had later die avond weer een vergadering met de vennoten, dus ik had niet veel tijd. Ik trof Noah in zijn werkplaats. Dat was kort voordat we met zijn allen naar de kust zouden gaan. In ieder geval was hij bezig een vogelhuisje te maken voor een stelletje kardinalen dat op de veranda was gaan nestelen, en hij was net het dak erop aan het timmeren. Hij wilde het werk graag voor het weekend af hebben, en ik probeerde alsmaar een manier te bedenken om het onderwerp van jou en mij ter sprake te brengen, maar ik kreeg de kans niet. Uiteindelijk flapte ik het er gewoon uit. Hij vroeg of ik hem nog een spijker wilde aangeven, en toen ik die aan hem gaf, zei ik: 'Alsjeblieft. En o ja, ik bedenk ineens – vind je het goed als ik met Jane trouw?''

Ze giechelde. 'Je bent altijd een vlotte geweest,' merkte ze op. 'Het had me eigenlijk niet moeten verbazen, gezien de manier waarop je me ten huwelijk vroeg. Het was zo…'

'Gedenkwaardig?'

'Malcolm en Linda krijgen nooit genoeg van dat verhaal,' zei ze, doelend op een stel waar we al jaren bevriend mee waren. 'Vooral Linda. Iedere keer dat we andere mensen ontmoeten, smeekt ze me het verhaal te vertellen.'

'En jij gaat er natuurlijk graag op in.'

Ze hief haar handen in een onschuldig gebaar. 'Als mijn vrienden van mijn verhalen genieten, wie ben ik dan om ze hun te ontzeggen?'

Terwijl de grapjes en plagerijtjes tijdens het eten doorgingen, was ik me bewust van alles aan haar. Ik keek hoe ze de kip in kleine stukjes sneed voor ze ze in haar mond stak, en naar de manier waarop het licht op haar haar danste; ik rook een zweem van de jasmijncrème die ze eerder had gebruikt. Er was geen verklaring voor die langer durende, pas ontstane ongedwongenheid tussen ons en ik probeerde niet het te begrijpen. Ik vroeg me af of Jane het wel in de gaten had. Als dat het geval was, liet ze het niet merken, maar dat deed ik ook niet en we bleven natafelen tot de restjes op de borden koud waren geworden.

Het verhaal van mijn huwelijksaanzoek is inderdaad gedenkwaardig en het leidt altijd tot bulderend gelach bij degenen die het horen.

Dat vertellen van familieverhalen gebeurt vrij vaak in onze kennissenkring, en wanneer we met anderen zijn, zijn mijn vrouw en ik niet langer individuen. We kunnen midden in een verhaal springen dat de ander is begonnen en elkaars gedachtegang zonder aarzeling voortzetten. Zij vertelt bijvoorbeeld het verhaal waarin Leslie als cheerleader het voetbalteam stond aan te moedigen toen een van de running backs aan de zijlijn uitgleed en op haar af begon te schuiven. Zodra Jane zwijgt, weet ik dat het een teken voor mij is om ze te vertellen dat Jane als eerste overeind sprong om te kijken of ze niet gewond was, omdat ik verlamd van schrik was. Maar toen ik eenmaal de kracht had opgebracht om in beweging te komen, baande ik me een weg door de menigte, dringend en duwend en mensen opzij schuivend, zo'n beetje als de running back van zo-even. Dan, op het moment dat ik even stop om adem te halen, neemt Jane het over waar ik ben opgehouden. Het verbaast me dat geen van ons dit ongewoon of zelfs lastig vindt. Dat aanvullen van elkaars verhaal is normaal voor ons geworden, en ik vraag me vaak af hoe het is voor mensen die hun partner minder goed kennen. Leslie heeft zich die dag trouwens niet bezeerd. Tegen de tijd dat we bij haar waren, raapte ze haar pompon alweer op.

Maar aan het verhaal van mijn huwelijksaanzoek doe ik nooit mee. In plaats daarvan zwijg ik, wetend dat Jane het veel komischer vindt dan ik. Ik was tenslotte helemaal niet van plan er iets komisch van te maken. Ik wist zeker dat het een dag zou worden die ze nooit zou vergeten, en hoopte dat ze het romantisch zou vinden.

Op de een of andere manier waren Jane en ik het jaar doorgekomen zonder dat onze liefde was aangetast. Aan het eind van het voorjaar hadden we het erover om ons te verloven en de enige verrassing was wanneer we het officieel zouden maken. Ik wist dat ze iets bijzonders wilde – de romance van haar ouders had de lat hoog gelegd. Wanneer Noah en Allie samen waren, was het net of alles altijd goed kwam. Als het regende terwijl ze samen ergens buiten waren – een ellendige ervaring, zouden de meesten toegeven – zouden Allie en Noah het als excuus gebruiken om een vuur te stoken en naast elkaar te gaan liggen, waarbij ze nog verliefder werden. Als Allie zin had in poëzie, kon Noah hele gedichten uit zijn hoofd declameren. Als Noah het voorbeeld was, wist ik dat ik hem moest volgen, en om die reden vatte ik het plan op om haar op het strand van Ocracoke, waar haar familie in juli op vakantie was, ten huwelijk te vragen.

Mijn plan was, vond ik, ingenieus. Ik was eenvoudigweg van plan om nadat ik een verlovingsring had uitgezocht, hem in de trompetschelp te verstoppen die ik vorig jaar had gevonden, met de bedoeling dat ze hem later zou vinden wanneer we het strand afschuimden op zoek naar zanddollars. Zodra ze hem vond, was ik van plan me op één knie te laten zakken, haar hand te pakken en te zeggen dat ze me de gelukkigste man ter wereld zou maken als ze erin zou toestemmen om mijn vrouw te worden.

Helaas liep het anders dan ik gepland had. Er woedde dat weekend een storm, met zware regen en een zo harde wind dat de bomen bijna horizontaal gebogen werden. Zaterdag wachtte ik de hele dag tot de storm ging liggen, maar de natuur scheen andere ideeën te hebben, en pas halverwege zondagochtend begon het op te klaren.

Ik was nerveuzer dan ik had gedacht en ik begon in mijn hoofd precies te repeteren wat ik wilde zeggen. Dit soort stampwerk was me altijd goed van pas gekomen tijdens mijn studie, maar ik realiseerde me niet dat mijn voorbereiding me ervan zou weerhouden iets tegen Jane te zeggen terwijl we over het strand liepen. Ik weet niet hoe lang we in stilzwijgen bleven doorlopen, maar het duurde wel zo lang dat ik schrok van Jane's stem toen ze eindelijk iets zei.

'Wat komt het water hoog, hè?'

Ik had me niet gerealiseerd dat de storm nog zo'n invloed op het tij zou hebben nadat hij was gaan liggen, en hoewel ik er vrijwel zeker van was dat de schelp veilig was, wilde ik toch geen risico nemen. Ik begon bezorgd nog sneller te lopen, al probeerde ik mijn best te doen om haar argwaan niet te wekken.

'Vanwaar die haast?' vroeg ze me.

'Ben ik gehaast?' antwoordde ik.

Ze leek niet tevreden met mijn antwoord en ging uiteindelijk langzamer lopen. Ik bleef een tijdje, in ieder geval tot ik de schelp zag, in mijn eentje lopen, een paar stappen voor haar uit. Toen ik de vloedlijn in het zand in de buurt van de schelp zag, wist ik dat we nog tijd hadden. Niet veel, maar ik voelde me toch een beetje meer ontspannen.

Ik draaide me om om iets tegen Jane te zeggen, niet wetend dat zij al een eindje terug was blijven staan. Ze stond met uitgestrekte arm, voorovergebogen over het zand en ik wist precies wat ze aan het doen was. Jane had de gewoonte om, wanneer ze op het strand was, kleine zanddollars te zoeken. De mooiste, de exemplaren die ze hield, waren vliesdun en doorschijnend, niet groter dan een nagel.

'Kom eens gauw!' riep ze zonder op te kijken. 'Er ligt hier een heel stel.'

De schelp met de ring lag twintig meter voor me, Jane was twintig meter achter me. Toen het eindelijk tot me doordrong dat we nauwelijks meer dan een paar woorden met elkaar hadden gewisseld sinds we op het strand waren, besloot ik naar Jane te gaan. Toen ik bij haar kwam, hield ze me een zanddollar voor die als een contactlens op het topje van haar vinger balanceerde.

'Moet je deze eens zien.'

Het was de kleinste die we tot nu toe gevonden hadden. Nadat ze hem aan mij gegeven had, boog ze zich voorover om er nog meer te zoeken.

Ik deed mee aan de zoektocht met de bedoeling om haar langzaam in de richting van de schelp te leiden, maar Jane bleef op dezelfde plek rondhangen, hoe ver ik ook bij haar vandaan ging. Ik moest om de paar seconden opkijken om te zien of de schelp nog steeds veilig was.

'Waar kijk je naar?' vroeg Jane me ten slotte.

'Niks,' zei ik. Toch voelde ik me genoopt om een paar tellen later weer op te kijken, en toen Jane me betrapte, trok ze onzeker een wenkbrauw op.

Naarmate het water bleef stijgen, besefte ik dat we geen tijd meer hadden. Maar Jane bleef maar op dezelfde plek. Ze had nog twee zanddollars gevonden die nog kleiner waren dan de eerste en scheen niet van plan te zijn naar een andere plek te gaan. Ten slotte, niet wetend wat ik anders moest doen, deed ik net of ik de schelp in de verte zag.

'Is dat een trompetschelp?'

Ze keek op.

'Ga hem eens halen,' zei ze. 'Zo te zien is het een mooie.'

Ik wist niet wat ik moest zeggen. Tenslotte wilde ik dat zij degene was die hem vond. Nu kwamen de golven al gevaarlijk dichtbij.

'Jazeker.'

'Ga je hem halen?'

'Nee.'

'Waarom niet?'

'Misschien moet jij hem gaan halen.'

'Ik?' Ze keek verwonderd.

'Als je hem wilt hebben.'

Ze scheen een ogenblik na te denken voor ze haar hoofd schudde. 'We hebben er thuis zo veel van. Laat maar zitten.'

'Weet je het zeker?'

'Ja.'

Dit ging niet goed. Terwijl ik probeerde te bedenken wat ik nu moest doen, zag ik ineens een grote golf die het strand naderde. Wanhopig – en zonder een woord tegen haar te zeggen – spurtte ik bij haar vandaan, in de richting van de schelp.

Ik ben nooit een van de snelsten geweest, maar die dag liep ik als een atleet. Zo hard mogelijk rennend griste ik de schelp weg, als een verrevelder die een honkbal gaat halen, enkele tellen voor de golf over de plek spoelde. Helaas verloor ik mijn evenwicht toen ik me bukte om hem te pakken, en ik viel op het zand terwijl de lucht met een luid *woesj* uit mijn longen geperst werd. Toen ik opstond, deed ik mijn best er zo waardig mogelijk uit te zien terwijl ik het zand en water uit mijn doorweekte kleding schudde. In de verte zag ik Jane met grote ogen naar me kijken.

Ik nam de schelp mee en gaf hem haar.

'Hier,' zei ik hijgend.

Ze keek me nog steeds bevreemd aan. 'Dank je,' zei ze.

Ik denk dat ik verwachtte dat ze hem om zou draaien of de schelp op zo'n manier zou bewegen dat ze de ring binnenin hoorde rammelen, maar dat deed ze niet. In plaats daarvan staarden we elkaar gewoon aan.

'Je wilde deze schelp heel graag hebben, hè?' zei ze ten slotte.

'Ja.'

'Hij is mooi.'

'Ja.'

'Nogmaals bedankt.'

'Graag gedaan.'

Ze had hem nog steeds niet bewogen. Ik werd een beetje zenuwachtig en zei: 'Schud er eens mee.'

Ze scheen over mijn woorden na te moeten denken.

'Ermee schudden,' herhaalde ze.

'Ja.'

'Gaat het toch wel, Wilson?'

'Ja.' Ik knikte bemoedigend naar de schelp.

'Oké,' zei ze langzaam.

Toen ze het deed, viel de ring in het zand. Ik liet me onmiddellijk op één knie zakken en begon ernaar te zoeken. Helemaal vergetend wat ik van plan was te zeggen, ging ik meteen door naar het aanzoek, zonder ook maar de tegenwoordigheid van geest op te brengen om naar haar op te kijken.

'Wil je met me trouwen?'

Toen we klaar waren met het opruimen van de keuken, ging Jane naar buiten om op het terras te gaan staan. Ze liet de deur op een kier staan alsof ze me uitnodigde ook naar buiten te komen. Toen ik naar buiten ging, zag ik haar tegen de balustrade leunen zoals op de avond dat Anna ons het nieuws van haar bruiloft vertelde.

De zon was onder, en een oranje maan kwam net als een lampion boven de bomen uit. Ik zag Jane ernaar staren. De hitte was eindelijk afgenomen en er was wat wind opgestoken.

'Denk je echt dat je een cateraar zult kunnen vinden?' vroeg ze.

Ik ging naast haar staan. 'Ik zal mijn best doen.'

'O,' zei ze ineens. 'Herinner me eraan dat ik morgen voor Joseph boek. Ik weet dat we hem op een vlucht naar Raleigh kunnen krijgen, maar hopelijk kunnen we een rechtstreekse vlucht naar New Bern te pakken krijgen.'

'Dat kan ik wel doen,' bood ik aan. 'Ik moet toch bellen.'

'Echt?'

'Het is geen moeite,' zei ik. Op de rivier zag ik een boot langs ons varen, een zwarte schaduw met een brandend licht aan de boeg.

'Wat moeten Anna en jij verder nog doen?' vroeg ik.

'Meer dan je je kunt voorstellen.'

'Nog steeds?'

'Nou, we hebben natuurlijk de jurk nog. Leslie wil met ons mee, en het zal waarschijnlijk wel een paar dagen in beslag nemen.'

'Voor een jurk?'

'Ze moet de goede vinden en dan moet hij nog vermaakt worden. We hebben vanochtend met een coupeuse gesproken, en die zei dat ze het op tijd klaar kan hebben als we hem uiterlijk donderdag bij haar brengen. En dan hebben we de receptie natuurlijk nog. Als er een komt, bedoel ik. Een cateraar is mooi, maar als het je lukt, dan zitten we altijd nog met de muziek. En we zullen de boel moeten versieren, dus je zult met het verhuurbedrijf moeten bellen...'

Terwijl ze praatte, slaakte ik een stille zucht. Ik wist dat ik niet verrast zou moeten zijn, maar toch...

'Dus terwijl ik morgen bel, neem ik aan dat jij aan het winkelen bent?'

'Ik kan niet wachten.' Ze rilde. 'Haar te zien passen, te zien wat ze mooi vindt. Ik wacht al op dit moment sinds ze klein was. Het is spannend.'

'Dat zal wel,' zei ik.

Ze bracht haar duim en wijsvinger bijna tegen elkaar. 'En dan te bedenken dat Anna er zo dichtbij was om het me niet te laten doen.'

'Het is ongelooflijk hoe ondankbaar kinderen kunnen zijn, hè?'

Ze lachte en wendde haar blik weer naar het water. Op de achtergrond hoorde ik krekels en kikkers die hun avondzang begonnen, een geluid dat nooit leek te veranderen.

'Heb je zin om een eindje te wandelen?' vroeg ik ineens.

Ze aarzelde. 'Nu?'

'Waarom niet?'

'Waar wil je naartoe?'

'Maakt het uit?'

Hoewel ze verrast scheen, antwoordde ze. 'Niet echt.'

Een paar minuten later liepen we door de buurt. De straten waren verlaten. In de huizen aan weerszijden van ons zag ik licht branden achter gordijnen en schaduwen binnen rondscharrelen. Jane en ik liepen in de berm van de weg, en steentjes en grind knarsten onder onze voeten. Boven ons strekten stratuswolken zich uit die een zilveren band vormden.

'Is het 's ochtends ook zo stil?' vroeg Jane. 'Wanneer je loopt?'

Ik ga meestal voor zessen de deur uit, lang voor ze wakker wordt.

'Soms. Meestal zijn er wat joggers. En honden. Die besluipen je graag van achteren en blaffen dan ineens.'

'Goed voor je hart, zeker.'

'Het is een soort extra fitnesstraining,' beaamde ik. 'Maar ik blijf er alert van.'

'Ik zou weer eens moeten gaan lopen. Ik vond het vroeger heerlijk.'

'Dan ga je met mij mee.'

'Om halfzes? Ik dacht het niet.'

Haar toon was een mengeling van speelsheid en ongeloof. Hoewel mijn vrouw in het verleden een vroege vogel was geweest, was ze dit niet meer sinds Leslie uit huis was gegaan.

'Dit was een goed idee,' zei ze. 'Het is prachtig vanavond.'

'Ja, zeker,' zei ik en keek naar haar. We liepen zwijgend nog een eindje verder door toen ik Jane naar een huis vlak voor de hoek zag kijken.

'Heb je gehoord dat Glenda een beroerte heeft gehad?'

Glenda en haar man waren onze buren, en hoewel we ons niet in dezelfde kennissenkring bewogen, gingen we toch vriendschappelijk met elkaar om. In New Bern scheen iedereen alles over iedereen te weten.

'Ja, het is triest.'

'Ze is niet veel ouder dan ik.'

'Ik weet het,' zei ik. 'Maar ik heb gehoord dat het beter met haar gaat.'

We vervielen weer in stilte tot Jane plotseling zei: 'Denk jij wel eens aan je moeder?'

Ik wist niet goed hoe ik moest reageren. Mijn moeder was in het tweede jaar van ons huwelijk bij een auto-ongeluk om het leven gekomen. Hoewel mijn band met mijn ouders niet zo hecht was als die van Jane met de hare, was haar overlijden toch een verschrikkelijke schok. Tot op de dag van vandaag kan ik me de zes uur durende rit naar Washington om bij mijn vader te zijn niet herinneren.

'Soms.'

'En als je het doet, wat herinner je je dan?'

'Herinner je je de laatste keer dat we bij ze op bezoek gingen?' zei ik. 'Toen we binnenstapten en mam de keuken uit kwam? Ze droeg een blouse met paarse bloemen en ze was zo blij ons te zien. Ze stak haar armen uit om ons allebei te omhelzen. Zo herinner ik me haar altijd. Het is een beeld dat nooit veranderd is, een soort foto. Ze ziet er altijd hetzelfde uit.'

Jane knikte. 'Ik herinner me mijn moeder altijd in haar atelier, met verf aan haar vingers. Ze was een portret van ons gezin aan het schilderen, iets dat ze nooit eerder had gedaan, en ik herinner me hoe opgewonden ze was omdat ze het aan pa zou geven voor zijn verjaardag.' Ze zweeg even. 'Ik herinner me eigenlijk niet goed meer hoe ze eruitzag toen ze ziek was geworden. Mam was altijd zo expressief geweest. Ik bedoel, ze bewoog altijd met haar handen als ze praatte en haar gezicht was altijd zo beweeg-lijk als ze een verhaal vertelde... maar toen ze alzheimer kreeg, veranderde ze.' Ze keek even naar me. 'Het was gewoon niet meer hetzelfde.'

'Ik weet het,' zei ik.

'Daar maak ik me soms wel eens zorgen over,' zei ze zacht-jes. 'Dat ik alzheimer krijg, bedoel ik.'

Hoewel ik daar ook wel eens aan gedacht had, zei ik niets.

'Ik kan me niet voorstellen hoe het zou zijn,' vervolgde Jane. 'Om Anna of Joseph of Leslie niet te herkennen? Om hun na-men te moeten vragen als ze langskwamen, zoals mam bij mij deed? Ik vind het hartverscheurend als ik er alleen al aan denk.'

Ik keek zwijgend naar haar, in de gedempte gloed van de lich-ten van de huizen.

'Ik vraag me af of mam wist hoe erg het zou worden,' peins-de ze. 'Ik bedoel, ze zei van wel, maar ik vraag me af of ze in haar hart echt wist dat ze haar kinderen niet meer zou herken-nen. Of pap zelfs.'

'Ik denk dat ze het wist,' zei ik. 'Daarom zijn ze naar Creek-side verhuisd.'

Ik meende te zien dat ze haar ogen even sloot. Toen ze weer sprak, klonk haar stem vol frustratie. 'Ik vind het zo rot dat pap niet bij ons wilde komen wonen toen mam overleden was. We hebben plaats genoeg.'

Ik zei niets. Hoewel ik Noah's redenen om in Creekside te blijven kon verklaren, wilde ze ze niet horen. Ze kende ze net zo goed als ik, maar in tegenstelling tot mij, wilde ze ze niet accepteren, en ik wist dat als ik Noah probeerde te verdedigen, we alleen maar ruzie zouden krijgen.

'Ik haat die zwaan,' voegde ze eraantoe.

Er zit een verhaal achter die zwaan, maar opnieuw zei ik niets.

We gingen nog een blokje om en toen nog een. Bij sommigen van onze buren waren de lichten al uit, en Jane en ik bleven

maar lopen, zonder ons te haasten of te treuzelen. Na een tijdje zag ik ons huis, en wetend dat onze wandeling ten einde
kwam, bleef ik staan en keek naar de sterren.

'Wat is er?' vroeg ze, terwijl ze mijn blik volgde.

'Ben je gelukkig, Jane?'

Haar blik richtte zich op mij. 'Hoe kom je daar zo bij?'

'Ik vroeg het me gewoon af.'

Terwijl ik op haar antwoord wachtte, vroeg ik me af of ze de
reden achter mijn vraag had geraden. Het was niet zozeer dat ik
me afvroeg of ze gelukkig was in het algemeen, dan wel met mij
in het bijzonder.

Ze keek me lange tijd aan, alsof ze mijn gedachten probeerde
te lezen.

'Nou, er is één ding...'

'Ja?'

'Het is best belangrijk.'

Ik wachtte terwijl Jane diep ademhaalde.

'Ik zal echt heel gelukkig zijn als je een cateraar kunt vinden,'
bekende ze.

Ik moest lachen om haar woorden.

Hoewel ik aanbood om een pot cafeïnevrije koffie te zetten,
schudde Jane vermoeid haar hoofd. De twee lange dagen eisten
hun tol en nadat ze een tweede keer gegeeuwd had, vertelde ze
me dat ze naar bed ging.

Ik had haar natuurlijk meteen achterna kunnen gaan, maar
dat deed ik niet. In plaats daarvan keek ik hoe ze de trap opliep,
terwijl ik onze avond in gedachten opnieuw beleefde.

Later, toen ik eindelijk in bed kroop, dook ik onder de dekens en draaide me op mijn zij om naar mijn vrouw te kijken.
Haar ademhaling was gelijkmatig en diep en ik zag haar oogle-
den trillen, zodat ik wist dat ze droomde. Waarover wist ik niet,
maar haar gezicht was vredig, als dat van een kind. Ik staarde

naar haar terwijl ik haar wel en niet wakker wilde maken. Ik hield meer van haar dan van het leven zelf. Ondanks het donker zag ik een pluk haar op haar wang liggen, en ik strekte mijn vingers ernaar uit. Haar huid was zo zacht als poeder, tijdloos in zijn schoonheid. Terwijl ik het haar achter haar oor stopte, knipperde ik de tranen weg die op raadselachtige wijze in mijn ogen waren gesprongen.

8

Jane keek me de volgende avond met open mond aan, met haar tas aan haar arm bungelend.

'Het is gelukt?'

'Daar lijkt het wel op,' zei ik nonchalant, terwijl ik mijn best deed om net te doen of het vinden van een cateraar een simpel karweitje was geweest. Ondertussen had ik opgewonden lopen ijsberen terwijl ik wachtte tot ze thuiskwam.

'Wie heb je te pakken gekregen?'

'De Chelsea,' zei ik. Het restaurant dat in het centrum van New Bern tegenover mijn kantoor gelegen is, is gehuisvest in het gebouw waar Caleb Bradham ooit kantoor hield toen hij een drankje samenstelde dat nu bekend is als Pepsi-Cola. Het was tien jaar geleden verbouwd tot restaurant en een van Jane's favoriete eetgelegenheden. Ze hadden een uitgebreide menukaart, en de chef-kok had zich gespecialiseerd in exotische originele sausen en marinades bij typisch zuidelijke gerechten. Op vrijdag- en zaterdagavond was het onmogelijk om een tafeltje te bemachtigen zonder reservering, en gasten maakten er een spelletje van om te raden wat voor ingrediënten gebruikt waren om zulke opvallende smaken te creëren.

De Chelsea stond ook bekend om het amusement dat ze boden. In de hoek stond een vleugel, en John Peterson – die Anna jarenlang lesgegeven had – zong en speelde soms voor de gasten. Met een oor voor hedendaagse melodieën en een stem die deed denken aan die van Nat King Cole kon Peterson ieder nummer uitvoeren waar om gevraagd werd, en hij deed dat zo goed dat hij ook wel in restaurants helemaal in Atlanta, Charlotte en Washington speelde. Jane kon uren naar hem luisteren, en ik weet dat Peterson vertederd was door de bijna moederlijke trots die ze voor hem koesterde. Jane had het immers als eerste in de stad aangedurfd om hem als leraar aan te nemen.

Jane was te verbijsterd om te reageren. In de stilte hoorde ik het tikken van de klok aan de muur terwijl ze stond af te wegen of ze me wel goed had verstaan. Ze knipperde met haar ogen. 'Maar... hoe?'

'Ik heb met Henry gepraat, de situatie uitgelegd en gezegd wat we nodig hadden, en hij zei dat hij ervoor zou zorgen.'

'Ik begrijp het niet. Hoe kan Henry iets als dit op het laatste moment voor elkaar krijgen? Had hij niets anders staan?'

'Ik heb geen idee.'

'Dus je hebt gewoon de telefoon gepakt en gebeld en dat was het?'

'Nou, zo simpel was het nu ook weer niet, maar uiteindelijk stemde hij in.'

'En het menu? Moest hij niet weten hoeveel mensen er komen?'

'Ik heb honderd in totaal tegen hem gezegd – dat leek me wel te kloppen. En wat het menu betreft, daar hebben we het over gehad, en hij zei dat hij met iets bijzonders zou komen. Ik kan hem natuurlijk ook bellen en om een bepaald gerecht vragen.'

'Nee, nee,' zei ze snel terwijl ze haar evenwicht hervond. 'Dat is prima. Je weet dat ik alles lekker vind wat ze klaarmaken. Ik kan het alleen gewoon niet geloven.' Ze keek me vol verwondering aan. 'Het is je gelukt.'

'Ja.' Ik knikte.

Er verscheen een glimlach om haar lippen, en ze keek ineens

van mij naar de telefoon. 'Ik moet Anna bellen,' riep ze uit. 'Ze zal het niet geloven.'

Henry MacDonald, de eigenaar van het restaurant, is een oude vriend van me. Hoewel New Bern een stad is waar privacy bijna onmogelijk lijkt, heeft het niettemin voordelen. Omdat je met enige regelmaat dezelfde mensen tegenkomt – wanneer je boodschappen doet, rondrijdt, naar de kerk gaat, naar een feestje gaat – heeft in deze stad een onderliggende voorkomendheid wortel geschoten, en het is vaak mogelijk om dingen te doen die ergens anders onmogelijk zouden blijken. Mensen bewijzen elkaar een dienst omdat ze nooit weten wanneer ze er zelf een nodig hebben, en dat is een van de redenen waarom New Bern zo anders is dan andere plaatsen.

Dat wil niet zeggen dat ik niet blij was met wat ik had gedaan. Terwijl ik de keuken in liep, hoorde ik Jane's stem aan de telefoon.

'Het is je vader gelukt!' hoorde ik haar uitroepen. 'Ik heb geen idee hoe, maar het is hem gelukt!' Mijn hart zwol bij het horen van de trots in haar stem.

Aan de keukentafel begon ik de post uit te zoeken die ik eerder mee naar binnen had genomen. Rekeningen, catalogi, het tijdschrift *Time*. Omdat Jane met Anna aan het praten was, pakte ik het tijdschrift. Ik had gedacht dat ze lang aan de telefoon zou hangen, maar ze hing op voor ik aan het eerste artikel was begonnen.

'Wacht even,' zei ze, 'voor je gaat lezen, wil ik alles horen.' Ze kwam dichterbij. 'Oké,' begon ze, 'ik weet dat Henry er zal zijn en dat hij voor iedereen eten zal hebben. En er zullen ook mensen zijn om hem te helpen, hè?'

'Dat lijkt me wel,' zei ik. 'Hij kan niet in zijn eentje bedienen.'

'Wat nog meer? Is het een buffet?'

'Dat leek me de beste oplossing, gezien de grootte van Noah's keuken.'

'Mij ook,' zei ze instemmend. 'En hoe zit het met tafels en linnengoed? Neemt hij dat ook mee?'

'Ik neem aan van wel. Eerlijk gezegd heb ik het niet gevraagd, maar ik denk niet dat het een ramp is als hij het niet doet. We kunnen de spullen die we nodig hebben vast huren als het moet.'

Ze knikte snel; plannen makend, haar lijstje bijstellend. 'Oké,' zei ze, maar voor ze iets zei, stak ik mijn handen in de lucht.

'Maak je geen zorgen. Ik bel hem morgenochtend meteen om me ervan te verzekeren dat alles wordt zoals het moet.' Toen, met een knipoog, voegde ik eraantoe: 'Vertrouw maar op mij.'

Ze herkende mijn woorden van de dag ervoor bij Noah's huis en ze glimlachte me bijna schalks toe. Ik verwachtte dat het moment snel voorbij zou zijn, maar dat was niet zo. In plaats daarvan staarden we elkaar aan tot ze zich – bijna aarzelend – naar me toe boog en me een kus op mijn wang gaf.

'Dank je dat je een cateraar hebt gevonden,' zei ze.

Ik slikte met moeite.

'Graag gedaan.'

Vier weken nadat ik Jane ten huwelijk had gevraagd, trouwden we; vijf dagen nadat we getrouwd waren, zat Jane in de woonkamer van het flatje dat we gehuurd hadden op me te wachten toen ik thuiskwam van mijn werk.

'We moeten eens praten,' zei ze, terwijl ze naast zich op de bank klopte.

Ik zette mijn aktetas neer en ging naast haar zitten. Ze pakte mijn hand.

'Is alles goed?' vroeg ik.

'Alles is prima.'

'Wat is er dan?'

'Hou je van me?'

'Ja,' zei ik. 'Natuurlijk hou ik van je.'

'Wil je dan iets voor me doen?'

'Als het kan. Je weet dat ik alles voor je wil doen.'

'Ook als het moeilijk is? Ook als je het niet wilt?'

'Natuurlijk,' herhaalde ik. Ik zweeg. 'Jane – wat is er aan de hand?'

Ze haalde diep adem voor ze antwoord gaf. 'Ik wil dat je aanstaande zondag met me mee naar de kerk gaat.'

Haar woorden overvielen me, en voor ik iets kon zeggen, ging ze verder. 'Ik weet dat je me hebt verteld dat je niet wilt gaan en dat je als atheïst bent opgevoed, maar ik wil dat je dit voor me doet. Het is heel belangrijk voor me, ook al heb je het gevoel dat je er niet thuishoort.'

'Jane… ik –' begon ik.

'Ik heb je er nodig,' zei ze.

'We hebben erover gepraat,' protesteerde ik, maar opnieuw onderbrak Jane me, ditmaal met een beweging van haar hoofd.

'Dat weet ik. En ik begrijp dat jij anders opgevoed bent dan ik. Maar er is niets wat je kunt doen dat meer voor me zou betekenen dan dit kleinigheidje.'

'Ook als ik niet gelovig ben?'

'Ook als je niet gelovig bent,' zei ze.

'Maar –'

'Er is geen maar,' zei ze. 'Niet wat dit betreft. Niet bij mij. Ik hou van je, Wilson, en ik weet dat je van mij houdt. En als we er een succes van willen maken, moeten we allebei een beetje toegeven. Ik vraag je niet om gelovig te worden. Ik vraag of je met me mee naar de kerk gaat. Het huwelijk heeft met compromissen te maken, met iets voor een ander doen, ook al heb je er geen zin in. Zoals ik met de bruiloft heb gedaan.'

Ik klemde mijn lippen op elkaar omdat ik al wist hoe ze over onze huwelijksvoltrekking in de rechtbank dacht.

'Oké,' zei ik. 'Ik ga wel.' En na die woorden kuste Jane me, een kus zo hemels als de hemel zelf.

Toen Jane me in de keuken een kus gaf, werd ik overspoeld door herinneringen aan die eerdere kus. Ik denk dat het kwam omdat het me deed denken aan de tedere verzoeningen die in het verleden zo goed hadden geholpen om onze geschillen bij te leggen: misschien geen brandende hartstocht, maar wel minimaal een adempauze met de bereidheid om dingen op te lossen.

Volgens mij is deze bereidheid tegenover elkaar de reden dat we al zo lang getrouwd zijn. Het was dit element in ons huwelijk, besefte ik ineens, dat me het afgelopen jaar zo veel zorgen had gebaard. Niet alleen was ik me gaan afvragen of Jane nog wel van me hield, maar ik vroeg me ook af of ze wel van me wílde houden.

Er moeten tenslotte zo veel teleurstellingen zijn geweest – de jaren waarin ik thuiskwam lang nadat de kinderen naar bed waren gegaan; de avonden waarop ik over niets anders kon praten dan mijn werk; de gemiste wedstrijden, feestjes, vakanties met het gezin; de weekends die ik op de golfbaan met collega's en cliënten doorbracht. Nu ik er bij stilstond, denk ik dat ik eigenlijk een afwezige echtgenoot ben geweest, een schaduw van de gretige jongeman met wie ze was getrouwd. Toch scheen ze met haar kus te willen zeggen, ik wil het nog steeds proberen als jij het ook wilt.

'Wilson? Gaat het?'

Ik forceerde een glimlach. 'Ja, hoor.' Ik haalde diep adem omdat ik snel van onderwerp wilde veranderen. 'En hoe is jullie dag verlopen? Hebben Anna en jij een trouwjurk gevonden?'

'Nee. We zijn naar een paar winkels geweest, maar Anna zag niets in haar maat wat ze leuk vond. Ik had er geen idee van hoe lang je ermee bezig bent – ik bedoel, Anna is zo mager dat ze alles met spelden moeten innemen zodat we een idee krijgen van hoe ze eruit zal zien. Maar we gaan morgen nog wat zaken langs en we zien wel hoe het gaat. Het goede nieuws is dat Keith alles met zijn kant van de familie zal regelen, dus dat hoeven wij niet meer te doen. Wat me eraan herinnert – heb je eraan gedacht om Josephs vlucht te boeken?'

'Ja,' zei ik. 'Hij komt vrijdagavond aan.'

'New Bern of Raleigh?'

'New Bern. Hij zou om halfnegen moeten aankomen. Kon Leslie vandaag met jullie mee?'

'Nee, vandaag niet. Ze belde terwijl we in de auto zaten. Ze moest nog wat aanvullend onderzoek doen voor haar laboratoriumproject, maar morgen redt ze het wel. Ze zei dat er ook nog wat winkels in Greensboro zijn als we daar naartoe wilden.'

'Gaan jullie dat doen?'

'Het is drieëneenhalf uur rijden,' kreunde ze. 'Ik heb echt geen zin om zeven uur in de auto te zitten.'

'Waarom blijven jullie niet een nachtje over?' stelde ik voor. 'Op die manier kunnen jullie naar beide steden.'

Ze zuchtte. 'Dat zei Anna ook al. Ze zei dat we weer naar Raleigh moesten en dan op woensdag naar Greensboro. Maar ik wil jou niet met alles achterlaten. Er is nog steeds een hoop te doen.'

'Ga maar,' drong ik aan. 'Nu we de cateraar hebben, valt alles op zijn plaats. Wat er verder hier nog moet gebeuren, kan ik wel doen. Maar we hebben pas een bruiloft als zij een jurk heeft.'

Ze keek me sceptisch aan. 'Weet je het zeker?'

'Absoluut. Ik liep zelfs te denken dat ik misschien nog tijd heb om tussendoor even te gaan golfen.'

Ze snoof. 'Dat zou je wel willen.'

'Maar mijn handicap dan?' zei ik quasi-protesterend.

'Na dertig jaar heb ik het gevoel dat als je nog niet beter geworden bent, het er waarschijnlijk ook niet in zit.'

'Is dat een belediging?'

'Nee. Gewoon een feit. Ik heb je zien spelen, weet je nog?'

Ik knikte om aan te geven dat ze gelijk had. Ondanks al die jaren dat ik al aan mijn swing werk, ben ik allesbehalve een sterspeler. Ik wierp een blik op de klok.

'Zullen we ergens gaan eten?'

'Wat? Kook je vanavond niet?'

'Tenzij je kliekjes wilt. Ik heb geen kans gezien om boodschappen te doen.'

'Ik maakte maar een grapje,' zei ze, terwijl ze met haar hand zwaaide. 'Ik verwacht niet van je dat jij nu steeds gaat koken, al moet ik toegeven dat het prettig is.' Ze glimlachte. 'Ja, ik heb zin om uit eten te gaan. Ik begin ook honger te krijgen. Geef me een minuutje om me op te knappen.'

'Je ziet er prima uit,' protesteerde ik.

'Het kost me maar een minuutje,' riep ze, terwijl ze op weg ging naar de trap.

Het zou geen minuutje duren. Ik kende Jane, en in de loop der tijd was ik gaan inzien dat die 'minuutjes' die ze nodig had om zich op te knappen gemiddeld op twintig uitkwamen. Ik had me aangewend om mijn tijd terwijl ik wachtte te vullen met activiteiten die ik leuk vond maar weinig denkwerk vereisten. Dan liep ik bijvoorbeeld naar mijn werkkamer om de spullen op mijn bureau te ordenen of de versterker van de stereo bij te stellen nadat de kinderen hem gebruikt hadden.

Ik ontdekte dat de tijd door die onbenullige dingen ongemerkt voorbijging. Vaak maakte ik af waar ik mee bezig was en zag dan mijn vrouw achter me staan met haar handen op haar heupen.

'Ben je klaar?' vraag ik dan.

'Ik ben allang klaar,' zegt zij dan hooghartig. 'Ik wacht al tien minuten tot je klaar bent met wat je ook aan het doen bent.'

'O,' zeg ik vervolgens, 'sorry. Even kijken of ik de sleutels heb en dan kunnen we gaan.'

'Vertel me nou niet dat je ze kwijt bent.'

'Nee, natuurlijk niet,' zeg ik terwijl ik op mijn zakken klop, verbaasd dat ik ze niet kan vinden. Dan, terwijl ik om me heen kijk, voeg ik er snel aan toe: 'Ik weet zeker dat ze hier ergens liggen. Een minuut geleden had ik ze nog.'

Daarop rolt mijn vrouw met haar ogen.

Maar vanavond pakte ik *Time* én liep naar de bank. Ik las een paar artikelen terwijl ik Jane boven heen en weer hoorde lopen, en legde toen het tijdschrift weg. Ik zat me af te vragen in wat voor soort eten ze zin zou hebben, toen de telefoon ging.

Terwijl ik naar de beverige stem aan de andere kant van de lijn luisterde, voelde ik hoe mijn verwachtingsvolle gevoel verdween en plaats maakte voor een diepe angst. Jane kwam naar beneden terwijl ik ophing.

Toen ze mijn gezicht zag, bleef ze staan.

'Wat is er gebeurd?' vroeg ze. 'Wie was dat?'

'Dat was Kate,' zei ik stilletjes. 'Ze gaat nu naar het ziekenhuis.'

Jane sloeg haar hand voor haar mond.

'Noah,' zei ik.

9

De tranen stonden in Jane's ogen toen we naar het ziekenhuis reden. Hoewel ik normaal gesproken een voorzichtige automobilist ben, wisselde ik regelmatig van baan en drukte het gaspedaal in wanneer de lichten op oranje sprongen, terwijl ik me bewust was van elke minuut die verstreek.

Toen we er waren, deed het tafereel op de afdeling spoedeisende hulp denken aan het voorjaar nadat Noah zijn beroerte had gehad, alsof er in de voorgaande vier maanden niets veranderd was. Het rook er naar ammoniak en desinfecterende middelen, en het tl-licht wierp een schel licht over de volle wachtkamer.

Stoelen van metaal en vinyl stonden langs de muren en marcheerden in rijen door het midden van het vertrek. De meeste stoelen waren bezet door groepjes van twee of drie die op gedempte toon spraken, en een rij mensen die stonden te wachten om formulieren in te vullen slingerde langs de opnamebalie.

Jane's familie stond in een groepje bij de deur. Kate stond bleek en nerveus naast Grayson, haar man, die eruitzag als de rasechte katoenplanter die hij was met zijn overall en stoffige laarzen. Zijn hoekige gezicht zat vol rimpels van het buitenleven. David, Jane's jongste broer, stond naast hen met zijn arm om zijn vrouw, Lynn heen.

Toen Kate ons zag, kwam ze op ons af gerend terwijl de tranen al over haar wangen stroomden. Jane en zij vielen ogenblikkelijk in elkaars armen.

'Wat is er aan de hand?' vroeg Jane, haar gezicht strak van angst. 'Hoe is het met hem?'

Er klonk een snik in Kate's stem. 'Hij is bij de vijver gevallen. Niemand heeft het zien gebeuren, maar hij was amper bij bewustzijn toen de zuster hem vond. Ze zei dat hij zijn hoofd had gestoten. De ambulance heeft hem een minuut of twintig geleden hierheen gebracht en dokter Barnwell is nu bij hem,' zei Kate. 'Dat is alles wat we weten.'

Jane leek in de armen van haar zus in elkaar te zakken. Zowel David als Grayson kon niet naar hen kijken; ze hadden allebei de lippen opeengeklemd. Lynn stond met haar armen over elkaar heen geslagen en wipte op haar hakken op en neer.

'Wanneer mogen we bij hem?'

Kate schudde haar hoofd. 'Dat weet ik niet. De verpleegsters hier zeggen maar steeds dat we op dokter Barnwell of een van de andere verpleegsters moeten wachten. Ze zullen het ons wel laten weten.'

'Maar het komt toch wel goed?'

Toen Kate niet meteen antwoord gaf, stokte Jane's adem even. 'Het komt goed met hem,' zei Jane.

'O, Jane...' Kate kneep haar ogen toe. 'Ik weet het niet. Niemand weet iets.'

Een ogenblik lang klampten ze zich aan elkaar vast.

'Waar is Jeff?' vroeg Jane, doelend op hun ontbrekende broer. 'Hij komt toch wel, hè?'

'Ik heb hem eindelijk te pakken gekregen,' vertelde David haar. 'Hij rijdt langs huis om Debbie op te halen en dan komt hij rechtstreeks hierheen.'

David ging bij zijn zussen staan, en met hun drieën kropen ze bij elkaar alsof ze de kracht probeerde te bundelen die ze, zo wisten ze, mogelijk nodig zouden hebben.

Een ogenblik later kwamen Jeff en Debbie. Jeff ging bij zijn broer en zussen staan en werd snel van de situatie op de hoogte gesteld; op zijn witte gezicht lag dezelfde bezorgde uitdrukking als uit hun gezichten sprak.

Naarmate de minuten verstreken, verdeelden we ons in twee groepjes: de nakomelingen van Noah en Allie, en hun echtgenoten. Hoewel ik van Noah hou en Jane mijn vrouw was, ben ik erachter gekomen dat er momenten zijn dat Jane haar broers en zus meer nodig heeft dan mij. Jane zou me later nodig hebben, maar nu was niet het moment.

Lynn, Grayson, Debbie en ik hadden dit al eerder meegemaakt – in het voorjaar toen Noah zijn beroerte kreeg, en toen Allie overleed, en toen Noah zes jaar geleden een hartaanval kreeg. Terwijl hun groep bepaalde rituelen had, waaronder omhelzingen en gebedskringen en bezorgde vragen die keer op keer gesteld werden, was de onze stoïcijnser. Grayson is, net als ik, altijd al zwijgzaam geweest. Wanneer hij zenuwachtig is, steekt hij zijn handen in zijn zakken en rammelt met zijn sleutels. Lynn en Debbie – die geaccepteerd hadden dat David en Jeff hun zussen in tijden als deze nodig hadden, leken verloren in crisissituaties, niet wetend wat ze anders moesten doen dan uit de weg blijven en zachtjes praten. Ik, daarentegen, merk altijd dat ik praktische manieren zoek om te helpen – een effectief middel om mijn emoties in toom te houden.

Toen ik zag dat de rij voor de opnamebalie verdwenen was, liep ik erheen. Een ogenblik later keek de verpleegster op vanachter een hoge stapel formulieren. Ze zag er uitgeput uit.

'Kan ik u helpen?'

'Ja,' zei ik, 'ik vroeg me af of u al meer informatie hebt over Noah Calhoun. Hij is hier een half uur geleden binnengebracht.'

'Is de dokter al met u komen praten?'

'Nee. Maar de hele familie is er nu en ze zijn allemaal danig overstuur.'

Ik knikte in hun richting en zag dat de blik van de verpleegster de mijne volgde.

'Ik weet zeker dat de dokter of een van de verpleegkundigen zo bij u komt.'

'Dat weet ik. Maar kunt u er op de een of andere manier achterkomen of we misschien bij onze vader zouden mogen? En of het met hem in orde komt?'

Een ogenblik lang wist ik niet of ze me zou helpen, maar toen haar blik weer naar de familie dwaalde, hoorde ik haar uitademen.

'Geef me even een paar minuten om een paar van deze formulieren te verwerken. Daarna zal ik zien wat ik kan uitvissen, goed?'

Grayson kwam bij me aan de balie staan, met zijn handen in zijn zakken. 'Gaat het een beetje?'

'Ik doe mijn best,' zei ik.

Hij knikte, en zijn sleutels rammelden.

'Ik ga zitten,' zei hij na een paar tellen. 'Wie weet hoe lang we hier nog zijn.'

We gingen allebei in de stoelen achter de broers en zussen zitten. Een paar minuten later kwamen Anna en Keith binnen. Anna ging bij het groepje staan terwijl Keith naast mij ging zitten. Anna, in het zwart, zag er al uit alsof ze van een begrafenis kwam.

Wachten is altijd het ellendigste van een crisis als deze, en om die reden ben ik ziekenhuizen gaan verfoeien. Er gebeurt niets, maar toch malen steeds somberder wordende beelden door het hoofd dat zich onbewust voorbereidt op het ergste. In de gespannen stilte kon ik mijn eigen hart horen kloppen, en mijn keel was eigenaardig droog.

Ik zag dat de opnamezuster niet langer achter haar balie zat en ik hoopte dat ze was gaan vragen naar Noah. Vanuit mijn ooghoek zag ik Jane aankomen. Terwijl ik uit mijn stoel opstond, hief ik mijn arm en liet haar tegen me aanleunen.

'Ik vind dit verschrikkelijk,' zei ze.

'Dat weet ik. En ik vind het ook verschrikkelijk.'

Achter ons kwam een jong stel met drie huilende kinderen de spoedeisende hulp binnen. We gingen voor hen aan de kant en toen ze bij de balie kwamen, zag ik de verpleegster van achter te voorschijn komen. Ze stak haar vinger uit naar het stel om aan te geven dat ze even moesten wachten en kwam naar ons toe.

'Hij is nu bij bewustzijn,' verkondigde ze, 'maar hij is nog wel een beetje draaierig. De levensfuncties zijn in orde. We gaan hem waarschijnlijk over een uurtje of zo naar een kamer brengen.'

'Dus het komt allemaal goed?'

'Ze zijn niet van plan hem naar de intensive care over te brengen als u dat soms bedoelt,' zei ze, een slag om de arm houdend. 'Hij zal waarschijnlijk nog wel een paar dagen ter observatie in het ziekenhuis moeten blijven.'

Er volgde een collectief gemompel van opluchting op haar woorden.

'Mogen we nu bij hem?' drong Jane aan.

'U kunt niet allemaal tegelijk naar hem toe, hoor. Er is geen plaats voor iedereen en het lijkt de dokter het beste als u hem een beetje laat uitrusten. De dokter heeft gezegd dat één van u nu naar hem toe mag, als u maar niet te lang blijft.'

Het leek vanzelfsprekend dat Kate of Jane zou gaan, maar voor iemand van ons iets kon zeggen, ging de verpleegster verder.

'Wie van u is Wilson Lewis?' vroeg ze.

'Ik,' zei ik.

'Wilt u met me meekomen? Ze zijn bezig met het aanleggen van een infuus, en u kunt hem het beste opzoeken voor hij slaperig wordt.'

Ik voelde hoe de blikken van de familie zich op mij richtten. Ik dacht dat ik wist waarom hij me wilde zien, maar ik hief mijn handen om de uitnodiging af te wimpelen.

'Ik weet dat ik degene ben die met u heeft gesproken, maar misschien zou Jane of Kate moeten gaan,' opperde ik. 'Zij zijn zijn dochters. Of misschien David of Jeff.'

De verpleegster schudde haar hoofd.

'Hij vroeg om u. Hij maakte heel duidelijk dat u als eerste bij hem op bezoek moest komen.'

Hoewel Jane even glimlachte, zag ik in haar glimlach wat ik van de anderen voelde. Nieuwsgierigheid natuurlijk. En ook verwondering. Maar van Jane denk ik dat ik vooral een subtiel soort verraad voelde, alsof ze precies wist waarom hij mij gekozen had.

Noah lag in bed met twee slangetjes in zijn armen en was verbonden met een apparaat dat het gestage ritme van zijn hart aangaf. Zijn ogen waren halfgesloten, maar hij draaide zijn hoofd op het kussen toen de verpleegster het gordijn achter ons dichttrok. Ik hoorde haar voetstappen wegsterven, zodat we alleen waren.

Hij leek te klein voor het bed en zijn gezicht zag spierwit. Ik ging op de stoel naast hem zitten.

'Hallo, Noah.'

'Hallo, Wilson,' zei hij beverig. 'Fijn dat je langskomt.'

'Gaat het?'

'Het kon beter,' zei hij. Er verscheen een schaduw van een glimlach op zijn gezicht. 'Maar het kon ook slechter.'

Ik pakte zijn hand. 'Wat is er gebeurd?'

'Een wortel,' zei hij. 'Ik ben er al duizend keer langsgelopen, maar dit keer sprong hij op en greep me bij mijn voet.'

'En je hebt je hoofd gestoten?'

'Mijn hoofd, mijn lichaam. Alles. Ik ben als een zak aardappelen neergekomen, maar er is niets gebroken, gelukkig. Ik ben alleen een beetje duizelig. De dokter heeft gezegd dat ik over een paar dagen wel weer op de been ben. Ik heb gezegd, goed, want er is dit weekend een bruiloft waar ik heen moet.'

'Maak je daar maar niet druk over. Maak je maar druk over beter worden.'

'Het komt wel goed, hoor. Ik ga nog wel een poosje mee.'

'Dat is je geraden ook.'

'Hoe is het met Kate en Jane? Vreselijk bezorgd, natuurlijk.'

'We zijn allemaal bezorgd. Ik ook.'

'Ja, maar jij kijkt niet naar me met van die treurige ogen en je begint niet steeds te huilen als ik iets mompel.'

'Ik doe het als je niet kijkt.'

Hij glimlachte. 'Niet zoals zij. De kans is groot dat een van de twee de komende paar dagen dag en nacht bij me zit om mijn dekens in te stoppen, mijn bed te verstellen en mijn kussens op te schudden. Het zijn net kloeken. Ik weet dat ze het goed bedoelen, maar ik word gek van die betutteling. De laatste keer dat ik in het ziekenhuis lag, denk ik niet dat ik één ogenblik alleen ben geweest. Ik kon niet eens naar de wc zonder dat een van hen voorop liep en daarna bij de deur wachtte tot ik klaar was.'

'Je had hulp nodig. Je kon niet alleen lopen, weet je nog?'

'Een man blijft behoefte hebben aan zijn waardigheid.'

Ik kneep in zijn hand. 'Jij zult altijd de meest waardige man blijven die ik ooit heb gekend.'

Noah bleef me aankijken, en zijn gezicht werd zachter. 'Zodra ze me zien, gaan alle remmen los, weet je. Om me heen hangen en moederen, net als altijd.' Hij glimlachte ondeugend. 'Misschien ga ik eens een lolletje met ze uithalen.'

'Rustig aan, Noah. Ze doen het alleen omdat ze van je houden.'

'Dat weet ik. Maar ze hoeven me niet als een klein kind te behandelen.'

'Dat doen ze niet.'

'Jawel. Dus als het zover is, zeg jij dan eens tegen ze dat je denkt dat ik misschien wat moet rusten, goed? Als ik zeg dat ik moe ben, gaan ze zich alleen maar weer zorgen lopen maken.'

Ik glimlachte. 'Komt voor elkaar.'

Een ogenblik lang zwegen we. De hartmonitor piepte gestaag, kalmerend in zijn eentonigheid.

'Weet je waarom ik jou gevraagd heb hierheen te komen in plaats van een van de kinderen?' vroeg hij.

Onwillekeurig knikte ik. 'Je wilt dat ik naar Creekside ga, hè? Om de zwaan te voeren zoals afgelopen voorjaar.'

'Vind je het erg?'

'Helemaal niet. Ik help graag.'

Hij zweeg even, en zijn vermoeide ogen keken me smekend aan. 'Je weet dat ik het je niet zou hebben kunnen vragen met de anderen in de kamer. Ze raken helemaal overstuur als ik er zelfs maar over begin. Ze denken dat het betekent dat ik gek aan het worden ben.'

'Ik weet het.'

'Maar jij weet wel beter, hè, Wilson?'

'Ja.'

'Omdat jij het ook gelooft. Ze was er toen ik bijkwam, weet je. Ze stond over me heen gebogen om te zien hoe het met me ging, en de verpleegster moest haar wegjagen. Ze is de hele tijd bij me gebleven.'

Ik wist wat hij wilde dat ik zou zeggen, maar ik scheen de woorden die hij wilde horen niet te kunnen vinden. Ik glimlachte. 'Wonderbrood,' zei ik. 'Vier stukjes 's ochtends en drie stukjes 's middags, hè?'

Noah kneep in mijn hand om me te dwingen weer naar hem te kijken.

'Je gelooft me toch, hè, Wilson?'

Ik zweeg. Aangezien Noah me beter begreep dan wie dan ook, wist ik dat ik de waarheid niet kon verbloemen. 'Ik weet het niet,' zei ik ten slotte.

Op mijn antwoord zag ik de teleurstelling in zijn ogen.

Een uur later werd Noah overgeplaatst naar een kamer op de eerste verdieping, waar de familie eindelijk bij hem mocht.

Jane en Kate gingen de kamer binnen terwijl ze in koor 'O, papa' mompelden. Lynn en Debbie volgden daarna en David en Jeff gingen aan de andere kant van het bed staan. Grayson stond aan het voeteneinde en ik bleef op de achtergrond.

Zoals Noah voorspeld had, hingen ze om hem heen. Ze pakten zijn hand, trokken de dekens goed, zetten het hoofdeinde van het bed hoger. Bekeken hem kritisch, raakten hem aan, deden dweperig, omhelsden en kusten hem. Allemaal, betuttelend en hem overladend met vragen.

Jeff sprak als eerste. 'Gaat het wel? De dokter heeft gezegd dat je lelijk gevallen bent.'

'Het gaat goed. Ik heb een bult op mijn hoofd, maar afgezien daarvan ben ik alleen maar een beetje moe.'

'Ik ben me doodgeschrokken,' verklaarde Jane. 'Maar ik ben zo blij dat het meevalt.'

'Ik ook,' deed David een duit in het zakje.

'Je had daar niet in je eentje naartoe moeten gaan als je een beetje duizelig was,' mopperde Kate. 'De volgende keer moet je daar gewoon blijven wachten tot iemand je komt halen. Dan gaan ze je wel zoeken.'

'Dat deden ze toch wel,' zei Noah.

Jane boog zich achter zijn hoofd en schudde zijn kussens op. 'Maar je hebt daar toch niet lang gelegen, hè? Ik kan de gedachte dat je niet meteen gevonden bent niet verdragen.'

Noah schudde zijn hoofd. 'Niet meer dan een uur of wat, denk ik.'

'Een uur of wat!' riepen Jane en Kate uit. Ze bleven stokstijf staan en keken elkaar geschokt aan.

'Misschien ietsje langer. Het was moeilijk te zeggen, omdat de zon achter de wolken schuilging.'

'Langer?' vroeg Jane. Haar handen waren tot vuisten gebald.

'En ik was ook nat. Ik denk dat het op me geregend heeft. Of misschien waren de sproeiers aan gegaan.'

'Je had er wel dood kunnen gaan!' riep Kate uit.

'O, het viel wel mee. Niemand is ooit doodgegaan van een beetje water. Het ergst was de wasbeer toen ik eindelijk bijkwam. Zoals hij naar me keek, dacht ik dat hij best hondsdol kon zijn. Toen kwam hij op me af.'

'Je bent aangevallen door een wasbeer?' Jane keek alsof ze zou flauwvallen.

'Niet echt aangevallen. Ik kon hem van me afhouden voor hij me kon bijten.'

'Hij probeerde je te bijten!' riep Kate uit.

'O, het viel wel mee. Ik heb wel eerder wasberen van me afgehouden.'

Kate en Jane keken elkaar met verbijsterde gezichten aan en wendden zich toen tot hun broers. Er heerste een ontzette stilte voor Noah eindelijk glimlachte. Hij stak zijn vinger naar hen uit en knipoogde. 'Gefopt.'

Ik sloeg mijn hand voor mijn mond om een grijns te onderdrukken. Opzij van me zag ik dat Anna haar best deed om niet te lachen.

'Je moet ons niet zo plagen,' snauwde Kate terwijl ze op de zijkant van het bed tikte.

'Ja, papa, dat is niet erg aardig,' voegde Jane eraantoe.

Er verschenen pretrimpeltjes om Noah's ogen. 'Ik moest wel. Jullie hebben het zelf uitgelokt. Maar voor alle duidelijkheid, ze hebben me binnen enkele minuten gevonden. Ik heb aangeboden om zelf naar het ziekenhuis te rijden, maar ik moest met de ambulance.'

'Je kunt niet rijden. Je hebt niet eens meer een geldig rijbewijs.'

'Dat wil niet zeggen dat ik het niet meer kan. En de auto staat nog steeds op het parkeerterrein.'

Hoewel ze niets zeiden, kon ik zien dat Jane en Kate stilletjes stonden te bedenken hoe ze zijn sleutels konden weghalen.

Jeff schraapte zijn keel. 'Ik stond te denken dat we misschien zo'n polsalarm voor je moeten kopen. Zodat als het weer gebeurt, je meteen hulp kunt krijgen.'

'Ik heb er geen nodig. Ik ben gewoon over een wortel gestruikeld. Ik zou geen tijd gehad hebben om op de knop te drukken terwijl ik viel. En toen ik bijkwam, stond de verpleegster er al.'

'Ik zal eens met de directeur praten,' zei David. 'En als hij niet iets aan die wortel doet, dan haal ik hem er zelf uit.'

'Dan kom ik je helpen,' deed Grayson een duit in het zakje.

'Het is niet zijn schuld dat ik op mijn oude dag onhandig word. Over een dag of wat hobbel ik weer rond, en met het weekend ben ik weer zo goed als nieuw.'

'Maak je daar maar niet druk over,' zei Anna. 'Zorg maar dat je beter wordt, oké?'

'En doe het rustig aan,' drong Kate aan. 'We zijn bezorgd om je.'

'Doodsbang,' herhaalde Jane.

Tok, tok, tok. Ik glimlachte inwendig. Noah had gelijk – het waren allemaal kloeken.

'Het komt wel goed,' zei Noah nadrukkelijk. 'En ik wil niet dat jullie die bruiloft afzeggen vanwege mij. Ik verheug me erop en ik wil niet dat jullie denken dat een bult op mijn hoofd me ervan weerhoudt erbij te zijn.'

'Dat is op dit moment niet belangrijk,' zei Jeff.

'Hij heeft gelijk, opa,' zei Anna.

'En je moet het ook niet verzetten,' voegde Noah eraantoe.

'Schei uit, papa,' zei Kate. 'Je blijft hier net zo lang tot je beter bent.'

'Het komt goed. Ik wil alleen dat jullie beloven dat het doorgaat. Ik verheug me erop.'

'Doe toch niet zo dwars,' smeekte Jane.

'Hoe vaak moet ik het nog zeggen? Dit is belangrijk voor me. We hebben hier niet iedere dag een bruiloft.' Toen zag hij in dat zijn smeekbede bij zijn dochters aan dovemansoren was gericht en wendde zich tot Anna. 'Jij begrijpt wel wat ik bedoel, hè, Anna?'

Anna aarzelde. In de stilte flitsten haar ogen naar mij voor ze weer naar Noah keek. 'Natuurlijk, opa.'

'Dan ga je ermee door, hè?'

Instinctief pakte ze Keith's hand.

'Als dat is wat je wilt,' zei ze eenvoudig.

Noah glimlachte, zichtbaar opgelucht. 'Dank je,' fluisterde hij.

Jane trok zijn deken goed. 'Nou, dan moet je deze week maar heel goed op jezelf passen,' zei ze. 'En voortaan beter uitkijken.'

'Maak je geen zorgen, pa,' beloofde David. 'Ik heb die wortel eruit voor je terugkomt.'

Het gesprek richtte zich weer op hoe Noah gevallen was, en ik besefte ineens wat er tot dusver buiten het gesprek gelaten was. Niet een van hen, viel me op, was bereid de reden te noemen waarom hij überhaupt bij de vijver was geweest.

Maar ja, geen van hen wilde ooit over de zwaan praten.

Noah heeft me iets minder dan vijf jaar geleden over de zwaan verteld. Allie was een maand daarvoor overleden en Noah leek versneld te verouderen. Hij ging maar zelden zijn kamer uit, zelfs niet om gedichten voor anderen voor te lezen. In plaats daarvan zat hij aan zijn bureau en las de brieven die Allie en hij in de loop der jaren aan elkaar hadden geschreven of bladerde in zijn exemplaar van *Leaves of Grass*.

We deden natuurlijk ons best om hem uit zijn kamer te krijgen, en ik vind het eigenlijk wel ironisch dat ik degene was die hem naar het bankje bij de vijver bracht. Die ochtend was de eerste keer dat we de zwaan zagen.

Ik kan niet zeggen dat ik wist wat Noah dacht, en hij wekte in die tijd zeker niet de indruk dat hij er überhaupt iets betekenisvols in zag. Ik herinner me wel dat de zwaan naar ons toe kwam gezwommen, alsof hij op zoek was naar eten.

'We hadden brood mee moeten nemen,' merkte Noah op.

'Dat doen we de volgende keer,' stemde ik plichtmatig in.

Toen ik twee dagen later op bezoek kwam, zag ik tot mijn verbazing dat Noah niet in zijn kamer was. De verpleegster vertelde me waar hij was. Ik vond hem op het bankje bij de vijver. Naast hem lag een sneetje Wonderbrood. Toen ik naderde, leek de zwaan me in de gaten te houden, maar zelfs toen toonde het dier geen angst.

'Blijkbaar heb je een vriend gemaakt,' merkte ik op.

'Daar ziet het naar uit,' zei hij.

'Wonderbrood?' vroeg ik.

'Dat schijnt ze het lekkerst te vinden.'

'Hoe weet je dat het een zij is?'

Noah glimlachte. 'Dat weet ik gewoon,' zei hij, en zo begon het.

Sinds die tijd voert hij de zwaan regelmatig en gaat hij, weer of geen weer, naar de vijver. Hij zit er in de regen en in de verzengende hitte en naarmate de jaren verstreken, ging hij steeds meer tijd op het bankje doorbrengen, waar hij naar de zwaan zat te kijken en ertegen fluisterde. Nu gaan er soms hele dagen voorbij waarop hij helemaal niet meer van het bankje komt.

Een paar maanden na zijn eerste ontmoeting met de zwaan vroeg ik waarom hij zo veel tijd bij de vijver doorbracht. Ik nam aan dat hij het vredig vond of dat hij het fijn vond tegen iemand – of iets – te praten zonder een antwoord te verwachten.

'Ik kom hier omdat ze dat wil.'

'De zwaan?' vroeg ik.

'Nee,' zei hij. 'Allie.'

Mijn maag kromp ineen bij het horen van haar naam, maar ik wist niet wat hij bedoelde. 'Allie wil dat je de zwaan voert?'

'Ja.'

'Hoe weet je dat?'

Met een zucht keek hij naar me op. 'Zij is het,' zei hij.

'Wie?'

'De zwaan,' zei hij.

Ik schudde onzeker mijn hoofd. 'Ik weet niet precies wat je probeert te zeggen.'

'Allie,' herhaalde hij. 'Ze heeft een manier gevonden om bij me terug te komen, zoals ze beloofd had. Ik hoefde haar alleen maar te zoeken.'

Dat is wat de dokters bedoelen wanneer ze zeggen dat Noah waanideeën heeft.

We bleven nog een half uur in het ziekenhuis. Dokter Barnwell beloofde ons de volgende ochtend na zijn ronde te bellen om ons op de hoogte te brengen. Hij stond de familie heel na en zorgde voor Noah alsof het zijn eigen vader was. We vertrouwden hem volkomen. Zoals ik beloofd had, opperde ik tegenover de familie dat Noah wat moe leek te worden en dat het beter voor hem was om te rusten. Op weg naar buiten spraken we af om hem om de beurt op te zoeken en omhelsden elkaar op het parkeerterrein. Een ogenblik later waren Jane en ik alleen terwijl we de anderen nakeken.

Ik zag de vermoeide uitdrukking in Jane's starende blik en haar ingezakte houding, en voelde het zelf ook.

'Gaat het wel?' vroeg ik.

'Ik geloof het wel.' Ze zuchtte. 'Ik weet dat het goed met hem lijkt te gaan, maar hij schijnt maar niet te begrijpen dat hij bijna negentig is. Hij is vast niet zo snel op de been als hij wel denkt.'

Ze deed haar ogen een ogenblik dicht en ik denk dat ze zich ook zorgen maakte over de plannen voor de bruiloft.

'Je denkt er toch niet over om Anna te vragen de bruiloft uit te stellen, hè? Na wat Noah gezegd heeft.'

Jane schudde haar hoofd. 'Ik wilde het wel proberen, maar hij was zo halsstarrig. Ik hoop maar dat hij er niet op staat omdat hij weet...'

Haar stem stierf weg. Ik wist precies wat ze wilde zeggen.

'Omdat hij weet dat hij niet veel langer heeft,' vervolgde ze. 'En dat dit zijn laatste grote gebeurtenis gaat worden, snap je.'

'Dat denkt hij niet. Hij heeft nog meer dan een paar jaar voor de boeg.'

'Je klinkt zo zeker.'

'Ik weet het zeker. Voor zijn leeftijd gaat het eigenlijk heel goed. Vooral vergeleken met de anderen van zijn leeftijd in Creekside. Ze gaan nauwelijks hun kamer uit, en het enige dat ze doen, is televisie kijken.'

'Ja, en het enige dat hij doet, is naar de vijver gaan om naar die stomme zwaan te gaan. Alsof dat beter is.'

'Het maakt hem gelukkig,' betoogde ik.

'Maar het is verkeerd,' zei ze fel. 'Snap je dat niet? Mam is er niet meer. De zwaan heeft niets met haar te maken.'

Ik wist niet hoe ik moest reageren, dus zei ik niets.

'Ik bedoel, het is krankzinnig,' vervolgde ze. 'Dat hij hem voert is tot daar aan toe. Maar dat hij denkt dat mams geest op de een of andere manier teruggekomen is, slaat nergens op.' Ze sloeg haar armen over elkaar. 'Ik heb hem ertegen horen praten, weet je. Wanneer ik hem ga opzoeken. Hij voert gewoon een gesprek alsof hij echt gelooft dat de zwaan hem kan begrijpen. Kate en David hebben hem er ook op betrapt. En ik weet dat jij hem gehoord hebt.'

Ze wierp me een beschuldigende blik toe.

'Ja,' gaf ik toe. 'Ik heb hem ook gehoord.'

'En het zit jou niet dwars?'

Ik schuifelde met mijn voeten. 'Ik denk,' zei ik voorzichtig, 'dat Noah er op dit moment behoefte aan heeft te geloven dat het mogelijk is.'

'Maar waarom?'

'Omdat hij van haar houdt. Hij mist haar.'

Op mijn woorden zag ik haar kaak trillen. 'Ik ook,' zei ze.

Maar terwijl ze de woorden zei, wisten we allebei dat het niet hetzelfde was.

Ondanks onze vermoeidheid hadden we geen van beiden zin in het vooruitzicht om na de bezoeking in het ziekenhuis meteen naar huis te gaan. Toen Jane ineens verklaarde dat ze rammelde, besloten we naar de Chelsea te gaan voor een laat etentje.

Nog voor we binnenstapten, hoorden we de klanken van John Peterson aan de piano. Als hij een paar weken weer in de stad was, speelde hij ieder weekend, maar op doordeweekse dagen kwam John soms onverwacht opduiken. Vanavond was zo'n avond; de tafeltjes rond de piano waren allemaal bezet, en de bar zat vol mensen.

We kregen een tafeltje boven, uit de buurt van de muziek en de drukte, waar maar een paar tafeltjes bezet waren. Jane verraste me door een tweede glas wijn bij haar voorgerecht te bestellen en het leek wat van de spanning van de afgelopen paar uur weg te nemen.

'Wat zei papa tegen jou toen jullie alleen waren?' vroeg Jane terwijl ze zorgvuldig een graat uit haar vis peuterde.

'Niet veel,' antwoordde ik. 'Ik heb gevraagd hoe het met hem ging, wat er gebeurd was. Voor het grootste deel was het niet anders dan wat jullie later gehoord hebben.'

Ze trok haar wenkbrauwen op. 'Voor het grootste deel? Wat zei hij verder nog?'

'Wil je dat echt weten?'

Ze legde haar bestek neer. 'Hij heeft je weer gevraagd de zwaan te voeren, hè?'

'Ja.'

'Ga je dat doen?'

'Ja,' zei ik, maar toen ik haar gezicht zag, ging ik snel verder, 'maar voor je boos wordt, denk eraan dat ik het niet doe omdat ik denk dat het Allie is. Ik doe het omdat hij het gevraagd heeft en omdat ik niet wil dat de zwaan van de honger omkomt. Hij is waarschijnlijk vergeten hoe hij zelf eten moet zoeken.'

Ze keek me sceptisch aan.

'Mam had een hekel aan Wonderbrood, weet je. Ze zou het nooit gegeten hebben. Ze maakte het liefst haar eigen brood.'

Gelukkig bespaarde de komst van de ober me een dieper ingaan op het onderwerp. Toen hij vroeg of ons voorgerecht smaakte, vroeg Jane ineens of deze gerechten op het catering-menu stonden.

Bij haar vraag verscheen er een blik van herkenning in zijn ogen.

'Zijn jullie de mensen van de bruiloft?' vroeg hij. 'In het oude huis van Calhoun dit weekend?'

'Ja,' zei Jane stralend.

'Dat dacht ik wel. Volgens mij wordt de helft van het perso-neel ervoor ingezet.' De ober grinnikte. 'Nou, leuk jullie te ont-moeten. Ik zal jullie nog een keer bijschenken en ik zal het ca-teringmenu meenemen als ik terugkom.'

Zodra hij weg was, boog Jane zich voorover over het tafeltje.

'Dat is het antwoord op een van mijn vragen. Wat de bedie-ning betreft, bedoel ik.'

'Ik zei toch dat je je geen zorgen hoefde te maken.'

Ze dronk haar laatste beetje wijn op. 'Gaan ze dan een tent neerzetten? Aangezien we buiten eten?'

'Waarom gebruiken we het huis niet?' opperde ik. 'Ik moet er toch zijn als de tuinlieden komen, dus zal ik proberen een schoonmaakploeg te charteren? We hebben nog een paar dagen – ik weet zeker dat ik iemand kan vinden.'

'We kunnen het proberen, denk ik,' zei ze langzaam, en ik wist dat ze dacht aan de laatste keer dat ze binnen was geweest. 'Maar je weet dat het er behoorlijk stoffig is. Ik denk dat het in jaren niet schoongemaakt is.'

'Dat is waar, maar het is alleen maar schoonmaken. Ik zal wel eens bellen. Eens kijken wat ik voor elkaar kan krijgen,' drong ik aan.

'Dat blijf je maar zeggen.'

'Ik moet ook steeds van alles doen,' wierp ik tegen, en ze lachte gemoedelijk. Door het raam boven haar schouder kon ik mijn kantoor zien en zag dat het licht van Saxons kantoor aan was. Hij had er ongetwijfeld iets dringends te doen, want Saxon werkte maar zelden tot laat in de avond door. Jane zag me staren.

'Mis je je werk nu al?' vroeg ze.

'Nee,' zei ik. 'Het is fijn om er eens even weg te zijn.'

Ze keek me onderzoekend aan. 'Meen je dat echt?'

'Natuurlijk.' Ik trok aan mijn poloshirt. 'Het is fijn om door de week niet altijd een pak aan te hoeven.'

'Ik durf te wedden dat je vergeten was hoe het was. Je hebt al hoe lang geen vakantie meer gehad? Acht jaar?'

'Zo lang is het niet geleden.'

Na een ogenblik knikte ze. 'Je hebt hier en daar een paar dagen opgenomen, maar de laatste keer dat je echt een week vrij hebt genomen was in 1995. Weet je dat niet meer? Toen we met alle kinderen naar Florida gingen? Het was meteen nadat Joseph eindexamen had gedaan.'

Ze had gelijk, realiseerde ik me, maar wat ik eens als een deugd zag, beschouwde ik nu als tekortkoming.

'Het spijt me,' zei ik.

'Wat spijt je?'

'Dat ik niet meer vakantie heb genomen. Dat was niet eerlijk tegenover jou of het gezin. Ik had mijn best moeten doen om meer met jou en de kinderen te doen.'

'Het geeft niet,' zei ze, terwijl ze met haar vork zwaaide, 'het is niet erg.'

'Jawel,' zei ik. Hoewel ze allang gewend was geraakt aan mijn toewijding aan het kantoor en het nu accepteerde als een onderdeel van mijn karakter, wist ik dat het altijd een teer punt bij haar was geweest. In de wetenschap dat ik haar volle aandacht had, ging ik verder.

'Het is wel erg,' vervolgde ik. 'Maar dat is niet het enige waar ik spijt van heb. Ik heb spijt van alles. Ik heb er spijt van dat ik mijn werk altijd op de eerste plaats heb laten komen, zodat ik andere dingen heb gemist toen de kinderen opgroeiden. Zoals hun verjaardagsfeestjes. Ik kan me niet eens herinneren hoeveel ik er gemist heb, omdat ik nog laat vergaderingen had die ik weigerde te verzetten. En al het andere dat ik heb gemist – de volleybalwedstrijden en atletiekwedstrijden, pianoconcerten, schooltoneelstukken… Het is een wonder dat de kinderen het me vergeven hebben, laat staan dat ze nog iets om me lijken te geven.'

Ze knikte bevestigend, maar zei niets. Maar ja, er was ook niets wat ze kon zeggen. Ik haalde diep adem en ploeterde door.

'Ik weet dat ik ook niet altijd de beste echtgenoot ben geweest,' zei ik zachtjes. 'Ik vraag me wel eens af hoe je het zo lang met me hebt uitgehouden.'

Daarop fronste ze haar wenkbrauwen.

'Ik weet dat je te veel avonden en weekends alleen hebt gezeten en dat ik alle verantwoordelijkheid voor het grootbrengen van de kinderen op jouw schouders heb gelegd. Dat was niet eerlijk tegenover jou. En zelfs wanneer je tegen me zei dat je het allerliefste meer tijd met mij zou willen doorbrengen, luisterde ik niet. Zoals met je dertigste verjaardag.' Ik zweeg even om de woorden te laten bezinken. Aan de andere kant van het tafeltje zag ik de herinnering in Jane's ogen oplichten. Het was een van de vele fouten die ik in het verleden had gemaakt die ik probeerde te vergeten.

Wat ze toen had gevraagd was heel simpel: overweldigd door de nieuwe lasten van het moederschap, had ze zich weer eens vrouw willen voelen, in ieder geval voor een avond, en ze had vooraf verscheidene hints gegeven over wat zo'n romantische avond dan moest inhouden – kleren die voor haar op bed klaargelegd waren, bloemen, een limousine waarmee we naar een rustig restaurant gebracht werden, een tafeltje met een mooi uitzicht, een rustig gesprek zonder dat ze zich druk hoefde te maken dat ze zich weer naar huis moest haasten. Ook toen al wist ik dat het belangrijk voor haar was, en ik herinner me dat ik me vast voornam om alles te doen wat ze wilde. Maar ik raakte zo tot over mijn oren betrokken bij een vervelende zaak omtrent een grote erfenis dat ze jarig was voor ik iets had kunnen regelen. In plaats daarvan liet ik mijn secretaresse een stijlvolle armband uitzoeken en op weg naar huis overtuigde ik mezelf ervan dat omdat het duur was geweest, ze het als net zo speciaal zou beschouwen. Terwijl ze het cadeau uitpakte, beloofde ik dat ik de noodzakelijke plannen zou maken voor een heerlijke avond samen, een avond die nog mooier was dan degene die ze beschreven had. Uiteindelijk bleek het één van de vele beloften waar ik me toch niet aan hield en achteraf denk ik dat Jane het zich realiseerde op het moment dat ik het zei.

Met die loodzware last van al die verkeken kansen kon ik niet verdergaan. Ik wreef zwijgend over mijn voorhoofd. Ik schoof mijn bord opzij, en terwijl het verleden in een reeks ontnuchterende herinneringen voorbijflitste, voelde ik Jane's blik op me rusten. Maar ze verraste me door haar hand op de mijne te leggen.

'Wilson? Gaat het?' Er klonk een tedere bezorgdheid in haar stem door die ik niet kon thuisbrengen.

Ik knikte. 'Ja.'

'Mag ik je iets vragen?'

'Natuurlijk?'

'Waarom al die spijt vanavond? Was het iets wat papa heeft gezegd?'

'Nee.'

'Waarom kom je er dan mee?'

'Ik weet het niet... misschien komt het door de bruiloft.' Ik glimlachte flauwtjes. 'Maar ik denk de laatste tijd heel veel over dat soort dingen na.'

'Het lijkt me niets voor jou.'

'Nee, inderdaad,' gaf ik toe. 'Maar toch is het zo.'

Jane hield haar hoofd schuin. 'Ik was ook niet volmaakt, hoor.'

'Maar jij zat er wel veel dichter bij dan ik.'

'Dat is waar,' zei ze schouderophalend.

Ik moest lachen en voelde de spanning een beetje afnemen.

'En ja, je hebt veel gewerkt,' vervolgde ze. 'Waarschijnlijk te veel. Maar ik heb altijd geweten dat je het deed omdat je goed voor je gezin wilde zorgen. Daar is een hoop voor te zeggen, en daarom kon ik thuisblijven voor de kinderen. Dat is altijd belangrijk voor me geweest.'

Ik glimlachte terwijl ik over haar woorden nadacht, en over de vergeving die erin doorklonk. Ik bofte maar, vond ik, en boog me voorover.

'Weet je waar ik verder nog over nagedacht heb?' vroeg ik.

'Is er nog meer?'

'Ik heb geprobeerd erachter te komen waarom je überhaupt met me getrouwd bent.'

Er verscheen een zachte uitdrukking op haar gezicht. 'Wees niet zo hard voor jezelf. Ik zou nooit met je getrouwd zijn als ik het niet had gewild.'

'Waarom ben je met me getrouwd?'

'Omdat ik van je hield.'

'Maar waarom?'

'Er waren zoveel redenen.'

'Zoals?'

'Wil je bijzonderheden?'

'Doe me een plezier. Ik heb je net al mijn geheimen verteld.'

Ze moest lachen om mijn aandringen.

'Goed dan. Waarom ik met je getrouwd ben... Nou, je was eerlijk en vriendelijk en een harde werker. Je was beleefd en geduldig en heel wat volwassener dan andere jongens met wie ik ooit was uitgeweest. En wanneer we bij elkaar waren, luisterde je op een manier die me het gevoel gaf dat ik de enige vrouw op aarde was. Je gaf me het gevoel dat ik compleet was en het gaf me gewoon een goed gevoel om bij jou te zijn.'

Ze aarzelde een ogenblik. 'Maar het ging niet alleen om mijn gevoelens. Hoe beter ik je leerde kennen, hoe meer ik ervan overtuigd raakte dat jij al het mogelijke zou doen om je gezin te onderhouden. Dat was belangrijk voor me. Je moet begrijpen dat in die tijd veel mensen van onze leeftijd de wereld wilden veranderen. En ook al was het een nobel idee, ik wist dat ik iets traditionelers wilde. Ik wilde een gezin zoals mijn ouders hadden gehad en ik wilde me concentreren op mijn kleine stukje van de wereld. Ik wilde iemand die een echtgenote en moeder wilde trouwen en iemand die mijn keuze zou respecteren.'

'En dat heb ik gedaan?'

'Grotendeels.'

Ik lachte. 'Ik merk dat je mijn oogverblindende uiterlijk of charismatische persoonlijkheid niet hebt genoemd.'

'Je wilde toch de waarheid?' plaagde ze.

Ik lachte opnieuw en ze kneep in mijn hand. 'Ik maak maar een grapje. In die tijd genoot ik van hoe je er 's ochtends uitzag, direct nadat je je pak had aangetrokken. Je was lang en slank, een jonge ambitieuze man die eropuit trok om ons een goed leven te bezorgen. Je was heel aantrekkelijk.'

Haar woorden waren verwarmend. Het daaropvolgende uur – terwijl we tijdens de koffie het cateringmenu doornamen en naar de muziek luisterden die naar boven kwam zweven – zag ik haar ogen zo nu en dan op mijn gezicht rusten op een manier die bijna onbekend aanvoelde. Ik werd lichtelijk duizelig van het effect. Misschien dacht ze aan de redenen waarom ze met me getrouwd was, precies zoals ze ze aan mij verteld had. En hoewel ik er niet helemaal zeker van kon zijn, zag ik aan haar gezicht terwijl ze naar me keek, dat ze er zo nu en dan nog steeds blij om was.

10

Op dinsdagochtend werd ik voor zonsopgang wakker en glipte uit bed, waarbij ik mijn best deed om Jane niet wakker te maken. Nadat ik me had aangekleed, ging ik stilletjes de deur uit. Het was pikdonker; zelfs de vogels waren nog niet actief, maar het was zacht en het asfalt glom van een regenbui die de afgelopen nacht was gevallen. Ik kon al de eerste zweem van de naderende vochtigheid voelen en ik was blij dat ik er vroeg uit was.

Ik liep eerst in een rustig tempo, maar voerde het langzaam op toen mijn lichaam begon op te warmen. Het afgelopen jaar was ik meer van die wandelingen gaan genieten dan ik had gedacht. Oorspronkelijk dacht ik dat als ik eenmaal het gewicht was kwijtgeraakt dat ik wilde, ik het minder zou gaan doen, maar in plaats daarvan voegde ik steeds een eindje aan mijn wandelingen toe en noteerde zorgvuldig de tijden van mijn vertrek en mijn terugkeer.

Ik was gaan snakken naar de stilte van de ochtenden. Er waren op dat tijdstip maar weinig auto's en mijn zintuigen leken geprikkeld. Ik hoorde mijn eigen adem, voelde de druk van mijn voeten op het asfalt en keek hoe de dageraad zich ontvouwde – eerst een vaag streepje licht aan de horizon, een oranje gloed boven de bomen en dan het gestage verkleuren van zwart naar grijs. Zelfs op druilerige ochtenden merkte ik dat ik naar mijn wandeling uitkeek en ik vroeg me af waarom ik nooit eerder op deze manier lichaamsbeweging genoten had.

Mijn wandeling duurde meestal vijfenveertig minuten, en tegen het einde verlaagde ik mijn tempo om op adem te komen. Er lag een dun laagje zweet op mijn gezicht, maar het was een lekker gevoel. Toen ik in mijn huis het licht in de keuken al aan zag, liep ik met een gretige glimlach onze oprijlaan op.

Zodra ik de voordeur binnenstapte, rook ik de geur van bacon die uit de keuken kwam, een geur die me deed denken aan ons vroegere leven. Toen er nog kinderen in huis waren, maakte Jane meestal een ontbijt voor het hele gezin klaar, maar door onze van elkaar afwijkende dagindelingen van de laatste jaren was daar een eind aan gekomen. Dat was ook weer zo'n verandering die op de een of andere manier onze relatie overvallen had.

Jane stak haar hoofd om de deur terwijl ik door de woonkamer liep. Ze was al aangekleed en had een schort voor.

'Hoe ging het lopen?' vroeg ze.

'Heel goed,' zei ik, 'voor een oude man dan.' Ik ging bij haar in de keuken staan. 'Jij bent vroeg op.'

'Ik hoorde je de slaapkamer uit gaan,' zei ze, 'en aangezien ik wist dat er geen schijn van kans was dat ik weer in slaap zou vallen, besloot ik om maar op te staan. Wil je koffie?'

'Ik denk dat ik eerst water moet drinken,' zei ik. 'Wat heb je voor het ontbijt?'

'Bacon en eieren,' zei ze, terwijl ze een glas pakte. 'Ik hoop dat je honger hebt. Ook al hebben we gisteravond zo laat gegeten, ik had nog steeds honger toen ik opstond.' Ze hield het glas onder de kraan en gaf het mij toen het vol was. 'Het zal wel een kwestie van zenuwen zijn,' zei ze grijnzend.

Terwijl ik het glas van haar aannam, streken haar vingers langs de mijne. Misschien verbeeldde ik het me maar, maar haar ogen leken langer op me te blijven rusten dan normaal. 'Ik ga even douchen en schone kleren aantrekken,' zei ik. 'Hoe lang duurt het nog voor het ontbijt klaar is?'

'Je hebt nog een paar minuten,' zei ze. 'Ik zal het brood in de broodrooster stoppen.'

Toen ik weer beneden kwam, was Jane bezig het eten op te scheppen. Ik ging naast haar zitten.

'Ik heb erover nagedacht of ik nu wel of niet een nacht overblijf,' zei ze.

'En?'

'Het zal afhangen van wat dokter Barnwell zegt als hij belt. Als hij vindt dat het goed gaat met pa, kan ik net zo goed naar Greensboro doorrijden. Tenminste, als we geen jurk vinden. Anders moet ik er morgen evengoed heen rijden. Maar ik neem in ieder geval mijn mobiele telefoon mee voor het geval er iets gebeurt.'

Ik beet op een knapperig stukje bacon. 'Ik denk niet dat je hem nodig zult hebben. Als het slechter was gegaan, zou dokter Barnwell allang gebeld hebben. Je weet hoeveel hij om Noah geeft.'

'Maar toch wacht ik tot ik met hem heb gesproken.'

'Natuurlijk. En zodra het bezoekuur begint, ga ik naar Noah toe.'

'Hij zal wel chagrijnig zijn, hoor. Hij haat ziekenhuizen.'

'Wie niet? Tenzij je een baby krijgt, maar verder kan ik niemand bedenken die van ziekenhuizen houdt.'

Ze smeerde boter op haar toost. 'Wat denk je dat je met het huis wilt gaan doen? Denk je echt dat er genoeg plaats is voor iedereen?'

Ik knikte. 'Als we de meubelen eruit halen, dan is er ruimte genoeg. Ik wilde ze maar gewoon een paar dagen in de schuur opslaan.'

'En jij neemt iemand aan om alles te verhuizen?'

'Als het moet. Maar ik denk niet dat het nodig zal zijn. De tuinarchitect laat een flinke ploeg komen. Ik weet zeker dat hij het niet erg zal vinden als ze mij een paar minuten helpen.'

'Het ziet er dan wel leeg uit, hè?'

'Niet als de tafels binnen staan. Ik dacht erover om het buffet naast de ramen op te stellen, dan kunnen we ruimte overlaten om te dansen voor de open haard.'

'Hoezo dansen? We hebben helemaal geen muziek geregeld.'

'Eerlijk gezegd staat dat nu op mijn agenda voor vandaag. Samen met het regelen van de schoonmakers en het menu afgeven bij de Chelsea, natuurlijk.'

Ze hield haar hoofd schuin en keek me onderzoekend aan. 'Het klinkt alsof je er veel over nagedacht hebt.'

'Wat denk je dat ik vanochtend tijdens het lopen aan het doen was?'

'Hijgen. Naar adem snakken. Wat je anders doet.'

Ik lachte. 'Hé, eerlijk gezegd begin ik al aardig in conditie te raken. Ik heb vandaag iemand ingehaald.'

'Die oude man met de rollator weer?'

'Ha, ha,' zei ik, maar ik genoot van haar goede humeur. Ik vroeg me af of het iets te maken had met de manier waarop ze gisteravond naar me gekeken had. 'Bedankt dat je ontbijt hebt gemaakt, trouwens.'

'Het is het minste dat ik kan doen. Gezien het feit dat je me deze week zo geholpen hebt. En je hebt twéé keer gekookt.'

'Ja,' beaamde ik, 'ik ben wel een heilige geweest.'

Ze lachte. 'Zo ver zou ik niet willen gaan.'

'Nee?'

'Nee. Maar zonder jouw hulp zou ik nu al gek zijn geweest.'

'En honger hebben gehad.'

Ze glimlachte. 'Ik wil je mening,' zei ze. 'Wat vind je van iets mouwloos voor dit weekend? Met een ingenomen taille en een halflange sleep?'

Ik legde mijn kin op mijn hand en dacht na. 'Klinkt goed,' zei ik. 'Al denk ik dat een smoking me beter staat.'

Ze wierp me een blik vol ergernis toe, en ik hief mijn handen in een quasi-onschuldig gebaar.

'O, voor Ánna,' zei ik. En toen, napratend wat Noah had gezegd, vervolgde ik: 'Ik weet zeker dat ze mooi zal zijn, wat ze ook draagt.'

'Maar je hebt geen mening?'

'Ik weet niet eens wat een ingenomen taille is.'

Ze zuchtte. 'Mannen.'

'Ik weet het,' zei ik, terwijl ik haar zucht nadeed. 'Het is nog een wonder dat we überhaupt in de maatschappij functioneren.'

Dokter Barnwell belde even na achten. Het ging prima met Noah, en ze verwachtten dat ze hem later die dag naar huis zouden laten gaan of, op zijn laatst, de volgende dag. Ik slaakte een zucht van verlichting en gaf de telefoon aan Jane. Ze luisterde terwijl hij haar dezelfde informatie gaf. Nadat ze had opgehangen, belde ze het ziekenhuis en sprak met Noah, die haar aanmoedigde om met Anna mee te gaan.

'Dan zal ik maar gaan inpakken,' zei ze, terwijl ze ophing.

'Dat lijkt me ook.'

'Ik hoop dat we vandaag iets vinden.'

'Maar zo niet, geniet dan van je uitstapje met de meisjes. Dit gebeurt maar één keer.'

'We hebben nog twee kinderen te gaan,' zei ze blij. 'Dit is nog maar het begin!'

Ik glimlachte. 'Dat hoop ik.'

Een uur later zette Keith Anna, met een klein koffertje in haar hand, bij ons af. Jane was nog boven bezig met inpakken, en ik deed de voordeur open toen Anna het pad op kwam gelopen. En wat een verrassing – ze was in het zwart.

'Hoi, pap,' zei ze.

Ik stapte op de veranda. 'Hoi, schat. Hoe gaat het?'

Ze zette haar koffer neer, boog zich naar me toe en sloeg haar armen om me heen.

'Goed,' zei ze. 'Dit is eigenlijk hartstikke leuk. Ik had eerst zo mijn twijfels, maar het is tot nu toe geweldig. En mam heeft het zo naar haar zin. Je zou haar moeten zien. Ik heb haar in lange tijd niet zo opgewonden gezien.'

'Daar ben ik blij om,' zei ik.

Toen ze glimlachte, viel me opnieuw op hoe volwassen ze eruitzag. Het leek nog maar ogenblikken geleden dat ze klein was. Waar was de tijd gebleven?

'Ik kan niet wachten tot het weekend is,' fluisterde ze.

'Ik ook niet.'

'Heb je alles klaar bij het huis, denk je?'

Ik knikte.

Ze gluurde om zich heen. Ik zag aan haar gezicht wat ze me ging vragen.

'Hoe gaat het met jou en mam?'

Ze had me dit een paar maanden nadat Leslie uit huis was gegaan voor het eerst gevraagd; in het afgelopen jaar had ze het vaker gedaan, maar nooit wanneer Jane erbij was. In het begin had ik me erover verwonderd, maar de laatste tijd was ik het gaan verwachten.

'Goed,' zei ik.

Dit was trouwens het antwoord dat ik altijd gaf, al wist ik dat Anna me niet altijd geloofde.

Maar ditmaal keek ze me onderzoekend aan en toen, tot mijn verrassing, boog ze zich naar me toe en omhelsde me weer. Ze hield haar armen stijf om mijn rug. 'Ik hou van je, papa,' fluisterde ze. 'Ik vind je geweldig.'

'Ik hou ook van jou, schat.'

'Mam boft maar,' zei ze. 'Vergeet dat nooit.'

'Oké,' zei Jane, terwijl we op de oprijlaan stonden. 'Dat is het dan, denk ik.'

Anna zat in de auto te wachten.

'Je belt, hè? Ik bedoel, als er ook maar íets gebeurt.'

'Dat beloof ik,' zei ik. 'En doe de groeten aan Leslie.'

Terwijl ik het portier voor haar openhield, voelde ik de warmte van de dag al op me drukken. De lucht was drukkend en zwaar, en de huizen in de straat waren een beetje wazig. Weer een bloedhete dag, dacht ik.

'Veel plezier vandaag,' zei ik en miste haar nu al.

Jane knikte en deed een stap naar het openstaande portier. Terwijl ik naar haar keek, wist ik dat andere mannen haar nog steeds aantrekkelijk vonden. Hoe was ik van middelbare leeftijd geworden terwijl de tand des tijds haar genegeerd had? Ik wist het niet en het kon me niets schelen, en voor ik me kon inhouden, waren de woorden er al uit.

'Je bent mooi,' mompelde ik.

Jane draaide zich met een enigszins verraste uitdrukking op haar gezicht om. Ik zag aan haar gezicht dat ze zich afvroeg of ze me goed verstaan had. Ik had natuurlijk wel kunnen wachten op haar reactie, maar in plaats daarvan deed ik wat ooit zo vanzelfsprekend voor me was als ademhalen. Terwijl ik dichterbij kwam voor ze zich kon afwenden, kuste ik haar teder, haar lippen zacht tegen de mijne.

Deze kus leek totaal niet op de andere kussen die we elkaar de laatste tijd gegeven hadden, snel en oppervlakkig, als kennissen die elkaar begroeten. Ik trok me niet terug en zij ook niet, en de kus ging een eigen leven leiden. En toen we ons eindelijk van elkaar losmaakten en ik haar gezicht zag, wist ik met grote zekerheid dat ik precies het juiste had gedaan.

11

Ik genoot nog steeds na van de kus op de oprijlaan toen ik in de auto stapte om aan mijn dag te beginnen. Nadat ik bij de supermarkt was langs geweest, reed ik naar Creekside. Maar in plaats van naar de vijver te gaan, liep ik het gebouw binnen en ging naar Noah's kamer.

Zoals altijd hing er de geur van desinfecterende middelen. De veelkleurige tegels en brede gangen deden me denken aan het ziekenhuis, en toen ik langs de recreatieruimte liep, viel me op dat er maar een paar tafeltjes en stoelen bezet waren. Twee mannen zaten in een hoekje te dammen en een paar anderen keken naar een televisie die aan de muur hing. Een verpleegster zat achter de receptie, met gebogen hoofd, zonder iets van mijn aanwezigheid te merken.

De klanken van de televisie achtervolgden me terwijl ik door de gang liep en het was een opluchting om Noah's kamer binnen te gaan. In tegenstelling tot zo veel gasten hier, van wie de kamers grotendeels verstoken leken van ook maar iets persoonlijks, had Noah iets eigens van zijn kamer gemaakt. Een schilderij van Allie – een tafereel van een bloemenvijver met tuin dat aan Monet deed denken – hing boven zijn schommelstoel. Op de planken stonden tientallen foto's van de kinderen en van Allie; andere hingen aan de muur. Zijn vest hing over de rand van het bed, en in de hoek stond het oude rolbureau dat ooit tegen de muur van de woonkamer in hun huis had gestaan.

Het bureau was oorspronkelijk van Noah's vader geweest en de ouderdom ervan kwam tot uiting in de putten en krassen en inktvlekken van de vulpennen waar Noah altijd de voorkeur aan had gegeven.

Ik wist dat Noah hier regelmatig 's avonds zat, want in de laden lagen de bezittingen die hem het dierbaarst waren: het handgeschreven schrift waarin hij zijn herinneringen aan zijn liefdesgeschiedenis met Allie had verwoord, zijn in leer gebonden dagboeken waarvan de pagina's begonnen te vergelen, de honderden brieven die hij in de loop der jaren aan Allie had geschreven, en de laatste brief die ze hem ooit had geschreven. Er waren nog andere voorwerpen ook – gedroogde bloemen en krantenartikelen over Allie's tentoonstellingen, speciale cadeautjes van de kinderen, de uitgave van *Leaves of Grass* van Walt Whitman die de hele Tweede Wereldoorlog lang zijn metgezel was geweest.

Misschien spreidde ik mijn instinct als notaris tentoon, maar ik vroeg me af wat er met de spullen zou gebeuren zodra Noah was overleden. Hoe zou het mogelijk zijn om die spullen onder de kinderen te verdelen? Het zou de gemakkelijkste oplossing zijn om de kinderen allemaal evenveel te geven, maar dat bracht zijn eigen problemen met zich mee. Wie zou bijvoorbeeld het schrift thuis bewaren? Wiens lade zou de brieven of zijn dagboeken herbergen? Het was al lastig genoeg om de belangrijkste voorwerpen te verdelen, maar hoe kon je het hart verdelen?

De laden zaten niet op slot. Hoewel Noah binnen een dag of twee terug in zijn kamer zou zijn, zocht ik naar de spullen die hij in het ziekenhuis bij zich zou willen hebben en stopte ze onder mijn arm.

Vergeleken met het met airconditioning gekoelde gebouw was het buiten verstikkend en ik begon meteen te zweten. De binnenplaats was verlaten, zoals altijd. Terwijl ik over het grindpad liep, zocht ik naar de wortel die de oorzaak van Noah's valpartij was geweest. Het duurde even voor ik hem vond, onderaan een hoge magnolia; hij slingerde over het pad als een kleine slang die zich in de zon koestert.

In de brakke vijver weerkaatste de zon als in een spiegel, en een ogenblik lang keek ik naar de wolken die langzaam over het water gleden. Er hing een vage lucht van zout water toen ik ging zitten. De zwaan verscheen vanaf de oever aan de overkant van de vijver en kwam naar me toe gezwommen.

Ik maakte de zak met Wonderbrood open en scheurde de eerste snee in kleine stukjes, zoals Noah altijd deed. Terwijl ik het eerste stukje in het water gooide, vroeg ik me af of hij in het ziekenhuis de waarheid had verteld. Was de zwaan tijdens zijn pijnlijke ervaring de hele tijd bij hem gebleven? Ik twijfel er niet aan dat hij de zwaan zag toen hij bij bewustzijn kwam – dat kon de verpleegster die hem vond bevestigen – maar had de zwaan de hele tijd over hem staan waken? Onmogelijk om er zeker van te zijn, maar in mijn hart geloofde ik het.

Ik was echter niet bereid de sprong te maken die Noah had gemaakt. De zwaan, zei ik bij mezelf, was gebleven omdat Noah hem voerde en verzorgde; het was meer een huisdier dan een dier in het wild. Hij had niets met Allie of haar geest te maken. Ik kon mezelf er eenvoudigweg niet toe brengen om te geloven dat dergelijke dingen gebeurden.

De zwaan negeerde het stukje brood dat ik hem had toegeworpen; in plaats daarvan sloeg hij me simpelweg gade. Vreemd. Toen ik nog een stukje gooide, keek de zwaan er even naar voor hij zijn kop weer in mijn richting wendde.

'Eet eens,' zei ik, 'ik heb meer te doen.'

Onder het wateroppervlak zag ik de poten van de zwaan langzaam bewegen, net genoeg om op zijn plaats te blijven.

'Vooruit,' drong ik fluisterend aan, 'je hebt vaker bij me gegeten.'

Ik gooide een derde stukje in het water, minder dan een paar centimeter van de plek waar de zwaan dobberde. Ik hoorde het zachte tikje toen het op het water terechtkwam. Opnieuw maakte de zwaan geen aanstalten om erheen te gaan.

'Heb je geen honger?' vroeg ik.

Achter me hoorde ik de sproeiers aan gaan, die in een gestaag ritme lucht en water spoten. Ik keek over mijn schouder naar Noah's kamer, maar de ruit weerkaatste alleen maar zonlicht. Terwijl ik me afvroeg wat ik moest doen, gooide ik zonder succes een vierde stukje brood.

'Hij heeft gevraagd of ik hierheen wilde komen,' zei ik.

De zwaan rekte zijn hals en schudde zijn vleugels. Ik realiseerde me ineens dat ik hetzelfde deed waar iedereen bij Noah zo bezorgd over was: praten tegen de zwaan en net doen of hij me verstond.

Net doen of het Allie was?

Natuurlijk niet, dacht ik, terwijl ik het stemmetje verdrong. Mensen praatten tegen honden en katten, ze praatten tegen planten, ze schreeuwden soms tegen sportwedstrijden op tv. Jane en Kate zouden zich niet zulke zorgen moeten maken, kwam ik tot de conclusie. Noah bracht hier iedere dag uren door; integendeel, ze zouden zich zorgen moeten maken als hij niet tegen de zwaan praatte.

Maar ja, praten was niet zo gek. Maar geloven dat het Allie was wél. En Noah geloofde het oprecht.

De stukjes brood die ik had gegooid, waren nu weg. Volgezogen met water waren ze uit elkaar gevallen en gezonken, maar toch bleef de zwaan naar me kijken. Ik gooide nog een stukje, en toen de zwaan geen moeite deed het te pakken, keek ik om me heen om me ervan te vergewissen dat niemand anders keek. Waarom niet? besloot ik ten slotte en boog me voorover.

'Hij maakt het goed,' zei ik. 'Ik heb hem gisteren gezien en vanochtend met de dokter gesproken. Hij is er morgen weer.'

De zwaan leek over mijn woorden na te denken, en een ogenblik later voelde ik mijn nekhaar omhooggaan toen de zwaan begon te eten.

In het ziekenhuis dacht ik dat ik de verkeerde kamer was binnengegaan.

In al mijn jaren met Noah had ik hem nooit tv zien kijken. Hoewel hij er een in huis had, was hij voornamelijk voor de kinderen geweest toen ze nog klein waren, en tegen de tijd dat ik in hun leven kwam, ging hij maar zelden aan. In plaats daarvan werden de meeste avonden op de veranda doorgebracht, waar verhalen werden verteld. Soms zong de familie terwijl Noah gitaar speelde; andere keren praatten ze gewoon boven het gegons van de krekels en cicades uit. Op koelere avonden deed Noah de open haard aan en deed de familie dezelfde dingen in de woonkamer. Andere avonden zat elk van hen eenvoudigweg op de bank genesteld of in de schommelstoelen te lezen. Urenlang kwam het enige geluid van bladzijden die omgeslagen werden terwijl ze allemaal in hun eigen wereld weggevlucht waren, al zaten ze vlakbij elkaar.

Het was een terugkeer naar vroeger tijden, een tijd waarin tijd voor het gezin bovenaan stond, en ik keek uit naar die avonden. Ze deden me denken aan de avonden met mijn vader wanneer hij aan zijn scheepjes werkte, en het deed me beseffen dat hoewel televisie als een soort vlucht gezien werd, er niets kalms of vredigs aan was. Noah had altijd kans gezien televisie te vermijden. Tot die ochtend.

Toen ik de deur opendeed, werd ik overvallen door het lawaai van de televisie. Noah zat tegen de kussens geleund in bed en staarde naar het scherm. In mijn hand had ik de spullen die ik van zijn bureau had meegenomen.

'Hallo, Noah,' zei ik, maar in plaats van te reageren met zijn normale begroeting, keek hij me met een ongelovige blik in zijn ogen aan.

'Kom eens,' zei hij, terwijl hij me wenkte, 'je zult niet geloven wat ze nu uitzenden.'

Ik kwam verder de kamer binnen. 'Waar kijk je naar?'

'Ik weet het niet,' zei hij, zijn ogen nog op het scherm gericht. 'Een of ander praatprogramma. Ik dacht dat het net als Johnny Carson zou zijn, maar dat is het niet. Je kunt je niet voorstellen waar ze het over hebben.'

Er kwam meteen een reeks ordinaire programma's bij me op, van het soort waarvan ik me altijd afvroeg hoe de producers ervan 's nachts konden slapen. En ja hoor, hij had op een daarvan afgestemd. Ik hoefde niet te weten wat het onderwerp was wat hij had gezien; ze kwamen allemaal voor het merendeel met dezelfde walgelijke onderwerpen, die zo kleurrijk mogelijk uit de doeken werden gedaan door de gasten die als enige doel leken te hebben op televisie te komen, hoe laag-bij-de-gronds ze ook naar voren werden gebracht.

'Waarom kies je zo'n soort programma uit?'

'Ik wist niet eens dat het bestond,' legde hij uit. 'Ik was op zoek naar het nieuws, toen kwam er een reclame en toen was er dit. En toen ik zag wat er gaande was, moest ik wel blijven kijken. Het was net alsof je aan de kant van de snelweg naar een ongeluk kijkt.'

Ik ging op het bed naast hem zitten. 'Zo erg?'

'Laat ik zeggen dat ik vandaag de dag niet graag jong zou zijn. De maatschappij holt achteruit en ik ben blij dat ik niet meer hoef mee te maken hoe hij op zijn gat gaat.'

Ik glimlachte. 'Je klinkt zo oud als je bent, Noah.'

'Misschien wel, maar dat betekent niet dat ik het mis heb.' Hij schudde zijn hoofd en pakte de afstandsbediening. Een ogenblik later was het stil in de kamer.

Ik legde de spullen neer die ik uit zijn kamer had gepakt.

'Ik dacht dat je dit misschien wel wilde om de tijd mee door te komen. Tenzij je liever tv kijkt, natuurlijk.'

Zijn gezicht werd zachter toen hij de stapel brieven en Whitmans *Leaves of Grass* zag. De bladzijden van het boek, dat al duizend keer doorgebladerd was, zagen er bijna gezwollen uit. Hij ging met zijn vinger over de rafelige omslag. 'Je bent een goed mens, Wilson,' zei hij. 'Ik neem aan dat je naar de vijver bent geweest.'

'Vier stukjes vanochtend,' vertelde ik hem.

'Hoe ging het vandaag met haar?'

Ik schoof een beetje heen en weer terwijl ik me afvroeg wat ik als antwoord moest geven.

'Ik denk dat ze je miste,' zei ik ten slotte.

Hij knikte verheugd. Terwijl hij iets meer rechtop ging zitten, vroeg hij: 'Dus Jane is met Anna op pad?'

'Ze zitten waarschijnlijk nog wel in de auto. Ze zijn een uur geleden vertrokken.'

'En Leslie?'

'Ze heeft met hen afgesproken in Raleigh.'

'Het gaat een hele gebeurtenis worden,' zei hij. 'Het weekend, bedoel ik. Hoe loopt alles waar jij mee bezig bent? Met het huis?'

'Tot dusver goed,' begon ik. 'Ik hoop dat het donderdag klaar is en ik denk dat het wel gaat lukken.'

'Wat staat er vandaag op het programma?'

Ik vertelde hem wat ik van plan was, en toen ik klaar was, floot hij waarderend. 'Zo te horen heb je je aardig wat op je nek gehaald,' zei hij.

'Ik geloof het ook,' zei ik. 'Maar tot nu toe heb ik geluk gehad.'

'Dat zou ik ook zeggen,' zei hij. 'Op mij na dan. Ik had alles in de soep kunnen laten lopen met mijn valpartij.'

'Ik zei toch dat ik geluk had.'

Hij stak zijn kin een stukje omhoog. 'En je trouwdag?'

Mijn gedachten flitsten naar de vele uren die ik bezig was geweest met de voorbereidingen voor de trouwdag – alle telefoontjes, alle ritjes naar de postbus en verschillende winkels. Ik was op spaarzame momenten op kantoor en tijdens de lunchpauzes met het cadeau bezig geweest, en had lang en hard nagedacht over de beste manier om het aan te bieden. Iedereen op kantoor wist wat ik van plan was, al hadden ze geheimhouding moeten zweren. Meer dan dat, ze hadden me ongelooflijk geholpen; het cadeau was niet iets dat ik in mijn eentje voor elkaar had kunnen krijgen.

'Donderdagavond,' zei ik. 'Het lijkt de enige kans die we krijgen. Vanavond is ze weg, morgen wil ze waarschijnlijk naar jou en vrijdag zijn Joseph en Leslie er. Zaterdag kan uiteraard ook niet.' Ik zweeg even. 'Ik hoop alleen dat ze het leuk vindt.'

Hij glimlachte. 'Daar zou ik me maar geen zorgen over maken, Wilson. Je had geen beter cadeau kunnen uitkiezen, al had je alle geld van de wereld.'

'Ik hoop dat je gelijk hebt.'

'Ik héb gelijk. En ik kan me geen beter begin van het weekend voorstellen.'

De oprechtheid in zijn stem was hartverwarmend, en het ontroerde me dat hij zo dol op me leek, ondanks het feit dat we heel verschillend waren.

'Jij bent degene die me op het idee heeft gebracht,' herinnerde ik hem.

Noah schudde zijn hoofd. 'Nee,' zei hij, 'het kwam helemaal van jou. Cadeaus vanuit het hart kunnen van niemand anders komen dan van de gever.' Hij klopte op zijn borst om het argument kracht bij te zetten. 'Allie zou het prachtig vinden wat je hebt gedaan,' merkte hij op. 'Ze had altijd een zwak voor dat soort dingen.'

Ik legde mijn handen in mijn schoot. 'Ik wou dat ze er dit weekend bij kon zijn.'

Noah keek even naar de stapel brieven. Ik wist dat hij Allie voor zich zag, en een ogenblik lang zag hij er, vreemd genoeg, jonger uit.

'Ik ook,' zei hij.

Mijn voetzolen schenen te schroeien van de hitte toen ik over het parkeerterrein liep. In de verte leken de huizen wel vloeibaar, en ik voelde hoe mijn hemd aan mijn rug plakte.

Toen ik weer in de auto zat, ging ik op weg naar de slingerende landweggetjes die me zo vertrouwd waren als de straten in mijn eigen wijk. Het laagland langs de kust had een strenge schoonheid, en ik slingerde langs boerderijen en tabaksschuren die bijna verlaten leken. Strengen *loblolly pines* scheidden de ene boerderij van de andere, en ik zag een tractor in de verte, een stofwolk erachteraan.

Vanaf bepaalde punten op de weg kon je de rivier de Trent zien, waarvan het traag bewegende water rimpelde in het zonlicht. Er stonden eikenbomen en cipressen langs de oevers, waarvan de witte stammen en knoestige wortels grillige schaduwen wiepen. Er hing Spaans mos aan de takken, en naarmate de boerderijen geleidelijk plaatsmaakten voor bos, bedacht ik dat de uitgestrekte rijen bomen die ik vanachter mijn voorruit zag, dezelfde bomen waren die de soldaten van zowel de Unie als de Confederatie hadden gezien toen ze door het gebied marcheerden.

In de verte zag ik een zinken dak waarop de zon weerkaatste; toen kwam het huis zelf, en enkele ogenblikken later was ik bij het huis van Noah.

Terwijl ik het huis vanaf de met bomen omzoomde oprijlaan bekeek, vond ik het er verlaten uitzien. Aan de zijkant stond de verschoten rode schuur waar Noah hout en gereedschap bewaarde; er zaten nu talrijke gaten in de zijkanten, en het zinken dak zat onder de roest. Zijn werkplaats, waar hij het grootste aantal uren van de dag had doorgebracht, stond onmiddellijk achter het huis. De klapdeuren hingen scheef en de ruiten zaten onder het vuil. Daarachter was de rozentuin, die net zo overwoekerd was als de oevers van de rivier. De klusjesman, zag ik, had al even niet meer gemaaid en het eens gladde gazon leek op een wilde weide.

Ik parkeerde naast het huis en bleef een ogenblik staan om het kritisch te bekijken. Ten slotte viste ik de sleutel uit mijn zak en nadat ik de deur van het slot had gedaan, duwde ik deze open. Het zonlicht viel meteen op de vloer.

Verder was het donker, omdat de vensters dichtgetimmerd waren, en ik bedacht dat ik de generator aan moest zetten voor ik wegging. Toen mijn ogen aan het schemerlicht gewend waren, kon ik de onderdelen van het huis zien. Direct voor me was een trap die naar de slaapkamers leidde; links van me was een lange, brede woonkamer die zich van de voorkant van het huis tot aan de veranda aan de achterkant uitstrekte. Hier zouden we, dacht ik, de tafels voor de receptie zetten, want iedereen paste met gemak in de kamer.

Het huis rook stoffig en ik zag sporen van stof op de lakens die over het meubilair hingen. Ik wist dat ik de verhuizers eraan moest herinneren dat ieder meubelstuk een stuk antiek was dat dateerde uit de tijd van de oorspronkelijke bouw van het huis. De open haard was ingelegd met handgeschilderde keramische tegels; ik herinner me dat Noah tegen me zei toen hij de gebarsten tegels had vervangen, dat hij tot zijn opluchting had ontdekt dat het oorspronkelijke bedrijf nog steeds bestond. In de hoek stond een piano – ook met een laken erover – waar niet alleen Noah's kinderen, maar ook zijn kleinkinderen op gespeeld hadden.

Aan weerszijden van de open haard waren drie ramen. Ik probeerde me voor te stellen hoe de kamer eruit zou zien als hij klaar was, maar in het donkere huis lukte het me niet. Hoewel ik me had voorgesteld hoe ik wilde dat het eruitzag – en mijn ideeën zelfs aan Jane had laten horen – kwamen er, toen ik in het huis was, zoveel herinneringen naar boven dat het onmogelijk leek het uiterlijk te veranderen.

Hoeveel avonden hadden Jane en ik hier met Noah en Allie doorgebracht? Te veel om te tellen, en als ik me concentreerde, kon ik bijna de geluiden van gelach en de melodie van een gemoedelijk gesprek horen.

Ik was hier, denk ik, heen gekomen omdat de gebeurtenissen van die ochtend mijn kwellende gevoel van nostalgie en verlangen alleen maar versterkt hadden. Zelfs nu kon ik nog de zachtheid van Jane's lippen op de mijne voelen en de lippenstift proeven die ze op had. Waren er echt dingen tussen ons aan het veranderen? Ik wilde het zo dolgraag denken, maar ik vroeg me af of ik mijn eigen gevoelens gewoonweg op Jane aan het projecteren was. Het enige dat ik zeker wist, was dat er, voor het eerst in lange tijd, een moment was, één moment maar, waarin Jane net zo gelukkig met mij leek als ik met haar.

12

De rest van de dag zat ik aan de telefoon in mijn werkkamer. Ik sprak met het schoonmaakbedrijf dat bij ons thuis schoonmaakte, en we spraken uiteindelijk af dat Noah's huis op donderdag schoongemaakt zou worden. Ik sprak met de man die ons terras met de hogedrukspuit schoongemaakt had en hij zou er rond het middaguur zijn om het statige huis een fraaier aanzien te geven. Er zou een elektricien komen om te controleren of de generator, de schakelaars in het huis en de schijnwerpers in de rozentuin het nog steeds deden. Ik belde het bedrijf dat vorig jaar ons advocatenkantoor opnieuw had geschilderd, en ze beloofden me mensen te sturen om een begin te maken met het van een nieuw jasje voorzien van de binnenmuren, evenals het hek dat om de rozentuin liep. Een verhuurbedrijf zou tenten en tafels, stoelen voor de plechtigheid, tafellinnen, glazen en bestek leveren en alles op donderdagochtend bezorgen. Een paar medewerkers van het restaurant zouden even daarna komen om alles klaar te zetten, ruim voor de grote dag op zaterdag. Nathan Little verheugde zich erop om aan zijn project te beginnen en toen ik belde, vertelde hij me dat de planten die ik eerder die week bij de kwekerij had besteld al op zijn vrachtwagen stonden. Hij vond het ook goed dat zijn personeel het overtollige meubilair uit het huis zou halen. Ten slotte maakte ik de noodzakelijke afspraken voor de muziek bij zowel de huwelijksvoltrekking als de receptie; de piano zou donderdag gestemd worden.

De afspraken om alles snel geregeld te krijgen waren niet zo moeilijk als je zou denken. Niet alleen kende ik de meeste mensen die ik belde, maar het was iets dat ik al een keer eerder had gedaan. In veel opzichten was deze uitbarsting van hevige activiteit net zoiets als het werk dat we hadden gedaan aan het eerste huis dat Jane en ik kochten nadat we getrouwd waren. Het was een verwaarloosd oud rijtjeshuis dat helemaal verbouwd moest worden... daarom konden we het ons veroorloven. We deden het aanvankelijke sloopwerk zelf, maar kwamen al snel op het punt waar de vaardigheden van timmerlieden, loodgieters en elektriciens nodig waren.

In de tussentijd hadden we geen tijd verspild met pogingen tot het stichten van een gezin.

We waren allebei maagd toen we onze trouwbeloften aflegden; ik was zesentwintig, Jane was drieëntwintig. We leerden met elkaar te vrijen op een manier die onschuldig en tegelijkertijd hartstochtelijk was, geleidelijk lerend hoe we het elkaar naar de zin konden maken. Hoe moe we ook waren, we leken de meeste avonden in elkaars armen door te brengen.

We hebben nooit voorzorgsmaatregelen genomen om een zwangerschap te voorkomen. Ik herinner me dat ik dacht dat Jane meteen zwanger wilde worden en ik begon zelfs sneller te sparen in afwachting van de gebeurtenis. Maar ze werd niet zwanger in de eerste maand van ons huwelijk en ook niet in de tweede en derde maand.

Ergens rond de zesde maand vroeg ze Allie om raad, en later die avond toen ik thuiskwam van mijn werk, vertelde ze me dat we moesten praten. Opnieuw ging ik naast haar op de bank zitten terwijl ze zei dat er iets was wat ze wilde dat ik deed. Deze keer, in plaats van me te vragen om mee naar de kerk te gaan, vroeg ze me om samen met haar te bidden, en dat deed ik. Op de een of andere manier wist ik dat ik het juiste deed. We begonnen na die avond regelmatig samen te bidden en hoe vaker we het deden, hoe meer ik ernaar uit begon te kijken. Maar er verstreken nog meer maanden en Jane raakte maar niet in verwachting. Ik weet niet of ze zich serieus zorgen maakte of ze wel kinderen kon krijgen, maar ik weet wel dat ze er voortdurend aan moest denken, en zelfs ik begon eraan te twijfelen. Tegen die tijd waren we een maand van onze eerste trouwdag verwijderd.

Hoewel ik oorspronkelijk van plan was geweest om aannemers offertes te laten uitbrengen en een aantal gesprekken te voeren om het werk aan ons huis af te maken, wist ik dat Jane het hele gedoe beu begon te worden. Ons kleine flatje was benauwend en het spannende van de verbouwing had zijn glans verloren. Ik stelde me stiekem tot doel om Jane in ons eerste huis te krijgen voor onze eerste trouwdag.

Met dat in gedachten deed ik hetzelfde dat ik, ironisch genoeg, bijna dertig jaar later weer zou doen: ik zat aan de telefoon, vroeg om gunsten en deed wat er maar nodig was om ervoor te zorgen dat het werk op tijd af zou zijn. Ik nam mensen aan, ging in mijn lunchpauze en na mijn werk bij het huis langs om te kijken of het opschoot en betaalde uiteindelijk veel meer dan ik oorspronkelijk had begroot. Niettemin verbaasde ik me over de snelheid waarmee het huis vorm begon te krijgen. Werklieden kwamen en gingen; er werden vloeren gelegd, kasten, wastafels en apparatuur ingebouwd. Schakelaars werden vervangen en er werd behangen terwijl ik de kalender dag na dag dichter naar onze trouwdag zag kruipen.

In de laatste week voor onze trouwdag verzon ik smoezen om Jane uit de buurt van het huis te houden, want pas in de laatste week van een renovatie houdt een huis op een omhulsel te zijn en wordt het een huis. Ik wilde dat het een verrassing zou worden die ze nooit zou vergeten.

'Je hoeft vanavond niet naar het huis te gaan, hoor,' zei ik dan. 'Toen ik daarstraks langsging, was de aannemer er niet eens.' Of: 'Ik moet straks zoveel doen, ik zit hier liever op mijn gemakje met jou.'

Ik weet niet of ze mijn smoezen geloofde – en achteraf gezien weet ik zeker dat ze wel iets vermoed moet hebben – maar ze probeerde niet me over te halen haar erheen te brengen. En op onze trouwdag, na een romantisch dineetje in de stad, bracht ik haar naar het huis in plaats van naar onze flat.

Het was al laat. Het was volle maan, de kraters duidelijk zichtbaar, en de cicades waren hun avondlied begonnen, met schrille tonen die in de avondlucht weerklonken. Van buiten zag het huis er onveranderd uit. Er lag nog steeds puin in de tuin; er stonden stapels verfblikken naast de deur en de veranda zag grijs van het stof. Jane keek naar het huis en wierp me toen een verwonderde blik toe.

'Ik wil alleen even kijken wat ze gedaan hebben,' legde ik uit.

'Vanavond?' vroeg ze.

'Waarom niet?'

'Nou, in de eerste plaats is het donker binnen. We kunnen toch niets zien.'

'Kom mee,' zei ik, terwijl ik de zaklamp pakte die ik onder mijn stoel had liggen. 'We hoeven niet lang te blijven als je geen zin hebt.'

Ik stapte uit de auto en hield haar portier voor haar open. Na haar voorzichtig langs het puin en op de veranda te hebben geholpen, draaide ik de deur van het slot.

In het donker was het onmogelijk om de geur van nieuwe vloerbedekking niet op te merken en een ogenblik later, toen ik de zaklamp aanknipte en hem door de woonkamer en keuken liet schijnen, zag ik Jane's ogen groter worden. Het was natuurlijk nog niet helemaal klaar, maar zelfs vanuit de deuropening was duidelijk te zien dat we er al in konden trekken.

Jane bleef als aan de grond genageld staan. Ik pakte haar hand.

'Welkom thuis,' zei ik.

'O, Wilson,' fluisterde ze.

'Gefeliciteerd met onze trouwdag,' fluisterde ik.

Toen ze me aankeek, lag er een mengeling van hoop en verwarring in haar ogen.

'Maar hoe… ik bedoel, vorige week, was het nog lang niet zo ver…'

'Het was bedoeld als verrassing voor je. Maar, kom eens mee – ik moet je nog één ding laten zien.'

Ik nam haar mee de trap op en liep naar de ouderslaapkamer. Terwijl ik de deur openduwde, richtte ik de zaklamp en deed een stap opzij zodat Jane het kon zien.

In de kamer stond het enige meubelstuk dat ik ooit in mijn eentje heb gekocht: een antiek hemelbed. Het leek op het bed in de herberg in Beaufort waar we op onze huwelijksreis met elkaar naar bed zijn geweest.

Jane zweeg, en het kwam ineens bij me op dat ik op de een of andere manier iets fout had gedaan.

'Ik kan niet geloven dat je dit gedaan hebt,' zei ze ten slotte. 'Was dit jouw idee?'

'Vind je het niet mooi?'

Ze glimlachte. 'Ik vind het prachtig,' zei ze zachtjes. 'Maar ik kan niet geloven dat je hier aan gedacht hebt. Dit is bijna… romántisch.'

Eerlijk gezegd had ik het niet op die manier gezien. We hadden doodgewoon een behoorlijk bed nodig, en dit was het enige type bed waarvan ik wist dat ze het mooi vond. Echter, in de wetenschap dat ze het als compliment bedoelde, trok ik mijn wenkbrauwen op alsof ik wilde zeggen: wat verwacht je anders?

Ze liep naar het bed toe en ging met haar vinger over de baldakijn. Een ogenblik later ging ze op de rand zitten en klopte uitnodigend naast zich op het matras. 'We moeten praten,' zei ze.

Terwijl ik naast haar ging zitten, moest ik wel denken aan de vorige keren dat ze die aankondiging had gedaan. Ik verwachtte dat ze op het punt stond me te vragen iets anders voor haar te doen, maar toen ik ging zitten, boog ze zich naar me toe om me een kus te geven.

'Ik heb ook een verrassing,' zei ze. 'En ik heb op het juiste moment gewacht om het je te vertellen.'

'Wat is het?' vroeg ik.

Ze aarzelde een fractie van een seconde. 'Ik ben in verwachting.'

Eerst drongen haar woorden niet tot me door, maar toen dat wel gebeurde, wist ik zeker dat ik een verrassing had gekregen die nog beter was dan de mijne.

Vroeg in de avond, toen de zon begon te zakken en de ergste hitte afnam, belde Jane. Nadat ze naar Noah had gevraagd, vertelde ze me dat Anna nog steeds niet kon beslissen over de jurk en dat ze 's avonds niet thuis zou komen. Hoewel ik haar verzekerde dat ik dat wel had verwacht, hoorde ik een zweem van frustratie in haar stem. Ze was niet echt boos, maar wel geïrriteerd, en ik glimlachte terwijl ik me afvroeg hoe Jane in vredesnaam nog steeds verrast kon zijn over het gedrag van onze dochter.

Nadat ik had opgehangen, reed ik naar Creekside om de zwaan drie stukjes Wonderbrood te voeren en reed onderweg naar huis even langs kantoor.

Toen ik op mijn gebruikelijke plekje aan de voorkant parkeerde, kon ik het Chelsea Restaurant iets verderop zien; ertegenover was een plantsoen waar iedere winter het kerstdorp neergezet werd. Ondanks het feit dat ik al dertig jaar in dit gebouw werk, verbaasde het me nog steeds dat de vroege geschiedenis van North Carolina overal te zien was waar ik maar keek. Het verleden heeft altijd een bijzondere betekenis voor me gehad, en ik vond het fantastisch dat ik, slechts een paar straten verderop, de eerste katholieke kerk die in de staat is gebouwd kon bezoeken, of een rondleiding kon maken door de eerste openbare school en zien hoe de kolonisten opgeleid werden, of over het land kon slenteren rond het Tryon Palace, het vroegere huis van de koloniale gouverneur, dat nu een van de mooiste aangelegde tuinen van het zuiden bezit. Ik sta niet alleen in mijn trots op mijn stad, want de New Bern Historical Society is een van de actiefste van het land en op bijna iedere straathoek staan bordjes die de belangrijke rol beschrijven die New Bern in de vroegste periode van ons land speelde.

Mijn vennoten en ik zijn eigenaar van het gebouw waar we ons advocatenkantoor hebben, en hoewel ik wilde dat er een interessante anekdote uit het verleden aan verbonden was, is die er niet. Gebouwd tegen het einde van de jaren vijftig, toen functionaliteit het enige criterium was dat architecten met betrekking tot een ontwerp hanteerden, is het eigenlijk nogal saai. In dit één verdieping tellende, vierkante stenen blok bevinden zich de kantoren voor de vier vennoten en vier associés, drie vergaderkamers, een archief en een receptieruimte voor cliënten.

Ik deed de voordeur open, hoorde de waarschuwing dat het alarm in minder dan een minuut zou afgaan en toetste de code in om hem uit te zetten. Ik deed het licht in de receptie aan en liep naar mijn kantoor.

Net als het kantoor van mijn vennoten, heeft het mijne iets formeels dat cliënten schijnen te verwachten: donker kersenhouten bureau met een koperen lamp, juridische boeken in een kast langs de muur, twee gemakkelijke leren stoelen tegenover het bureau.

Als notaris heb ik soms het gevoel dat ik alle soorten echtparen heb gezien die er maar bestaan. Hoewel de meeste volkomen normaal op me overkomen, heb ik paren gezien die als straatvechters op de vuist gingen en ik heb een keer een vrouw gezien die hete koffie over de schoot van haar man goot. Vaker dan ik ooit voor mogelijk had gehouden, ben ik terzijde genomen door een echtgenoot die me vroeg of hij wettelijk verplicht was om iets na te laten aan zijn vrouw of dat hij haar helemaal kon weglaten ten gunste van zijn minnares. Die echtparen, moet ik eraan toevoegen, zijn vaak goedgekleed en zien er heel gewoon uit terwijl ze tegenover me zitten, maar wanneer ze eindelijk mijn kantoor uit gaan, vraag ik me nogal eens af wat er achter de gesloten deuren van hun huis plaatsvindt.

Terwijl ik achter mijn bureau stond, vond ik de juiste sleutel aan mijn sleutelring en deed de la open. Ik legde Jane's cadeau op mijn bureau en keek ernaar terwijl ik me afvroeg hoe ze erop zou reageren wanneer ik het haar gaf. Ik dacht wel dat ze het leuk zou vinden, maar ik wilde bovenal dat ze het zag als een oprechte – zij het wat late – verontschuldiging voor de man die ik het grootste deel van ons huwelijk was geweest.

Toch, omdat ik maar al te vaak tekortgeschoten ben, vroeg ik me af wat haar gelaatsuitdrukking te betekenen had toen we vanochtend op de oprijlaan stonden. Was die niet bijna… tja, dromerig geweest? Of had ik het me gewoonweg verbeeld?

Terwijl ik in de richting van het raam keek, duurde het even voor het antwoord kwam en toen ineens wist ik dat ik het me niet verbeeld had. Nee, op de een of andere manier, zelfs per ongeluk, was ik tegen de sleutel aangelopen van het succes waarmee ik haar zo lang geleden het hof had gemaakt. Hoewel ik dezelfde man ben geweest als ik het afgelopen jaar was – een man die zielsveel van zijn vrouw hield en zijn best deed om haar te houden – had ik één kleine, maar belangrijke aanpassing gedaan.

Deze week had ik me niet op mijn problemen geconcentreerd en mijn best gedaan ze te corrigeren. Deze week had ik aan háár gedacht, ik had haar geholpen met familieverantwoordelijkheden, ik had met belangstelling geluisterd wanneer ze iets vertel-

de, en alles wat we bespraken leek nieuw. Ik had om haar grapjes gelachen en haar in mijn armen genomen wanneer ze huilde,
me verontschuldigd voor mijn fouten en haar de genegenheid
getoond die ze nodig had én verdiende. Met andere woorden,
ik was de man geweest die ze altijd had willen hebben, de man
die ik ooit was geweest, en ik begreep nu – als een oude gewoonte die je herontdekt – dat dat het enige was dat ik hoefde
te doen om ervoor te zorgen dat we weer van elkaars gezelschap gingen genieten.

13

Toen ik de volgende ochtend bij Noah's huis aankwam, trok ik mijn wenkbrauwen op toen ik de vrachtwagens van de kwekerij zag die al op de oprijlaan stonden. Er stonden drie diepladers vol boompjes en struiken, terwijl een andere wagen volgeladen was met zakken dennennaalden om over de bloembedden, om de bomen en langs het hek te strooien. Op een truck met oplegger bevonden zich allerlei gereedschappen en machines en er stonden drie pick-ups vol platte bakken met laagbloeiende planten.

Voor de vrachtwagens hadden zich groepjes van vijf of zes werklieden verzameld. Na een snelle telling bleek dat er eerder tegen de veertig mensen waren gekomen – niet de dertig die Little had beloofd – en ondanks de hitte droegen ze allemaal een spijkerbroek en een honkbalpet. Toen ik uit de auto stapte, kwam Little glimlachend naar me toe gelopen.

'Goed – je bent er,' zei hij, terwijl hij zijn hand op mijn schouder legde. 'We stonden op je te wachten. We kunnen dus beginnen, hè?'

Binnen enkele minuten werden grasmaaiers en gereedschappen uitgeladen, en al snel klonk het geluid van motoren die aan- en uitgingen terwijl ze zigzaggend over het land gingen. Sommige werklieden begonnen de planten, struiken en bomen uit te laden, zetten ze op kruiwagens en reden ze naar hun aangewezen plek.

Maar het was de rozentuin die de meeste aandacht trok, en ik volgde Little terwijl hij een snoeischaar pakte, die kant op liep en bij de stuk of tien tuinlieden ging staan die al op hem stonden te wachten. De tuin verfraaien leek mij het soort karwei waarbij je niet weet waar je moet beginnen, maar Little begon eenvoudigweg de eerste struik te snoeien terwijl hij beschreef wat hij aan het doen was. De tuinlieden groepten om hem heen en fluisterden tegen elkaar in het Spaans terwijl ze toekeken en uiteindelijk uit elkaar gingen toen ze begrepen wat hij wilde. Naarmate de uren verstreken kwamen de natuurlijke kleuren van de rozen weer op een kunstige manier te voorschijn nadat iedere struik uitgedund en bijgeknipt was. Little beklemtoonde dat er weinig bloemen verloren mochten gaan, en er was aardig wat touw voor nodig om de stelen op de juiste plek te draaien, buigen en binden.

Daarna kwam de pergola. Zodra Little wist wat hij wilde, begon hij de rozen die eroverheen hingen in vorm te brengen. Terwijl hij aan het werk was, wees ik waar de stoelen voor de gasten zouden staan, en mijn vriend knipoogde.

'Je wilde vlijtig liesje langs het gangpad, hè?'

Toen ik knikte, bracht hij twee vingers naar zijn mond en floot. Een ogenblik later kwamen twee kruiwagens vol bloemen naar de plek gereden. Twee uur later verwonderde ik me over een gangpad dat zo schitterend was dat het door een tijdschrift gefotografeerd had kunnen worden.

In de loop van de ochtend begon de rest van het land vorm te krijgen. Toen het gazon eenmaal gemaaid was, werden er struiken gesnoeid en gingen de tuinlieden zich bezighouden met de hekken, de paden en het huis zelf. De elektricien kwam om de generator aan te zetten, de schakelaars en de schijnwerpers in de tuin te controleren. Een uur later kwamen de schilders; zes mannen met bespatte overalls kwamen uit een oude bestelwagen, en zij hielpen de tuinlieden de meubelen in de schuur te zetten. De man die zou komen om het huis met een hogedruk-reiniger schoon te spuiten, kwam de oprijlaan op gereden en parkeerde zijn auto naast de mijne. Binnen enkele minuten nadat hij zijn spullen uitgeladen had, werd de eerste intense waterstraal op de muur gericht en langzaam maar zeker veranderde iedere plank van grijs in wit.

Terwijl alle individuele groepjes druk aan het werk waren, liep ik naar de werkplaats en pakte een ladder. De schotten voor de ramen moesten weggehaald worden, dus kweet ik me van die taak. Met iets omhanden, ging de middag snel voorbij.

Om vier uur laadden de tuinlieden hun vrachtwagens weer in en maakten zich op om weg te gaan; de man van de hogedruk-reiniger en de schilders waren ook aan het afronden. Ik had de meeste schotten eraf kunnen krijgen; er zaten er nog een paar op de eerste verdieping, maar die zou ik de volgende ochtend doen.

Tegen de tijd dat ik de schotten onder het huis had opgeslagen, leek het eigenaardig stil in de tuin en ik bekeek al het werk dat gedaan was.

Zoals alle halfafgemaakte projecten zag het er erger uit dan toen we die ochtend begonnen. Overal stonden tuinspullen; lege potten lagen op slordige hopen. Zowel binnen als buiten was maar de helft van de muren gedaan en ze deden me denken aan wasmiddelenreclames waarbij het ene merk beweert een T-shirt beter wit te krijgen dan een ander merk. Een berg afval lag bij het hek, en de buitenste harten van de rozentuin waren wel klaar, maar de binnenste zagen er wild en troosteloos uit.

Niettemin voelde ik me merkwaardig opgelucht. Er was veel werk verzet, zodanig dat ik er niet aan twijfelde of alles zou op tijd klaar zijn. Jane zou versteld staan, en in de wetenschap dat ze op weg naar huis was, ging ik op weg naar mijn auto toen ik Harvey Wellington, de predikant, op het hek zag leunen dat de scheiding vormde tussen het land van Noah en het zijne. Terwijl ik langzamer ging lopen, aarzelde ik maar even voor ik de tuin overstak om naar hem toe te gaan. Zijn voorhoofd glom als gepolitoerd mahonie en zijn bril stond laag op zijn neus. Net als ik was hij gekleed alsof hij het grootste deel van de dag buiten gewerkt had. Toen ik dichterbij kwam, knikte hij in de richting van het huis.

'Alles in orde aan het maken voor het weekend, zie ik,' zei hij.

'We proberen het,' zei ik.

'Je hebt er in ieder geval genoeg mensen aan werken, dat is een ding dat zeker is. Het leek vandaag wel een parkeerterrein. Hoeveel had je er? Een stuk of vijftig in totaal?'

'Zoiets, ja.'

Hij floot zachtjes terwijl we elkaar een hand gaven. 'Dat gaat wel in de papieren lopen, hè?'

'Ik durf er niet aan te denken,' zei ik.

Hij lachte. 'Hoeveel mensen verwacht je dit weekend?'

'Ik denk een stuk of honderd.'

'Nou, dat zal me een feest worden,' zei hij. 'Ik weet dat Alma ernaar uitkijkt. Deze bruiloft is het enige waar ze het de laatste tijd over kan hebben. We vinden het allebei prachtig dat jullie het zo groots aanpakken.'

'Het is het minste dat ik kan doen.'

Hij keek me lange tijd aan zonder iets te zeggen. Terwijl hij naar me keek, kreeg ik de eigenaardige indruk dat, ondanks het feit dat we elkaar niet goed kenden, hij me heel goed begreep. Het was een beetje griezelig, maar het was op zich niet zo verrassend. Als pastor werd hem veel om raad gevraagd, en ik voelde de vriendelijkheid van iemand die goed kan luisteren en meeleeft met het lot van een ander. Hij was, dacht ik, een man die honderden waarschijnlijk als een van hun beste vrienden beschouwden.

Alsof hij mijn gedachten kon lezen, glimlachte hij: 'En, acht uur?'

'Als we het eerder doen, is het, denk ik, te heet.'

'Het zal toch wel heet zijn. Maar ik denk niet dat iemand zich er iets van aan zal trekken.' Hij gebaarde naar het huis. 'Ik ben blij dat je er eindelijk iets aan doet. Het is een prachtig huis. Is het altijd geweest.'

'Dat vind ik ook.'

Hij zette zijn bril af en begon de glazen met een punt van zijn overhemd te poetsen. 'Ja, ik zal je eerlijk vertellen – het was jammer om te zien hoe het de afgelopen jaren in verval raakte. Het enige dat het nodig had, was iemand die er weer voor zou zorgen.' Hij zette zijn bril weer op en glimlachte mild. 'Het is gek, maar is je wel eens opgevallen dat hoe bijzonderder iets is, hoe meer mensen het als vanzelfsprekend beschouwen? Het is alsof ze denken dat het nooit zal veranderen. Net als dit huis hier. Het enige dat het nodig had was een beetje aandacht, en dan zou het nooit zo vervallen zijn geraakt.'

Er stonden twee berichten op het antwoordapparaat toen ik thuiskwam: een van dokter Barnwell om te zeggen dat Noah weer in Creekside was en een ander van Jane om te zeggen dat ze me er om zeven uur zou ontmoeten.

Toen ik in Creekside aankwam, was het grootste deel van de familie al geweest. Alleen Kate zat nog aan Noah's zijde toen ik bij zijn kamer kwam, en ze legde haar vinger op haar lippen toen ik binnenkwam. Ze stond op uit haar stoel en we omhelsden elkaar.

'Hij is net in slaap gevallen,' fluisterde ze. 'Hij moet uitgeput zijn geweest.'

Ik keek verbaasd naar hem. In alle jaren dat ik hem kende, had hij nooit overdag gedut. 'Gaat het toch wel goed met hem?'

'Hij was een beetje knorrig toen we hem weer in bed probeerden te krijgen, maar afgezien daarvan gaat het prima.' Ze trok aan mijn mouw. 'Vertel eens – hoe is het vandaag bij het huis gegaan? Ik wil er alles over horen.'

Ik vertelde haar over wat er was gedaan en zag haar opgetogen gezicht terwijl ze probeerde het voor zich te zien. 'Jane zal het prachtig vinden,' zei ze. 'O, trouwens – ik heb haar net nog gesproken. Ze belde om te horen hoe het met papa ging.'

'Zijn ze geslaagd met de jurken?'

'Ik zal het aan haar overlaten om het te vertellen. Maar ze klonk aardig opgewonden door de telefoon.' Ze pakte de tas die over de leuning hing. 'Hoor eens, ik moet eigenlijk gaan. Ik zit hier al de hele middag en ik weet dat Grayson op me wacht.' Ze gaf me een kus op mijn wang. 'Zorg goed voor pap, maar maak hem niet wakker, hè? Hij heeft zijn slaap nodig.'

'Ik zal zachtjes doen,' beloofde ik.

Ik liep naar de stoel bij het raam en wilde net gaan zitten toen ik een schor gefluister hoorde.

'Hallo, Wilson. Fijn dat je langskomt.'

Toen ik me naar hem omdraaide, knipoogde hij.

'Ik dacht dat je sliep.'

'Nee,' zei hij. Hij kwam overeind in bed. 'Ik moest doen alsof. Ze loopt me de hele dag al te betuttelen als een baby. Ze is zelfs weer met me meegelopen naar de wc.'

Ik lachte. 'Precies wat je wilde, hè? Een beetje vertroeteld worden door je dochter?'

'O ja, dat is precies wat ik nodig heb. Ik werd lang niet zo betutteld toen ik in het ziekenhuis lag. Zoals ze doet, zou je denken dat ik met mijn ene voet in het graf sta en met mijn andere op een bananenschil.'

'Nou, je bent vandaag in zeldzaam goede vorm. Ik neem aan dat je je als herboren voelt?'

'Het kan beter,' zei hij schouderophalend. 'Maar het kan ook slechter. Maar ik heb geen last van mijn hoofd, als je dat soms bedoelt.'

'Geen duizeligheid? Of hoofdpijn? Misschien zou je toch een beetje moeten rusten. Als je wilt dat ik je yoghurt voer, moet je het zeggen.'

Hij zwaaide met zijn vinger naar me. 'Begin jij niet ook nog eens, hè? Ik ben een geduldig mens, maar ik ben geen heilige. En ik ben er niet voor in de stemming. Ik zit al dagen binnen en ik heb nog geen hap frisse lucht gehad.' Hij gebaarde naar de kast. 'Zou je mijn trui willen pakken?'

Ik wist al waar hij heen wilde.

'Het is nog steeds knap warm buiten,' zei ik.

'Pak die trui nou maar,' zei hij. 'En ik waarschuw je, als je aanbiedt me te helpen hem aan te trekken, geef ik je misschien wel een stomp op je neus.'

Een paar minuten later liepen we de kamer uit, met Wonderbrood in de hand. Terwijl hij voortschuifelde, zag ik hoe hij begon te ontspannen. Hoewel Creekside altijd onbekend terrein voor ons zou zijn, was het een thuis voor Noah geworden en hij voelde zich er zichtbaar op zijn gemak. Het was duidelijk dat de anderen hem ook gemist hadden – bij iedere openstaande deur zwaaide hij en maakte even een praatje met zijn vrienden, beloofde de meesten dat hij later terug zou komen om voor te lezen.

Hij wilde niet dat ik hem een arm gaf, dus liep ik vlak naast hem. Hij leek iets minder vast ter been dan gewoonlijk en pas toen we uit het gebouw waren, was ik ervan overtuigd dat hij het in zijn eentje redde. Toch duurde het, door het tempo waarin we liepen, een tijdje voor we bij de vijver kwamen, en ik had tijd genoeg om te zien dat de wortel weggehaald was. Ik vroeg me af of Kate een van haar broers eraan herinnerd had of dat ze er zelf aan gedacht hadden.

We gingen op onze gebruikelijke plekjes zitten en keken over het water uit, maar ik zag de zwaan niet. Ik nam aan dat hij zich ergens in een van de ondiepe stukken aan weerszijden van ons bevond en leunde achterover op de bank. Noah begon het brood in kleine stukjes te scheuren.

'Ik heb gehoord wat je Kate verteld hebt over het huis,' zei hij. 'Hoe gaat het met mijn rozen?'

'Ze zijn nog niet klaar, maar wat de tuinlieden tot nu toe hebben gedaan zal je wel bevallen.'

Hij legde de stukjes brood op zijn schoot. 'Die tuin betekent heel veel voor me. Hij is bijna zo oud als jij.'

'Ja?'

'De eerste struiken gingen in april 1951 de grond in,' zei hij knikkend. 'Natuurlijk moest ik de meeste in de loop der tijd verplanten, maar dat was het moment dat ik met het ontwerp kwam en eraan begon te werken.'

'Jane vertelde me dat je Allie ermee verrast hebt... om haar te laten zien hoeveel je van haar hield.'

Hij snoof. 'Dat is maar de helft van het verhaal,' zei hij. 'Maar het verbaast me niet dat ze dat denkt. Ik denk wel eens dat Jane en Kate denken dat ik ieder moment vol aanbidding voor Allie doorbracht.'

'Niet dan?' vroeg ik quasi-geschokt.

Hij lachte. 'Ik dacht het niet. We hadden ook wel eens ruzie, net als iedereen. We waren alleen goed in het bijleggen. Maar wat de tuin betreft, denk ik dat ze gedeeltelijk gelijk hebben. In ieder geval in het begin.' Hij legde de stukjes brood opzij. 'Ik heb hem geplant toen Allie in verwachting was van Jane. Ze was nog maar een paar maanden zwanger en ze was de hele tijd misselijk. Ik dacht dat het na de eerste paar weken wel over zou gaan, maar dat was niet zo. Er waren dagen dat ze nauwelijks uit bed kon komen, en ik wist dat ze er in de zomer nog ellendiger aan toe zou zijn. Dus wilde ik haar iets moois geven om naar te kijken dat ze vanuit haar raam kon zien.' Hij kneep zijn ogen toe tegen de zon. 'Wist je dat er eerst maar één hart was, in plaats van vijf?'

'Ik trok mijn wenkbrauwen op. 'Nee.'

'Ik was het natuurlijk niet van plan geweest, maar toen Jane geboren was, vond ik het eerste hart op een gegeven moment toch wat iel, en ik moest meer struiken planten om het wat voller te maken. Maar ik bleef het maar uitstellen omdat het de eerste keer zoveel werk was geweest en tegen de tijd dat ik het eindelijk zou gaan doen, was ze weer in verwachting. Toen ze zag wat ik aan het doen was, nam ze gewoon aan dat ik het had gedaan omdat er weer een kind onderweg was, en ze zei dat het het liefste was dat ik ooit voor haar had gedaan. Daarna kon ik natuurlijk niet meer ophouden. Dat bedoel ik met dat het maar gedeeltelijk klopt. De eerste was misschien een romantisch gebaar, maar bij de laatste was het echt een bezoeking. Niet alleen het planten, maar ook de verzorging. Rozen zijn lastig. Als ze jong zijn, gaan ze de lucht in als een boom, maar je moet ze blijven terugsnoeien zodat ze de juiste vorm krijgen. Iedere keer dat ze in bloei kwamen, moest ik eropuit met mijn snoeischaar om ze weer in vorm te snoeien en lange tijd was het alsof het nooit goed zou komen met de tuin. En het deed nog pijn ook. Die doorns zijn scherp. Ik heb heel wat jaren met mijn handen verbonden als een mummie doorgebracht.'

Ik glimlachte. 'Maar ik durf te wedden dat ze waardeerde wat je deed.'

'O ja. Een tijdje tenminste. Totdat ze me vroeg om de hele boel om te ploegen.'

Eerst dacht ik dat ik hem niet goed gehoord had, maar ik zag aan zijn gezicht dat ik het wel goed had gehoord. Ik herinnerde me de melancholie die ik soms voelde wanneer ik naar Allie's schilderijen van de tuin keek.

'Waarom?'

Noah keek met toegeknepen ogen naar de zon voor hij zuchtte. 'Hoezeer ze ook van de tuin hield, ze zei dat het te pijnlijk was om ernaar te kijken. Steeds wanneer ze uit het raam keek, begon ze te huilen, en soms leek het wel alsof ze nooit zou ophouden.'

Het duurde even voor ik besefte waarom.

'Vanwege John,' zei ik zachtjes, doelend op het kind dat aan hersenvliesontsteking overleed toen hij vier was. Jane had het er, net als Noah, maar zelden over.

'Het werd bijna haar dood toen we hem kwijtraakten.' Hij zweeg even. 'De mijne ook bijna. Het was zo'n lief jongetje – net op die leeftijd dat hij de wereld begon te verkennen, wanneer alles nieuw en spannend is. Als peuter probeerde hij de grotere kinderen bij te houden. Hij liep ze altijd achterna door de tuin. En hij was ook gezond. Hij had zelfs nooit oorontsteking of een zware verkoudheid gehad voor hij ziek werd. Daarom was het zo'n schok. De ene week speelde hij nog in de tuin en de week daarna stonden we op de begrafenis. Daarna kon Allie bijna niet eten of slapen, en als ze niet huilde, dan dwaalde ze versuft rond. Ik vroeg me af of ze er ooit overheen zou komen. Toen zei ze tegen me dat ik de tuin moest omploegen.'

Zijn gedachten dwaalden af. Ik zei niets, wetend dat het niet mogelijk was je volledig de pijn om de dood van een kind voor te stellen.

'Waarom heb je het niet gedaan?' vroeg ik na een tijdje.

'Ik dacht dat het alleen maar voortkwam uit haar verdriet,' zei hij zachtjes, 'en ik wist niet zeker of ze echt wilde dat ik het deed of het alleen maar zei omdat de pijn die dag zo erg was. Dus wachtte ik. Ik bedacht dat ik het zou doen als ze het me een tweede keer zou vragen. Of ik zou aanbieden om alleen het buitenste hart weg te halen, als ze de rest wilde houden. Maar uiteindelijk vroeg ze er niet meer om. En daarna? Ook al gebruikte ze ze veel in haar schilderijen, ze voelde er nooit meer hetzelfde voor. Toen we John verloren, was het niet langer iets vrolijks voor haar. Zelfs toen Kate er trouwde, had ze er gemengde gevoelens over.'

'Weten de kinderen waarom er vijf ringen zijn?'

'Misschien in hun achterhoofd, maar dan moeten ze er zelf achtergekomen zijn. Het was niet iets waar Allie of ik graag over praatten. Nadat John was overleden, was het gemakkelijker om de tuin als één geschenk te zien in plaats van vijf. En dat werd het dus. En toen de kinderen ouder waren en er eindelijk naar vroegen, vertelde Allie gewoon dat ik ze voor haar had geplant. Dus voor hen is het altijd een romantisch gebaar geweest.'

Vanuit mijn ooghoek zag ik de zwaan verschijnen en naar ons toe komen zwemmen. Het was vreemd dat hij niet eerder was gekomen, en ik vroeg me af waar hij had gezeten. Ik dacht dat Noah meteen een stukje brood zou gooien, maar dat deed hij niet. In plaats daarvan keek hij gewoon hoe de zwaan dichterbij kwam zwemmen. Toen hij op zo'n meter afstand was, bleef hij even dobberen, maar toen stapte hij tot mijn verbazing de kant op.

Een ogenblik later waggelde hij naar ons toe en Noah stak zijn hand uit. De zwaan kwam met zijn kop naar hem toe en terwijl Noah hem zachtjes toesprak, werd ik ineens getroffen door de gedachte dat de zwaan Noah ook gemist had.

Noah voerde het dier en daarna keek ik vol verwondering hoe – net als hij me had toevertrouwd – de zwaan aan zijn voeten ging liggen.

Een uur later verschenen de wolken. Bol en dicht opeengepakt waren het voorbodes van het soort zomerbui dat in het zuiden veel voorkomt – twintig minuten lang zware regenval en dan langzaam opklarende luchten. De zwaan zwom in de vijver en ik wilde net voorstellen om naar binnen te gaan toen ik Anna's stem achter ons hoorde.

'Hoi, opa! Hoi, papa!' riep ze. 'Toen je niet op de kamer was, dachten we wel dat we jullie hier konden vinden.'

Ik draaide me om en zag een opgetogen Anna aankomen. Jane slofte vermoeid een paar meter achter haar aan. Haar glimlach leek geforceerd – dit was, wist ik, de plek waar ze haar vader liever niet aantrof.

'Hoi, schat,' zei ik, terwijl ik overeind kwam. Anna omhelsde me stevig, haar armen strak om mijn rug.

'Hoe is het vandaag gegaan?' vroeg ik. 'Heb je de jurk gevonden?'

Toen ze me losliet, kon ze haar opwinding niet verbloemen. 'Je vindt hem vast prachtig!' beloofde ze, terwijl ze in mijn armen kneep. 'Hij is perfect.'

Toen kwam Jane bij ons staan; ik liet Anna los en omhelsde Jane alsof dat op de een of andere manier weer natuurlijk geworden was. Ze voelde zacht en warm aan, een geruststellende verschijning.

'Kom eens,' zei Noah tegen Anna. Hij klopte op de bank. 'Vertel eens wat je allemaal hebt gedaan om je voor te bereiden op het weekend.'

Anna ging zitten en pakte zijn hand. 'Het was fantastisch,' zei ze. 'Ik had nooit gedacht dat het zo leuk zou kunnen zijn. We zijn in wel tien winkels geweest. En je had Leslie moeten zien! We hebben een jurk voor haar gevonden die echt te gek gaaf is.'

Jane en ik stonden terzijde terwijl Anna verslag deed van de wervelwindactiviteiten van de afgelopen paar dagen. Terwijl ze het ene verhaal na het andere vertelde, gaf ze Noah een speelse stomp of kneep hem in zijn hand. Ondanks de zestig jaar tussen hen was het duidelijk dat ze zich bijzonder bij elkaar op hun gemak voelden. Hoewel grootouders vaak een speciale band met hun kleinkinderen hebben, waren Anna en Noah duidelijk vrienden, en ik voelde me zwellen van ouderlijke trots op de jonge vrouw die Anna was geworden. Ik zag aan de zachte trek op Jane's gezicht dat ze het precies zo voelde en hoewel ik zoiets in jaren niet meer had gedaan, sloeg ik langzaam mijn arm om haar heen.

Ik denk dat ik eigenlijk niet goed wist wat ik moest verwachten – een ogenblik leek ze bijna te schrikken – maar toen ze onder mijn arm ontspande, was er een moment dat alles volmaakt leek. Vroeger lieten de woorden me op dit soort momenten altijd in de steek. Misschien was ik in mijn hart bang dat als ik mijn woorden hardop uitsprak, ze op de een of andere manier aan kracht zouden inboeten. Maar nu realiseerde ik me hoe fout het was geweest om mijn gedachten voor me te houden, en terwijl ik mijn lippen naar haar oor bracht, fluisterde ik de woorden die ik nooit binnen had moeten houden:

'Ik hou van je, Jane en ik ben de gelukkigste man ter wereld dat ik jou heb.'

Hoewel ze geen woord zei, was de manier waarop ze nog meer tegen me aanleunde de enige reactie die ik nodig had.

De donder begon een half uur later, een diep gerommel dat langs de hemel leek te kabbelen. We brachten Noah naar zijn kamer, en Jane en ik reden naar huis nadat we op het parkeerterrein afscheid hadden genomen van Anna.

Terwijl we door het centrum reden, keek ik door de voorruit naar de zon die tussen de bollende wolken door scheen, schaduwen wierp en de rivier deed glanzen alsof hij van goud was. Jane was verrassend stil; ze staarde uit het raam, en ik keek vanuit mijn ooghoek naar haar. Haar haar zat keurig achter haar oor en door de roze blouse die ze aan had leek haar huid als die van een klein kind. Aan haar hand glansde de ring die ze al bijna dertig jaar droeg, de diamanten verlovingsring die aan de smalle gouden ring vastzat.

We reden onze wijk binnen; een ogenblik later stopten we op de oprijlaan en Jane ging met een vermoeide glimlach rechtop zitten.

'Sorry dat ik zo stil ben. Ik ben nogal moe.'

'Dat geeft niet. Het is een drukke week geweest.'

Ik bracht haar koffer naar binnen en keek hoe ze haar tas op het tafeltje bij de deur legde.

'Heb je zin in wijn?' vroeg ik.

Jane geeuwde en schudde haar hoofd. 'Nee, vanavond niet. Als ik een glas zou nemen, denk ik dat ik in slaap zou vallen. Maar ik heb wel zin in een glas water.'

In de keuken schonk ik twee glazen vol met water en ijs uit de koelkast. Ze nam een flinke slok, leunde tegen het aanrecht en zette één voet tegen het kastje achter haar, haar gebruikelijke houding.

'Ik heb geen voeten meer over. We hebben de hele dag amper een minuut stilgestaan. Anna heeft naar een paar honderd jurken gekeken voor we de juiste vonden. En eerlijk gezegd was het Leslie die hem van het rek haalde. Ik geloof dat ze wanhopig begon te worden – Anna is een van de meest besluiteloze mensen die ik ooit heb ontmoet.'

'Hoe ziet hij eruit?'

'O, je moet haar erin zien. Het is zo'n soort zeemeerminnenjurk, en haar figuur komt er prachtig in uit. Hij moet nog vermaakt worden, maar Keith zal hem prachtig vinden.'

'Ik durf te wedden dat ze er mooi uitziet.'

'Dat doet ze zeker.' Ik zag aan de dromerige uitdrukking op haar gezicht dat ze Anna weer voor zich zag. 'Ik wil hem wel laten zien, maar Anna wil dat je hem pas dit weekend ziet. Ze wil dat het een verrassing blijft.' Ze zweeg even. 'En hoe ging het hier? Is er iemand bij het huis komen opdagen?'

'Iedereen,' zei ik, terwijl ik haar op de hoogte bracht van de bijzonderheden van die ochtend.

'Ongelooflijk,' zei ze terwijl ze haar glas nog een keer vulde. 'Gezien het feit dat het allemaal zo op het laatste moment moet gebeuren, bedoel ik.'

Vanuit de keuken konden we de schuifdeuren naar het terras zien. Het was donker geworden onder de zware wolken, en de eerste regendruppels begonnen tegen het raam te tikken, in eerste instantie zachtjes. De rivier was grauw en onheilspellend;

een ogenblik later kwam er een bliksemflits gevolgd door een donderslag en toen begon het serieus te gieten. Jane wendde zich naar de ramen terwijl de bui in volle hevigheid losbarstte.

'Weet jij of het zaterdag gaat regenen?' vroeg ze. Haar stem, vond ik, was verrassend rustig; ik had verwacht dat ze gespannener zou zijn. Ik dacht aan haar kalmte in de auto en ik besefte dat ze geen woord over Noah's aanwezigheid bij de vijver had gezegd. Terwijl ik naar haar keek, had ik het vreemde gevoel dat haar stemming iets met Anna te maken had.

'Ze zeggen van niet,' zei ik. 'Ze voorspellen dat het onbewolkt wordt. Dit zou een van de laatste buien moeten zijn die overtrekken.'

Zwijgend keken we samen naar de stromende regen. Afgezien van het zachte getik van de regen was het stil. Jane had een afwezige blik in haar ogen, en er speelde een flauwe glimlach om haar lippen.

'Heerlijk, hè?' zei ze. 'Naar de regen kijken. Dat deden we vaak in het huis van mijn ouders, weet je nog? Dat we dan op de veranda gingen zitten?'

'Ik weet het nog.'

'Dat was fijn, hè?'

'Heel fijn.'

'Dat hebben we al lang niet meer gedaan.'

'Nee,' zei ik, 'inderdaad.'

Ze scheen in gedachten verzonken, en ik hoopte dat dit nieuwe gevoel van rust geen plaats zou maken voor de bekende weemoed die ik was gaan vrezen. Maar haar uitdrukking veranderde niet en na een tijdje keek ze naar me.

'Er is vandaag nog iets anders gebeurd,' zei ze, terwijl ze naar haar glas keek.

'O?'

Toen ze weer opkeek, keek ze me in de ogen. Er leken onvergoten tranen in te fonkelen.

'Ik kan tijdens de plechtigheid niet bij je zitten.'

'O?'

'Nee, dat kan niet,' zei ze. 'Ik zit vooraan bij Anna en Keith.'

'Waarom?'

Jane bracht haar hand naar het glas. 'Omdat Anna me gevraagd heeft haar getuige te zijn.' Ze klonk een beetje schor. 'Ze zei dat ze met niemand een sterkere band had en dat ik zo veel voor haar en de bruiloft had gedaan...' Ze knipperde snel met haar ogen en snufte even. 'Ik weet dat het stom is, maar ik was zo verbaasd toen ze het me vroeg dat ik niet goed wist wat ik moest zeggen. Het was zelfs nooit bij me opgekomen. Ze was zo lief toen ze me vroeg, alsof het heel veel voor haar betekende.'

Ze veegde haar tranen weg, en ik had een brok in mijn keel. Een vader vragen getuige te zijn kwam best vaak voor in het zuiden, maar het was zeldzaam dat een moeder als getuige optrad.

'O, schat,' mompelde ik. 'Wat geweldig. Ik ben zo blij voor je.'

Een bliksemflits werd weer gevolgd door donder, maar ze drongen nauwelijks tot ons door en we bleven nog lang nadat de bui overgetrokken was in de keuken, waar we onze vreugde met elkaar deelden.

Toen het volledig opgehouden was met regenen, schoof Jane de schuifdeuren open en hupte het terras op. Het water droop nog van de goten en de reling, en damp kringelde van het terras omhoog.

Toen ik haar volgde, voelde ik dat mijn rug en armen pijn deden van mijn eerdere inspanningen. Ik rolde met mijn schouders in een poging ze los te maken.

'Heb je gegeten?' vroeg Jane.

'Nog niet. Wil je ergens iets gaan eten?'

Ze schudde haar hoofd. 'Eigenlijk niet. Ik ben knap moe.'

'Zullen we dan iets bestellen om het te vieren? Iets gemakkelijks? Iets... leuks.'

'Zoals?'

'Wat dacht je van een pizza?'

Ze zette haar handen op haar heupen. 'We hebben geen pizza meer besteld sinds Leslie de deur uit is.'

'Ik weet het. Maar het klinkt lekker, hè?'

'Het is ook lekker, maar jij krijgt daarna altijd last van je maag.'

'Dat is waar,' gaf ik toe. 'Maar ik ben vanavond bereid om gevaarlijk te leven.'

'Heb je niet liever dat ik gewoon iets in elkaar draai? Ik weet zeker dat we nog wel iets in de vriezer hebben.'

'Kom op,' zei ik. 'We hebben al jaren geen pizza meer gedeeld. Met zijn tweetjes, bedoel ik. We gaan lekker op de bank zitten en eten uit de doos – weet je wel? Net als vroeger. Dat is leuk.'

Ze keek me verwonderd aan. 'Jij wilt iets... leuks doen.'

Het was meer een opmerking dan een vraag.

'Ja,' zei ik.

'Wil jij bestellen of doe ik het?' vroeg ze ten slotte.

'Ik zal het wel doen. Wat wil je erop?'

Ze dacht een ogenblik na. 'Wat dacht je van alles?'

'Waarom niet?' zei ik instemmend.

De pizza kwam een half uur later. Jane had intussen een spijkerbroek en een donker T-shirt aangetrokken, en we aten de pizza als een stel studenten op een studentenkamer. Ondanks het feit dat ze eerder een glas wijn had afgeslagen, deelden we een koud biertje uit de koelkast.

Terwijl we aten, gaf Jane me meer bijzonderheden over haar dag. De ochtend was besteed aan het zoeken naar jurken voor Leslie en Jane, ondanks Jane's protesten dat ze 'gewoon iets simpels bij Belk's kon uitzoeken.' Anna had erop gestaan dat

Leslie en Jane ieder iets uit zouden zoeken wat ze mooi vonden – en nog eens konden dragen.

'Leslie heeft zo'n elegante jurk gevonden – tot op de knie, als een cocktailjurk. Hij stond Leslie zo goed dat Anna hem voor de lol ook aantrok.' Jane zuchtte. 'De meisjes zijn zulke schoonheden geworden.'

'Ze hebben jouw genen,' zei ik serieus.

Jane lachte slechts en wapperde met haar hand naar me, omdat ze haar mond vol pizza had.

Naarmate de avond verstreek, werd de hemel donkerblauw en kregen de maanverlichte wolken een randje van zilver. Toen we klaar waren, bleven we doodstil zitten en luisterden naar de windklokjes in het zomerbriesje. Jane liet haar hoofd op de bank rusten en staarde me met halfgeloken ogen aan, haar blik eigenaardig verleidelijk.

'Dat was een goed idee,' zei ze. 'Ik had meer honger dan ik dacht.'

'Je hebt niet zo veel gegeten.'

'Ik moet me dit weekend in mijn jurk persen.'

'Ik zou me er geen zorgen over maken,' zei ik. 'Je bent nog net zo mooi als de dag dat ik met je trouwde.'

Aan haar gespannen glimlach zag ik dat mijn woorden niet het effect hadden waarop ik had gehoopt. Ze draaide abrupt haar hoofd naar me toe. 'Wilson? Mag ik je iets vragen?'

'Natuurlijk.'

'Ik wil dat je me de waarheid zegt.'

'Wat is er?'

Ze aarzelde. 'Het gaat om wat er vandaag bij de vijver gebeurde.'

De zwaan, dacht ik onmiddellijk, maar voor ik kon uitleggen dat Noah me had gevraagd hem erheen te brengen – en met of zonder mij gegaan zou zijn – ging ze verder.

'Wat bedoelde je toen je dat zei?' vroeg ze.

Ik fronste vertwijfeld mijn wenkbrauwen. 'Ik weet niet precies wat je bedoelt.'

'Toen je zei dat je van me hield en dat je de gelukkigste man ter wereld was.'

Een verbijsterd moment lang keek ik haar alleen maar aan. 'Ik meende wat ik zei,' herhaalde ik bedremmeld.

'Is dat alles?'

'Ja,' zei ik, niet in staat mijn verwarring te verhullen. 'Waarom?'

'Ik probeer erachter te komen waarom je het zei,' zei ze op nuchtere toon. 'Het is helemaal niets voor jou om dat zomaar te zeggen.'

'Nou... het leek me gewoon goed om te zeggen.'

Op mijn antwoord klemde ze haar lippen op elkaar, en haar gezicht stond ernstig. Ze keek even naar het plafond en scheen zich te vermannen voor ze haar blik weer op mij liet rusten. 'Ga je vreemd?' wilde ze weten.

Ik knipperde met mijn ogen. 'Wát?'

'Je hebt me wel gehoord.'

Het drong ineens tot me door dat ze het meende. Ik zag dat ze probeerde dingen van mijn gezicht te lezen, de waarheid probeerde in te schatten van wat ik van plan was te zeggen. Ik nam haar hand in de mijne en legde mijn andere hand erbovenop. 'Nee,' zei ik, terwijl ik haar strak aankeek. 'Ik ga niet vreemd. Ik ben nooit vreemd gegaan en ik zal het ook nooit doen. Ik heb het ook nooit gewild.'

Na me een tijdje onderzoekend aangekeken te hebben, knikte ze. 'Oké.'

'Ik meen het,' zei ik nadrukkelijk.

Ze glimlachte en kneep in mijn hand. 'Ik geloof je. Ik dacht het ook niet, maar ik moest het gewoon vragen.'

Ik keek haar verbijsterd aan. 'Waarom is die gedachte ooit bij je opgekomen?'

'Door jou,' zei ze. 'Door je manier van doen.'

'Ik begrijp het niet.'

Ze wierp me een openlijk taxerende blik toe. 'Oké, bekijk het eens van mijn kant. Eerst begin je met fitness en val je af. Daarna begin je te koken en me te vragen hoe mijn dag is geweest. En alsof dat niet genoeg was, heb je me de hele week ongelooflijk geholpen… met alles de laatste tijd. En nu ben je begonnen van die lieve dingen te zeggen die je nooit zegt. Eerst dacht ik dat het wel weer over zou gaan, toen dacht ik dat het door de bruiloft kwam. Maar nu… nou, het is alsof je ineens iemand anders geworden bent. Ik bedoel… je verontschuldigen omdat je niet vaak genoeg thuis was? Zomaar tegen me zeggen dat je van me houdt? Urenlang naar me luisteren terwijl ik over winkelen praat? Zullen we pizza bestellen, dat is léuk? Ik bedoel, het is geweldig, maar ik wilde er wel zeker van zijn dat je het niet doet omdat je je schuldig voelt over iets. Ik begrijp nog steeds niet wat er over je gekomen is.'

Ik schudde mijn hoofd. 'Het komt niet doordat ik me schuldig voel. Nou, behalve dan dat ik te veel gewerkt heb, bedoel ik. Daar voel ik me wel rot over. Maar mijn manier van doen… het komt gewoon…'

Toen mijn stem wegstierf, boog Jane zich naar me toe.

'Gewoon waardoor?' drong ze aan.

'Zoals ik pas al zei, ik ben niet de beste echtgenoot geweest, en ik weet het niet… Ik denk dat ik probeer te veranderen.'

'Waarom?'

Omdat ik wil dat je weer van me houdt, dacht ik, maar ik hield die woorden voor me.

'Omdat,' zei ik na een tijdje, 'jij en de kinderen de belangrijkste mensen op aarde voor me zijn – dat zijn jullie altijd geweest – en ik heb zo veel jaren verspild met net doen of het niet zo was. Ik weet dat ik het verleden niet kan veranderen, maar ik kan de toekomst veranderen. Ik kan ook veranderen. En dat zal ik doen ook.'

Ze keek me met toegeknepen ogen aan. 'Je bedoelt dat je zult ophouden met zo hard te werken?'

Ze klonk lief, maar sceptisch, en het deed me pijn te bedenken wat ik geworden was.

'Als je me vroeg nu met pensioen te gaan, dan deed ik het,' zei ik.

Haar ogen kregen weer die verleidelijke glans.

'Zie je wat ik bedoel? Je bent de laatste tijd jezelf niet.'

Hoewel ze me plaagde – en niet zeker wist of ze me moest geloven – wist ik dat het haar plezier deed wat ik zei.

'Mag ik je nou iets vragen?' vervolgde ik.

'Waarom niet?' zei ze.

'Aangezien Anna morgenavond bij Keith's ouders is en Leslie en Joseph vrijdag komen, wilde ik morgenavond iets speciaals met zijn tweetjes doen.'

'Zoals wat?'

'Wat dacht je ervan… als ik iets bedacht en je verraste?'

Ze beloonde me met een schalkse glimlach. 'Je weet dat ik van verrassingen houd.'

'Ja,' zei ik, 'dat weet ik.'

'Dat zou ik heerlijk vinden,' zei ze met onverhuld genoegen.

14

Donderdagochtend kwam ik al vroeg bij Noah's huis aan met mijn kofferbak vol. Net zoals de dag tevoren stond het terrein al helemaal vol met wagens, en mijn vriend Nathan Little zwaaide me vanaf de overkant van de tuin toe en gebaarde dat hij straks naar me toe zou komen.

Ik zette mijn auto in de schaduw en ging meteen aan de slag. Met behulp van de ladder haalde ik de laatste schotten van de ramen, zodat de hogedrukreiniger overal bij kon.

Opnieuw legde ik de schotten onder het huis. Ik deed net de kelderdeur dicht, toen er een schoonmaakploeg van vijf kwam en beslag op het huis legde. Aangezien de schilders al beneden bezig waren, haalden ze emmers, moppen, doeken en schoonmaakmiddelen te voorschijn en schrobden de keuken, de trap, de badkamers, zeemden de ramen en maakten de slaapkamers boven snel en efficiënt schoon. Nieuwe lakens en dekens die ik van huis had meegebracht werden op de bedden gelegd; in de tussentijd bracht Nathan verse bloemen naar binnen voor alle kamers in het huis.

Binnen het uur verscheen de vrachtwagen van het verhuurbedrijf en begonnen werklieden witte klapstoeltjes uit te laden en in rijen neer te zetten. Er werden gaten bij de pergola gegraven, waar potten met wisteria's ingezet werden, waarna de paarse bloemen om de pergola werden gewonden en vastgezet. Achter de pergola vormde de eerdere wildernis van de rozentuin een zee van felle kleuren.

Vanwege de onbewolkte hemel die het weerbericht voorspelde, had ik voor een tent gezorgd tegen de felle middagzon. De witte tent werd in de loop van de ochtend opgezet; toen hij eenmaal stond, werden er nog meer potten wisteria's in de grond gezet, en de planten werden vervolgens om de palen gewonden, afgewisseld met strengen witte lichtjes.

Met de hogedrukreiniger werd de fontein middenin de rozentuin schoongemaakt; even na de lunch zette ik hem aan en luisterde naar het water dat als een milde waterval van de drie verdiepingen kletterde.

De pianostemmer kwam en was drie uur bezig met het stemmen van de lang onbespeelde piano. Toen hij klaar was, werd een set van speciale microfoons geïnstalleerd om de muziek eerst naar de huwelijksinzegening en vervolgens naar de receptie te leiden. Andere speakers en microfoons zorgden ervoor dat de predikant tijdens de dienst gehoord kon worden en dat men de muziek in ieder hoekje van het huis kon horen.

Er werden overal tafels in de grote kamer gezet – met uitzondering van de dansvloer voor de open haard – waarover linnen tafellakens werden gelegd. Er verschenen kaarsen en bloemstukken alsof ze te voorschijn getoverd werden, zodat toen het personeel van het restaurant kwam, ze alleen maar de servetten in de vorm van een zwaan hoefden te vouwen om de tafelschikking compleet te maken.

Ik herinnerde ook iedereen aan de ene tafel die ik op de veranda wilde hebben, en binnen enkele minuten stond hij er.

Als finishing touch werden potten met hibiscusbomen, versierd met witte lichtjes, in iedere hoek van de kamer gezet.

Halverwege de middag waren de meesten klaar met hun werk. Iedereen laadde zijn auto en vrachtwagen vol, en de werkploeg in de tuin was bijna klaar met opruimen. Voor het eerst sinds het project begon, was ik alleen in het huis. Ik had een goed gevoel. Het werk van de afgelopen dagen was, hoewel in hoog tempo, glad verlopen en hoewel het meubilair weg was, deed de koninklijke uitstraling van het huis me denken aan de jaren dat het bewoond was.

Terwijl ik toekeek hoe de vrachtwagens van de oprijlaan reden, wist ik dat ik er ook vandoor moest. Nadat Jane en Anna die ochtend hun jurken hadden laten afspelden en schoenen waren gaan uitzoeken, zouden ze 's middags hun nagels laten doen.

Ik vroeg me af of Jane aan de afspraak dacht die ik had gepland. Gezien alle opwinding leek het me onwaarschijnlijk – en mij kennende zoals zij deed, betwijfelde ik of ze veel verwachtte van een verrassing, ondanks wat ik gisteravond had laten doorschemeren. Ik was er in de loop der jaren wonderwel in geslaagd de verwachtingen naar beneden toe bij te stellen, maar ik hoopte toch dat wat ik gepland had daardoor nog meer glans zou krijgen.

Terwijl ik naar het huis staarde, realiseerde ik me dat de maanden die ik met onze trouwdag bezig was geweest nu verwezenlijkt gingen worden. Het was allesbehalve gemakkelijk geweest om het geheim te houden voor Jane, maar nu het zover was, realiseerde ik me dat het meeste wat ik voor Jane en mij wilde al was gebeurd. Ik had mijn cadeau oorspronkelijk als symbool voor een nieuw begin gezien, maar nu leek het eerder het einde van een reis die ik meer dan een jaar geleden was begonnen.

Eindelijk was er niemand meer op het terrein, en ik liep nog een laatste keer door het huis voor ik in mijn auto stapte. Op weg naar huis ging ik bij de supermarkt langs, stopte nog een keer ergens en kocht alles wat ik verder nog nodig had. Toen ik thuiskwam, was het bijna vijf uur. Ik nam een paar minuten om bij te komen en sprong toen onder de douche om het vuil van die dag van me af te spoelen.

In de wetenschap dat ik weinig tijd had, haastte ik me het daaropvolgende uur. Het lijstje volgend dat ik op kantoor had gemaakt, begon ik aan de voorbereidingen voor de avond die ik had gepland, de avond waar ik al maanden aan dacht. Een voor een viel alles op zijn plaats. Ik had Anna gevraagd me te bellen zodra Jane haar afgezet had. Dat deed ze ook, en ze waarschuwde me dat Jane over een kwartier thuis zou zijn. Nadat ik me ervan had verzekerd dat het huis er perfect uitzag, rondde ik mijn laatste karweitje af. Ik plakte een briefje op de voordeur dat Jane onmogelijk over het hoofd kon zien.

Welkom thuis, schat. Je verrassing wacht binnen op je...
Toen stapte ik in mijn auto en reed weg.

15

Bijna drie uur later staarde ik uit de voorramen van Noah's huis en zag de lichten van koplampen naderen. Toen ik op mijn horloge keek, zag ik dat ze precies op tijd was.

Terwijl ik mijn colbert rechttrok, probeerde ik me in Jane's gedachten te verplaatsen. Hoewel ik niet bij haar was geweest toen ze thuiskwam, probeerde ik me haar voor te stellen. Was ze verbaasd toen ze mijn auto niet op de oprijlaan zag staan? vroeg ik me af. Het zou haar vast opgevallen zijn dat ik de gordijnen dichtgedaan had voor ik wegging – misschien was ze even in de auto blijven zitten, verwonderd of zelfs geïntrigeerd.

Ik denk dat ze haar handen vol had toen ze uit de auto stapte, misschien wel met de jurk voor de bruiloft, maar ongetwijfeld met de nieuwe schoenen die ze die dag had gekocht. In ieder geval zou ze het briefje zien terwijl ze naar het trapje liep, en ik zag de nieuwsgierige blik in haar ogen komen.

Toen ze het las op het trapje, hoe had ze toen op mijn woorden gereageerd? Dat wist ik niet. Een verblufte glimlach misschien? Haar onzekerheid werd ongetwijfeld versterkt door het feit dat ik niet thuis was.

Wat zou ze vervolgens gedacht hebben toen ze de deur openmaakte en de donkere woonkamer zag die alleen verlicht werd door de zachtgele gloed van kaarsen en de klagelijke stem van Billie Holiday uit de stereo? Hoe lang had het geduurd voor ze de rozenblaadjes op de vloer zag die een spoor vormden van de hal door de woonkamer de trap op? Of het tweede briefje dat ik aan de leuning van de trap had geplakt:

Liefste, deze avond is voor jou. Toch moet je een rol spelen in de verwezenlijking ervan. Zie het als een spelletje: ik ga je een lijstje met instructies geven, en het is jouw rol om te doen wat ik je vraag.

De eerste opdracht is eenvoudig: blaas de kaarsen beneden uit en volg de rozenblaadjes naar de slaapkamer. Daar liggen verdere instructies voor je klaar.

Had ze een kreet van verrassing geslaakt? Of ongelovig gelachen? Ik wist het niet zeker, maar Jane kennende, wist ik zeker dat ze het spelletje mee wilde spelen. Toen ze bij de slaapkamer kwam, moet haar nieuwsgierigheid geprikkeld zijn.

In de slaapkamer moest ze overal kaarsen hebben zien branden en de kalmerende muziek van Chopin die zachtjes speelde hebben gehoord. Er lag een boeket van dertig rozen op het bed; aan weerszijden van de bloemen lag een keurig ingepakt cadeau, elk met een briefje eraan. Op het kaartje links stond: Nu OPENEN. Op het kaartje rechts stond: OM ACHT UUR OPENEN.

Ik zag voor me hoe ze langzaam naar het bed liep, het boeket naar haar gezicht bracht en de sterke geur opsnoof. Toen ze het kaartje links openmaakte, las ze dit: *Je hebt een drukke dag gehad, dus ik dacht dat je even zou willen ontspannen voor ons afspraakje vanavond. Maak het cadeau open dat bij dit kaartje hoort en loop met de inhoud naar de badkamer. Daar liggen verdere instructies klaar.*

Als ze over haar schouder keek, zou ze nog meer kaarsen in de badkamer hebben zien branden – en toen ze het cadeau openmaakte, zou ze het doosje met badoliën en bodylotions en de nieuwe zijden kamerjas onmiddellijk gevonden hebben.

Jane kennende, denk ik dat ze met het kaartje en het cadeau

rechts gespeeld had, dat wat ze pas om acht uur mocht openmaken. Had ze zitten dubben of ze de aanwijzingen zou opvolgen? Was ze met haar vingers over het pakpapier gegaan en had ze ze toen teruggetrokken? Ik vermoedde van wel, maar wist dat ze uiteindelijk gezucht zou hebben en naar de badkamer zou zijn gelopen.

Op de toilettafel lag nog een briefje.

Is er iets lekkerders dan een warm bad na een drukke dag? Kies de badolie waar je zin in hebt, laat het bad vollopen met warm water en doe er lekker veel bubbels in. Naast het bad vind je een fles van je favoriete wijn, nog koel, en al ontkurkt. Schenk een glas in. Trek dan je kleren uit, stap in bad, leun achterover en ontspan je. Als je klaar bent, droog je dan af en gebruik een van de lotions die ik je gegeven heb. Kleed je nog niet aan, maar trek de nieuwe badjas aan en ga op het bed zitten terwijl je het andere cadeau openmaakt.

In het overgebleven pak zaten een nieuwe cocktailjurk en zwarte pumps, die ik allebei had gekocht nadat ik de juiste maten van de kleding in haar kleerkast had opgezocht. Het kaartje dat bij haar kleding voor die avond zat, was simpel.

Je bent bijna klaar. Doe de doos open en trek de spullen aan die ik voor je gekocht heb. Wil je alsjeblieft de oorhangers in doen die ik je met Kerstmis heb gegeven toen we elkaar net kenden? Maar treuzel niet te lang, schat – je hebt precies drie kwartier om alles af te maken. Blaas alle kaarsen uit, laat het bad leeglopen en zet de muziek uit. Ga om kwart voor negen naar beneden. Doe de deur achter je op slot. Doe je ogen dicht en ga met je rug naar de straat staan. Wanneer je je weer omdraait, mag je je ogen opendoen, want dan begint ons afspraakje...

Buiten stond de limousine te wachten die ik had besteld. De chauffeur, die nog een cadeautje in zijn hand had, moest zeggen: 'Mevrouw Lewis? Ik breng u nu naar uw man. Hij wil dat u dit cadeautje openmaakt zodra u in de auto zit. In de auto ligt nog iets voor u.'

In het doosje dat hij in zijn hand had, zat een flesje parfum, vergezeld van een kort briefje: *Ik heb dit parfum speciaal voor vanavond uitgekozen. Als je ingestapt bent, doe dan wat op en maak het andere cadeautje open. Op het briefje dat in het pakje zit, staat wat je moet doen.*

In dat doosje zat een smalle zwarte sjaal. Op het kaartje dat tussen de plooien lag stond:

Je wordt naar de plek gereden waar ik op je wacht, maar ik wil dat het een verrassing is. Doe de sjaal om als blinddoek – denk erom, niet gluren. De rit duurt minder dan een kwartier, en de chauffeur begint te rijden zodra jij zegt: 'Ik ben klaar.' Zodra de auto stilstaat, doet de chauffeur het portier voor je open. Houd de blinddoek voor en vraag of hij je uit de auto helpt.

Ik sta op je te wachten.

16

De limousine stopte voor het huis en ik haalde diep adem. Toen de chauffeur uitstapte, knikte hij om me te laten weten dat alles goed was verlopen, en ik knikte nerveus terug.

De laatste paar uur was ik heen en weer geslingerd tussen opwinding en vrees bij de gedachte dat Jane het allemaal misschien een beetje... nou ja, stom vond. Terwijl de chauffeur naar haar portier liep, kreeg ik ineens moeite met slikken. Toch sloeg ik mijn armen over elkaar en leunde tegen de balustrade van de veranda, mijn best doend om nonchalant te kijken. De maan scheen wit en ik hoorde de krekels tjirpen.

De chauffeur deed de deur open. Jane's been verscheen als eerste, en bijna als in slowmotion kwam ze uit de auto te voorschijn, de blinddoek nog op zijn plaats.

Het enige dat ik kon doen, was naar haar staren. In het maanlicht zag ik de vage omtrek van een glimlach op haar gezicht en ze zag er exotisch en elegant uit. Ik gebaarde naar de chauffeur dat hij kon vertrekken.

Toen de auto wegreed, liep ik langzaam naar Jane toe, terwijl ik de moed verzamelde om iets te zeggen.

'Je ziet er prachtig uit,' fluisterde ik in haar oor.

Ze wendde zich naar me toe, en haar glimlach werd breder. 'Dank je,' zei ze. Ze wachtte tot ik er iets aan toevoegde en toen ik dat niet deed, begon ze met haar voeten te schuifelen. 'Mag ik de blinddoek al af doen?'

Ik keek even om me heen om te zien of alles eruitzag zoals ik wilde.

'Ja,' fluisterde ik.

Ze gaf een rukje aan de sjaal; hij kwam onmiddellijk los en viel van haar gezicht. Het duurde een ogenblik voor ze haar ogen kon richten – eerst op mij, toen op het huis en toen weer op mij. Net als Jane had ik me speciaal voor de avond gekleed; mijn smoking was nieuw en op maat gemaakt. Ze knipperde met haar ogen alsof ze uit een droom ontwaakte.

'Ik dacht dat je wel wilde zien hoe het er dit weekend uitziet,' zei ik.

Ze draaide langzaam in de rondte. Zelfs van een afstandje zag de tuin er betoverend uit. Onder de inktzwarte hemel stak de tent wit af en de schijnwerpers in de tuin wierpen vingerachtige schaduwen terwijl ze de kleur van de rozenbloesems verlichtten. Het water in de fontein fonkelde in het maanlicht.

'Wilson… het is… ongelooflijk,' stamelde ze.

Ik pakte haar hand. Ik rook het nieuwe parfum dat ik haar gegeven had en zag de diamantjes in haar oren. Donkere lippenstift accentueerde haar volle lippen.

Haar gezicht was vol vragen toen ze me aankeek. 'Maar hoe? Ik bedoel… je had maar een paar dagen.'

'Ik heb je toch beloofd dat het schitterend zou worden?' zei ik. 'Net als Noah zei, we hebben niet ieder weekend een bruiloft hier.'

Jane scheen voor het eerst mijn verschijning op te merken en ze deed een stap achteruit.

'Je hebt een smoking aan,' zei ze.

'Ik heb hem voor het weekend gekocht, maar ik wilde er vast aan wennen.'

Ze bekeek me van top tot teen. 'Je ziet er… geweldig uit,' gaf ze toe.

'Je klinkt verrast.'

'Dat ben ik ook,' zei ze snel en verbeterde zichzelf toen. 'Ik bedoel, ik ben niet verrast doordat je er zo goed uitziet, maar ik verwachtte je gewoon niet zo.'

'Dat vat ik dan maar als compliment op.'

Ze lachte. 'Kom mee,' zei ze, terwijl ze aan mijn hand trok. 'Ik wil alles wat je gedaan hebt van dichtbij zien.'

Ik moest toegeven, het wás een prachtig zicht. Tussen de eikenbomen en cipressen gloeide de dunne stof van de tent in de schijnwerpers als een levende kracht. De witte stoelen waren net als een orkest in halve cirkels geplaatst, als spiegelbeeld van de bocht in de tuin erachter. Ze waren naar een middelpunt gericht, en de pergola glom van de lichtjes en de kleurrijke begroeiing. En waar we maar keken, zagen we bloemen.

Jane begon langzaam over het gangpad te lopen. Ik wist dat ze in gedachten de mensen zag en zich Anna voorstelde en wat ze zou kunnen zien van haar aangewezen plekje bij de pergola. Toen ze zich omdraaide om naar mij te kijken, stond haar gezicht perplex en ongelovig.

'Ik had nooit gedacht dat het er zo uit kon zien.'

Ik schraapte mijn keel. 'Ja, ze hebben goed werk verricht, hè?'

Ze schudde plechtig haar hoofd. 'Nee,' zei ze. 'Zij niet. Jíj.'

Toen we aan het eind van het gangpad kwamen, liet Jane mijn hand los en liep naar de pergola. Ik bleef staan en keek hoe ze met haar handen over het houtsnijwerk ging en aan de strengen met lichtjes voelde. Haar blik dwaalde naar de tuin.

'Het ziet er precies zo uit als vroeger,' zei ze vol verwondering.

Terwijl ze om de pergola liep, keek ik naar de jurk die ze aan had en zag hoe hij om de rondingen viel die ik zo goed kende. Wat had ze toch dat me nog steeds naar adem deed snakken? De persoon die ze was? Ons leven samen? Ondanks de jaren die verstreken waren sinds ik haar voor het eerst zag, was het effect dat ze op me had alleen maar sterker geworden.

We gingen de rozentuin in en liepen om het buitenste concentrische hart; na een tijdje begonnen de lichten van de tent achter ons te vervagen. De fontein kabbelde als een bergstroompje. Jane zei niets; in plaats daarvan nam ze de omgeving in zich op en keek zo nu en dan over haar schouder om te zien of ik nog in de buurt was. Aan de andere kant van de tuin was alleen het dak van de tent nog zichtbaar. Jane bleef staan om de rozenstruiken te bestuderen, koos ten slotte een rode knop en brak hem af. Ze plukte de doorns eraf voor ze naar me toe kwam en hem in mijn revers stak. Na hem geschikt te hebben tot ze tevreden was, klopte ze me zachtjes op mijn borst en keek op.

'Je ziet er helemáál perfect uit met een boutonnière,' zei ze.

'Dank je.'

'Heb ik al gezegd hoe knap je eruitziet in feestkleding?'

'Volgens mij noemde je het woord... geweldig. Maar zeg het gerust zo vaak als je wilt.'

Ze legde een hand op mijn arm. 'Dank je voor wat je hier hebt gedaan. Anna zal niet weten wat ze ziet.'

'Graag gedaan.'

Terwijl ze zich dicht naar me toe boog, zei ze zachtjes: 'En ook bedankt voor vanavond. Dat was... een heel leuk spelletje dat ik thuis aantrof.'

Vroeger zou ik de kans gegrepen hebben om erover door te blijven gaan en mezelf ervan verzekeren dat ik het goed had gedaan, maar in plaats daarvan pakte ik haar hand.

'Er is nog iets dat je moet zien,' zei ik slechts.

'Ga me nou niet vertellen dat je een koets met een span witte paarden in de schuur hebt staan,' plaagde ze.

Ik schudde mijn hoofd. 'Niet bepaald. Maar als je het een goed idee vindt, kan ik iets proberen te regelen.'

Ze lachte. Toen ze dichterbij kwam, was de warmte van haar lichaam een kwelling. Haar ogen stonden ondeugend. 'Wat wilde je me dan verder nog laten zien?'

'Nog een verrassing,' zei ik.

'Ik weet niet of mijn hart er nog wel tegen kan.'

'Kom mee,' zei ik, 'deze kant op.'

Ik trok haar mee de tuin uit en een grindpad over naar het huis. Boven ons fonkelden de sterren aan een onbewolkte hemel, en de maan weerspiegelde in de rivier achter het huis. Spaans mos droop van de knoestige takken die zich als spookachtige vingers in allerlei richtingen uitstrekten. In de lucht hing de vertrouwde geur van pijnbomen en zout, een geur die uniek was voor het laagland. In de stilte voelde ik Jane's duim langs de mijne wrijven.

Ze scheen geen behoefte te hebben om zich te haasten. We liepen langzaam terwijl we de geluiden van de avond in ons opnamen: de krekels en cicaden, bladeren die ritselden in de bomen, het grind dat onder onze voeten knerpte.

Ze staarde naar het huis. Afstekend tegen de bomen, vormde het een tijdloos beeld en de witte pilaren langs de veranda gaven het huis bijna iets weelderigs. Het zinken dak was in de loop der jaren donkerder geworden en leek in de avondhemel op te lossen, en ik zag de gele gloed van de kaarsen door de ramen.

Toen we het huis binnengingen, flikkerden de kaarsen in de plotselinge tocht. Jane bleef in de deuropening staan en keek de woonkamer in. De piano, schoongemaakt en opgepoetst, glansde in het zachte licht, en de houten vloer voor de open haard waar Anna met Keith zou dansen, glom als nieuw. De tafels – met witte servetten in de vorm van een zwaan gevouwen bovenop het glimmende porselein en kristal – leken wel een foto van een exclusief restaurant. Zilveren bokalen bij ieder bord fonkelden als kerstversiering. De tafels langs de verste wand die gebruikt zouden worden voor het buffet, leken verdwenen tussen de bloemen die tussen de rechauds stonden.

'O, Wilson…' fluisterde ze.

'Het zal anders zijn als iedereen zaterdag komt, maar ik wilde het je laten zien zonder al die mensen.'

Ze liet mijn hand los en liep de kamer door, terwijl ze alle details in zich opnam.

Toen ze knikte, ging ik naar de keuken, maakte de wijn open en schonk twee glazen vol. Toen ik opkeek, zag ik Jane bij de piano staan, haar profiel afgetekend tegen het donker.

'Wie gaat er spelen?' vroeg ze.

Ik glimlachte. 'Als je had kunnen kiezen, wie zou je dan genomen hebben?'

Ze wierp me een hoopvolle blik toe. 'John Peterson?'

Ik knikte.

'Maar hoe dan? Speelt hij niet in de Chelsea?'

'Je weet dat hij altijd een zwak voor jou en Anna heeft gehad. De Chelsea overleeft het wel een avond zonder hem.'

Ze bleef vol verwondering naar de kamer kijken terwijl ze naar me toe kwam gelopen. 'Ik begrijp gewoon niet hoe je het allemaal zo snel hebt kunnen regelen… ik bedoel, ik was hier nog maar een paar dagen geleden.'

Ik gaf haar een wijnglas. 'Dus het kan je goedkeuring wegdragen?'

'Mijn goedkeuring wegdragen?' Ze nam langzaam een slokje van haar wijn. 'Ik geloof niet dat ik het huis ooit zo mooi heb gezien.'

Ik keek hoe het kaarslicht in haar ogen fonkelde.

'Heb je al honger?' vroeg ik.

Ze leek bijna te schrikken. 'Eerlijk gezegd heb ik er niet eens aan gedacht. Ik denk dat ik nog even van mijn wijn wil genieten en om me heen kijken voor we weg moeten.'

'We hoeven nergens heen. Ik was van plan om hier te dineren.'

'Maar hoe dan? De kasten zijn leeg.'

'Wacht maar af.' Ik gebaarde over mijn schouder. 'Waarom kijk je niet een beetje rond terwijl ik begin?'

Ik liep bij haar vandaan naar de keuken, waar de voorbereidingen voor de uitgebreide maaltijd die ik had gepland al een eind gedaan waren. De met krab gevulde tong die ik had gemaakt was klaar om de oven in te gaan, en ik zette hem op de juiste temperatuur. De ingrediënten voor de hollandaisesaus waren al afgemeten en stonden klaar; de bestanddelen hoefden alleen maar in het pannetje. Onze salades waren gemengd en de dressing gemaakt.

Terwijl ik bezig was, keek ik van tijd tot tijd op en zag Jane langzaam door de kamer dwalen. Hoewel ieder tafeltje hetzelfde was, bleef ze bij allemaal apart staan en stelde zich de denkbeeldige gast voor die er zou zitten. Ze legde afwezig het bestek goed en draaide de vaasjes met bloemen, en de meeste kwamen weer op hun oorspronkelijke plaats terug. Er hing een kalmte, een tevredenheid om haar heen die me vreemd ontroerde. Maar ja, tegenwoordig ontroerde bijna alles aan haar me.

In de stilte dacht ik aan de opeenvolging van gebeurtenissen die ons tot dit punt hadden geleid. Ik wist uit ervaring dat zelfs de dierbaarste herinneringen in de loop der tijd vervagen, maar toch wilde ik geen enkel moment van de afgelopen week dat we samen doorgebracht hadden vergeten. En natuurlijk wilde ik ook dat Jane zich ieder moment zou blijven herinneren.

'Jane?' riep ik. Ze was buiten mijn gezichtsveld, en ik nam aan dat ze bij de piano stond. Ze verscheen uit de hoek van de kamer. Zelfs van een afstand straalde haar gezicht. 'Ja?'

'Terwijl ik met het eten bezig ben, zou jij dan iets voor me willen doen?'

'Natuurlijk. Moet ik helpen?'

'Nee. Ik heb mijn schort boven gelaten. Zou je dat even willen halen? Het ligt op het bed in jouw oude kamer.'

'Ja, hoor.'

Een ogenblik later zag ik haar de trap op gaan. Ik wist dat ze niet meer naar beneden zou komen voor het eten bijna klaar was.

Ik neuriede terwijl ik de asperges begon af te spoelen, denkend aan haar reactie wanneer ze het cadeau vond dat boven op haar wachtte.

'Van harte gefeliciteerd,' fluisterde ik.

Terwijl het water op het fornuis aan de kook kwam, zette ik de tong in de oven en slenterde de veranda aan de achterkant van het huis op. Daar hadden de cateraars een tafel voor twee voor ons neergezet. Ik dacht erover om de champagne open te maken, maar besloot op Jane te wachten. Terwijl ik diep inademde, probeerde ik mijn hoofd leeg te maken.

Jane had nu natuurlijk al gevonden wat ik op het bed boven had achtergelaten. Het album – handgestikt met een bewerkte leren omslag – was prachtig, maar het was de inhoud waarvan ik hoopte dat die haar oprecht zou ontroeren. Dit was het geschenk dat ik met behulp van zo velen voor onze dertigste trouwdag had samengesteld. Net als de andere cadeaus die ze vanavond had gekregen, hoorde hier een briefje bij. Het was de brief die ik in het verleden geprobeerd had te schrijven, maar die niet was gelukt, het soort brief dat Noah ooit had voorgesteld, en hoewel ik het toen een onmogelijk idee had gevonden, gaven de hoogtepunten van het afgelopen jaar en zeker die van de afgelopen week mijn woorden een onvermoede sierlijkheid.

Toen ik klaar was met schrijven, las ik het een keer door en toen nog eens. Ook nu nog stonden de woorden me scherp voor de geest alsof ze op de pagina stonden die Jane nu in haar hand hield.

Mijn liefste,
Het is al laat en terwijl ik achter mijn bureau zit, is het stil in huis op het tikken van de staande klok na. Je ligt boven te slapen en hoewel ik naar de warmte van jouw lichaam tegen het mijne verlang, dwingt iets me om deze brief te

schrijven, ook al weet ik niet goed waar ik moet beginnen. Ook, realiseer ik me, weet ik niet goed wat ik moet zeggen, maar ik ontkom niet aan de conclusie dat, na al die jaren, het iets is dat ik moet doen, niet alleen voor jou, maar ook voor mezelf. Na dertig jaar is dat het minste wat ik kan doen.

Is het echt al zo lang? Hoewel ik het best weet, vind ik het een ongelooflijk idee. Sommige dingen zijn immers nooit veranderd. 's Ochtends bijvoorbeeld gaan mijn eerste gedachten na het wakker worden uit naar jou, en dat is altijd zo geweest. Vaak lig ik gewoon op mijn zij en kijk naar je; ik zie je haar dat uitgespreid over het kussen ligt, een arm boven je hoofd, het zachte op en neer gaan van je borst. Soms wanneer je droomt, ga ik dichter bij je liggen in de hoop dat ik hierdoor op de een of andere manier je dromen binnen kan treden. Dat is tenslotte wat ik altijd voor je gevoeld heb. Ons hele huwelijk lang ben je mijn droom geweest, en ik zal nooit vergeten wat een bofferd ik mezelf altijd heb gevoeld sinds de eerste dag dat we samen door de regen liepen.

Ik denk vaak terug aan die dag. Het is een beeld dat me altijd is bijgebleven, en ik merk dat ik een soort déjà-vu krijg als ik een bliksemflits langs de hemel zie gaan. Op die momenten lijkt het alsof we opnieuw beginnen, en ik voel het bonzen van mijn hart als jongeman, een man die plotseling zijn toekomst zag en zich een leven zonder jou niet kon voorstellen.

Ik krijg datzelfde gevoel bij bijna iedere herinnering die ik kan oproepen. Als ik aan Kerstmis denk, zie ik jou onder de boom zitten, waar je vrolijk cadeaus aan onze kinderen uitdeelt. Als ik aan zomeravonden denk, voel ik jouw hand tegen de mijne terwijl we onder de sterren wandelden. Zelfs op mijn werk merk ik vaak dat ik op de klok kijk en me afvraag wat jij op dat moment aan het doen bent. Simpele dingen – ik kan me een veeg aarde voorstellen terwijl je in de tuin aan het werk bent of hoe je eruitziet terwijl je tegen het aanrecht leunt en met je hand door je haar gaat terwijl je aan het bellen bent. Wat ik eigenlijk wil zeggen is dat je er bent, in alles wat ik ben, in alles wat ik ooit gedaan heb, en achteraf weet ik dat ik tegen je had moeten zeggen hoeveel je altijd voor me betekend hebt.

Ik heb er spijt van, zoals ik spijt heb van alle manieren waarop ik je teleurgesteld heb. Ik wou dat ik het verleden ongedaan kon maken, maar we weten allebei dat dat onmogelijk is. Toch ben ik gaan geloven dat ofschoon het verleden niet te veranderen is, onze gevoelens erover wel bijgesteld kunnen worden en daar is het album voor bestemd.

In het album zul je heel veel foto's aantreffen. Sommige zijn kopieën van onze eigen foto's, maar de meeste niet. In plaats daarvan heb ik onze vrienden en familie om foto's gevraagd die ze van ons hadden, en in het afgelopen jaar zijn me foto's uit het hele land toegestuurd. Je vindt er een foto in die Kate heeft genomen bij de doop van Leslie, nog eentje van een picknick van mijn werk een kwart eeuw geleden, genomen door Joshua Trundle. Noah heeft een foto geleverd van ons tweeën die hij op een regenachtige Thanksgiving genomen had toen jij in verwachting was van Joseph en als je goed kijkt, kun je de plek zien waar ik voor het eerst besefte dat ik verliefd op je was. Anna, Leslie en Joseph hebben me ook alledrie foto's gegeven.

Bij iedere foto die kwam, probeerde ik me het moment te herinneren waarop hij genomen was. In het begin was mijn herinnering net als het kiekje zelf – een kort, afgerond beeld – maar ik kwam erachter dat als ik mijn ogen dichtdeed en me concentreerde, de tijd achteruit begon te lopen. En in elk geval herinnerde ik me wat ik gedacht had.

Dit is het andere deel van het album. Op de pagina te-
genover de foto heb ik geschreven wat ik me van die mo-
menten herinner of, specifiek, wat ik me van jou herinner.
Ik noem dit album 'De dingen die ik had moeten zeggen'.
Ik heb je ooit een belofte gedaan op de dag van ons hu-
welijk, en als je man sinds dertig jaar is het tijd dat ik er ein-
delijk nog een doe. Vanaf dit moment zal ik de man wor-
den die ik altijd had moeten zijn. Ik zal een romantischere
man worden en het beste maken van de jaren die we nog
samen hebben. En op ieder dierbaar moment hoop ik dat ik
iets zal doen of zeggen wat jou duidelijk maakt dat ik nooit
een ander zo had kunnen koesteren als ik jou altijd gekoes-
terd heb.
Met heel mijn hart,
Wilson

Toen ik Jane's voetstappen hoorde, keek ik op. Ze stond bovenaan de trap, en door het ganglicht achter haar, kon ik haar
gezicht niet zien. Haar hand tastte naar de leuning terwijl ze de
trap af kwam gelopen.

Het licht van de kaarsen verlichtte haar met stukjes tegelijk:
eerst haar benen, toen haar middel en ten slotte haar gezicht.
Toen ze halverwege bleef staan, keek ze me aan en zelfs vanaf
de andere kant van de kamer zag ik haar tranen.

'Van harte gefeliciteerd,' zei ik, en mijn stem echode door de
kamer. Terwijl ze naar me bleef kijken, liep ze verder de trap af.
Met een lieve glimlach kwam ze naar me toe gelopen en ik wist
ineens wat ik moest doen.

Ik stak mijn armen naar haar uit en trok haar tegen me aan.
Haar lichaam was warm en zacht, haar wang nat tegen de mijne.
En terwijl we twee dagen voor onze dertigste trouwdag in
Noah's huis stonden, hield ik haar tegen me aan en wenste met
heel mijn hart dat de tijd zou stilstaan, voor nu en altijd.

We bleven lange tijd tegen elkaar staan tot Jane ten slotte achterover leunde. Met haar armen om me heen keek ze naar me op. Haar wangen waren nat en glommen in het gedempte licht.

'Dank je,' fluisterde ze.

Ik kneep haar zachtjes. 'Kom mee. Ik wil je iets laten zien.'

Ik nam haar mee door de woonkamer naar de achterkant van het huis. Ik deed de achterdeur open en we stapten de veranda op.

Ondanks het maanlicht kon ik toch de melkweg zien die zich als een wolk van juwelen boven ons uitstrekte; Venus stond aan de zuidelijke hemel. Het was iets koeler geworden en in het zuchtje wind rook ik Jane's parfum.

'Het leek me een goed idee om hier te eten. Bovendien wilde ik de tafeltjes binnen ongemoeid laten.'

Ze haakte haar arm door de mijne en keek naar het tafeltje voor ons. 'Het is geweldig, Wilson.'

Ik maakte met tegenzin mijn arm los om de kaarsen aan te steken en de champagne te pakken.

'Wil je een glaasje?'

Eerst wist ik niet of ze me wel gehoord had. Ze keek over de rivier uit terwijl haar jurk zachtjes wapperde in de wind.

'Heerlijk.'

Ik haalde de fles uit de ijsemmer, hield de kurk goed vast en draaide. Hij ging met een plop open. Nadat ik twee glazen had volgeschonken, wachtte ik tot het niet meer zo bubbelde en schonk er toen nog een beetje bij. Jane kwam dichter naar me toe.

'Hoe lang ben je dit al van plan?' vroeg ze me.

'Sinds afgelopen jaar. Het was het minste dat ik kon doen nadat ik de vorige vergeten was.'

Ze schudde haar hoofd en draaide mijn gezicht naar het hare. 'Ik had niets mooiers kunnen dromen dan wat jij vanavond hebt gedaan.' Ze aarzelde. 'Ik bedoel, toen ik het album vond en de brief en al die dingen die je hebt geschreven... nou, dat is het bijzonderste dat je ooit voor me hebt gedaan.'

Ik begon weer te zeggen dat het het minste was dat ik kon doen, maar ze viel me in de rede.

'Ik meen het,' zei ze zachtjes. 'Ik kan niet eens onder woorden brengen hoeveel dit voor me betekent.' Toen, met een zwoele knipoog, ging ze met haar vinger over mijn revers. 'U ziet er vreselijk knap uit in die smoking, meneer.'

Ik lachte zachtjes toen ik voelde hoe de spanning enigszins afnam, legde mijn hand op de hare en kneep erin. 'Nu vind ik het helemaal vervelend je te moeten verlaten...'

'Maar?'

'Maar ik moet bij het eten gaan kijken.'

Ze knikte; ze zag er sensueel uit, ze zag er mooi uit. 'Heb je hulp nodig?'

'Nee. Het is bijna klaar.'

'Vind je het goed als ik buiten blijf? Het is hier zo vredig.'

'Ja, natuurlijk.'

In de keuken zag ik dat de asperges die ik gestoomd had, afgekoeld waren, dus deed ik de pit weer aan om ze op te warmen. De hollandaise was een beetje dik geworden, maar nadat ik erin geroerd had, zag het er goed uit. Toen wijdde ik mijn aandacht aan de tong; ik deed de oven open en prikte er met een vork in. Nog een paar minuten.

Het station waar ik de radio in de keuken op afgestemd had, draaide muziek uit de tijd van de big bands, en ik wilde net aan de knop draaien toen Jane binnenkwam.

'Laat maar aan staan,' zei ze.

Ik keek op. 'Ik dacht dat je van de avond wilde genieten.'

'Ja, dat wilde ik ook, maar het is niet hetzelfde zonder jou,' zei ze. Ze leunde tegen het aanrecht en nam haar gebruikelijke houding aan. 'Heb je ook speciaal om deze muziek vanavond verzocht?' plaagde ze.

'Dit programma is al een paar uur bezig. Ik denk dat het hun speciale thema voor vanavond is.'

'Het brengt echt herinneringen naar boven,' zei ze. 'Papa luisterde altijd naar big-bandmuziek.' Ze ging langzaam met haar hand door haar haar, verzonken in herinneringen. 'Wist je dat mam en hij in de keuken dansten? Het ene moment waren ze nog aan het afwassen en het volgende hadden ze hun armen om elkaar heen geslagen en dansten ze op de muziek. De eerste keer dat ik ze zag, denk ik dat ik een jaar of zes was, en ik vond het heel gewoon. Maar toen ik wat ouder was, moesten Kate en ik altijd giechelen als we hen zagen. Dan wezen we en gniffelden we, maar ze lachten alleen maar en bleven dansen, alsof ze de enige twee mensen op aarde waren.'

'Dat heb ik nooit geweten.'

'De laatste keer dat ik het ze heb zien doen was ongeveer een week voor ze naar Creekside verhuisden. Ik kwam langs om te kijken hoe het ging. Ik zag ze door het keukenraam terwijl ik de auto parkeerde en ik begon zomaar te huilen. Ik wist dat het de laatste keer was dat ik het hen hier zou zien doen en ik had het gevoel dat mijn hart brak.' Ze zweeg even, verzonken in gedachten. Toen schudde ze haar hoofd. 'Sorry. Zo bederf ik wel de stemming, hè?'

'Nee, dat geeft niet,' zei ik. 'Zij zijn een deel van ons leven en dit is hun huis. Eerlijk gezegd zou ik het schokkend vinden als je niet aan hen dacht. Bovendien is het een bijzondere manier om je hen te herinneren.'

Ze scheen even over mijn woorden na te denken. In de stilte haalde ik de tong uit de oven en zette hem op het fornuis.

'Wilson?' vroeg ze zachtjes.

Ik draaide me om.

'Toen je in je brief schreef dat je van nu af aan romantischer zou proberen te worden, meende je dat?'

'Ja.'

'Betekent dat dat ik meer avonden als vanavond kan verwachten?'

'Als je dat wilt.'

Ze legde haar vinger tegen haar kin. 'Maar het zal wel lastiger worden me te verrassen. Je zult met iets heel nieuws moeten komen.'

'Ik denk niet dat het zo moeilijk zal worden als jij denkt.'

'Nee?'

'Ik zou waarschijnlijk nu meteen al iets kunnen bedenken, als het moest.'

'Zoals wat?'

Ik zag haar onderzoekende blik en was ineens vastbesloten om niet terug te krabbelen. Na een korte aarzeling zette ik het fornuis uit en zette de asperges aan de kant. Jane's blik volgde me belangstellend. Ik trok mijn colbert goed voor ik naar haar toe ging en stak mijn hand uit.

'Wil je met me dansen?'

Jane bloosde toen ze mijn hand pakte en haar arm om mijn rug sloeg. Ik trok haar tegen me aan en voelde haar lichaam tegen het mijne. We begonnen langzame rondjes te draaien terwijl de muziek de keuken om ons heen vulde. Ik rook de lavendelshampoo die ze gebruikte en voelde haar benen tegen de mijne strijken.

'Je bent mooi,' fluisterde ik, en Jane reageerde door met haar duim over de rug van mijn hand te gaan.

Toen het nummer afgelopen was, bleven we in elkaars armen tot het volgende begon en dansten langzaam, de subtiele beweging bedwelmend. Toen Jane achterover leunde om naar me te kijken, was haar glimlach teder en ze bracht een hand naar mijn gezicht. Haar aanraking was licht, en als een oude gewoonte die herontdekt wordt, boog ik me naar haar toe, zodat onze gezichten dicht bij elkaar kwamen.

Haar kus was zo licht als een zucht en toen gaven we ons

over aan alles wat we voelden, aan alles wat we wilden. Ik sloeg mijn armen om haar heen en kuste haar opnieuw; ik voelde haar verlangen en ik voelde dat van mij. Ik begroef mijn hand in haar haar, en ze kreunde zachtjes; het geluid was tegelijkertijd bekend en elektrisch, nieuw en oud, een wonder op de manier zoals alle wonderen moesten zijn.

Zonder een woord te zeggen leunde ik achterover en staarde eenvoudigweg naar haar voor ik haar uit de keuken meenam. Ik voelde haar duim over de rug van mijn hand gaan terwijl we langs de tafeltjes liepen en de ene kaars na de andere uitbliezen.

In de welkome duisternis leidde ik haar naar boven. In haar oude slaapkamer kwam het maanlicht door het raam naar binnen en we omhelsden elkaar, badend in melkachtig licht en schaduw. We kusten elkaar telkens weer en Jane ging met haar handen over mijn borst terwijl ik naar de rits van haar jurk tastte. Ze zuchtte zachtjes toen ik hem openmaakte.

Mijn lippen gleden over haar wang en hals en ik proefde de ronding van haar schouder. Ze trok aan mijn colbert en hij gleed op de grond, samen met de jurk die ze droeg. Haar huid voelde warm aan toen we ons op het bed lieten vallen.

We vrijden langzaam en teder, en de hartstocht die we voor elkaar voelden was een duizeligmakende herontdekking, verleidelijk omdat het zo nieuw was. Ik wilde dat het voor altijd zou duren en ik kuste haar keer op keer terwijl ik lieve woordjes fluisterde. Daarna lagen we uitgeput in elkaars armen. Ik ging met mijn vingertoppen over haar huid terwijl ze naast me in slaap viel en ik de stille perfectie van het moment probeerde vast te houden.

Even na middernacht werd Jane wakker en zag dat ik naar haar keek. In het donker zag ik nog net haar ondeugende uitdrukking alsof ze het schaamteloos en tegelijkertijd heerlijk vond wat we hadden gedaan.

'Jane?' vroeg ik.

'Ja?'

'Ik wil iets weten.'

Ze glimlachte tevreden en wachtte.

Ik aarzelde voor ik diep ademhaalde. 'Als je het helemaal over mocht doen – en wetend hoe alles met ons zou verlopen – zou je dan weer met me trouwen?'

Ze was lange tijd stil terwijl ze ernstig over de vraag nadacht. Toen klopte ze op mijn borst en keek naar me op, met een zachte uitdrukking op haar gezicht.

'Ja,' zei ze eenvoudig. 'Dat zou ik.'

Dat waren de woorden die ik het liefst van alles wilde horen, en ik trok haar naar me toe. Ik kuste haar haar en hals terwijl ik wilde dat het moment altijd zou voortduren.

'Ik hou meer van je dan je ooit zult weten,' zei ik.

Ze kuste mijn borst. 'Dat weet ik,' zei ze. 'En ik hou ook van jou.'

17

Toen het ochtendzonlicht door het raam naar binnen kwam, werden we wakker in elkaars armen en vrijden nog een keer voor we ons van elkaar losmaakten en voorbereidingen troffen voor de lange dag die voor ons lag.

Na het ontbijt liepen we het huis door en maakten alles klaar voor de bruiloft op zaterdag. De kaarsen op de tafels werden vervangen, de tafel op de veranda werd afgeruimd en in de schuur gezet, en een beetje teleurgesteld werd het eten dat ik had klaargemaakt in de vuilnisbak gegooid.

Toen we tevreden waren over alles, gingen we terug naar huis. Leslie zou om een uur of vier aankomen; Joseph had een eerdere vlucht kunnen boeken en zou om vijf uur komen. Op het antwoordapparaat stond een bericht van Anna, die zei dat ze samen met Keith wat laatste voorbereidingen zou gaan treffen, wat – afgezien van ervoor zorgen dat haar jurk op tijd klaar was – voornamelijk inhield dat ze controleerden of niemand die we ingehuurd hadden op het laatste moment had afgezegd. Ze beloofde ook Jane's jurk op te halen en mee te brengen wanneer ze later die avond met Keith kwam eten.

In de keuken deden Jane en ik de ingrediënten voor een runderstoofpot in de Crock-Pot, waar hij de rest van de middag gaar zou stoven. Terwijl we bezig waren, bespraken we de logistieke zaken met betrekking tot de bruiloft, maar zo nu en dan verklapte Jane's stiekeme glimlach dat ze aan de nacht ervoor dacht.

Wetend dat het alleen maar drukker zou worden naarmate de dag verstreek, reden we de stad in voor een rustige lunch samen. We kochten wat broodjes bij de delicatessenwinkel in Pollock Street en slenterden naar de episcopale kerk, waar we in de schaduw van de magnolia's gingen zitten die door de hele tuin stonden.

Na de lunch liepen we hand in hand naar Union Point waar we over de Neuse uitkeken. Er was niet veel golfslag en het water wemelde van de boten in alle soorten en maten terwijl de jongelui van de laatste dagen van de zomer genoten voor ze terug naar school moesten. Voor het eerst in een week leek Jane volledig ontspannen en toen ik mijn arm om haar heen sloeg, voelde het vreemd genoeg aan alsof we een stel waren dat nog maar net samen begon. Het was de mooiste dag die we in jaren met elkaar hadden doorgebracht en ik zwolg in het gevoel tot we thuiskwamen en naar het bericht op het antwoordapparaat luisterden.

Het was Kate, die over Noah belde.

'Komen jullie alsjeblieft hierheen,' zei ze. 'Ik weet niet wat ik moet doen.'

Kate stond in de gang toen we in Creekside aankwamen.

'Hij wil er niet over praten,' zei ze zenuwachtig. 'Op dit moment zit hij naar de vijver te staren. Hij snauwde zelfs tegen me toen ik met hem probeerde te praten; hij zei dat, omdat ik er toch niet in geloofde, ik het niet zou begrijpen. Hij bleef maar aandringen dat hij alleen gelaten wilde worden, en uiteindelijk joeg hij me weg.'

'Maar lichamelijk is hij in orde?' vroeg Jane.

'Volgens mij wel. Hij wilde zijn lunch niet opeten – leek er zelfs kwaad over – maar afgezien daarvan lijkt hij in orde. Maar hij is echt overstuur. De laatste keer dat ik in zijn kamer gluurde, schreeuwde hij gewoon naar me dat ik weg moest.'

Ik keek even naar de gesloten deur. In al onze jaren samen had ik Noah nooit zijn stem horen verheffen.

Kate draaide nerveus aan haar zijden sjaal. 'Hij wil niet met Jeff of David praten – ze zijn een paar minuten geleden weggegaan. Ik geloof dat ze een beetje gekwetst waren door zijn manier van doen.'

'En hij wil ook niet met mij praten?' vroeg Jane.

'Nee,' antwoordde Kate. Ze haalde met een hulpeloos gezicht haar schouders op. 'Zoals ik al door de telefoon zei, ik weet niet of hij überhaupt wel met iemand wil praten. De enige met wie hij misschien zou praten ben jij.' Ze keek me sceptisch aan.

Ik knikte. Hoewel ik me zorgen maakte dat Jane het akelig zou vinden – zoals toen Noah in het ziekenhuis naar me had gevraagd – kneep ze bemoedigend in mijn hand en keek naar me op.

'Ik zou maar gaan kijken hoe het met hem gaat.'

'Tja, dat lijkt me ook.'

'Ik wacht hier wel bij Kate. Kijk eens of je hem zover krijgt dat hij iets eet.'

'Dat zal ik doen.'

Ik liep naar Noah's deur, klopte twee keer en duwde hem gedeeltelijk open.

'Noah? Ik ben het, Wilson. Mag ik binnenkomen?'

In zijn stoel bij het raam reageerde Noah niet. Ik wachtte een ogenblik voor ik de kamer binnenstapte. Op het bed zag ik het onaangeroerde blad met eten, en nadat ik de deur had dichtgedaan, sloeg ik mijn handen in elkaar.

'Kate en Jane dachten dat je misschien met mij zou willen praten.'

Ik zag zijn schouders omhooggaan toen hij diep ademhaalde, en vervolgens weer zakken. Met zijn witte haar dat over de boord van zijn trui viel, zag hij er piepklein uit in de schommelstoel.

'Staan ze daar nu?'

Hij praatte zo zacht dat ik hem bijna niet verstond.

'Ja.'

Noah zei verder niets meer. In de stilte liep ik de kamer door en ging op het bed zitten. Ik zag de spanning op zijn gezicht, al weigerde hij naar me te kijken.

'Ik zou graag willen horen wat er gebeurd is,' zei ik aarzelend.

Hij liet zijn kin zakken voor hij weer opkeek. Hij staarde uit het raam.

'Ze is weg,' zei hij. 'Toen ik er vanochtend heen ging, was ze er niet.'

Ik wist onmiddellijk over wie hij het had.

'Misschien was ze in een ander deel van de vijver. Misschien wist ze niet dat jij er was,' opperde ik.

'Ze is weg,' zei hij, zijn stem vlak en emotieloos. 'Ik wist het zodra ik wakker werd. Vraag me niet hoe, maar ik wist het. Ik voelde zomaar dat ze weg was en toen ik op weg naar de vijver ging, werd het gevoel steeds sterker. Maar ik wilde het niet geloven en ik heb een uur geprobeerd haar te roepen. Maar ze kwam niet opdagen.' Hij kromp ineen en ging toen rechtop zitten terwijl hij uit het raam bleef staren. 'Ik heb het ten slotte maar opgegeven.'

Achter het raam glinsterde de vijver in de zon. 'Wil je terug om te zien of ze er nu is?'

'Ze is er niet.'

'Hoe weet je dat?'

'Ik weet het gewoon,' zei hij. 'Net zoals ik vanochtend wist dat ze weg was.'

Ik deed mijn mond open om te reageren, maar bedacht me. Het had geen zin er iets tegenin te brengen. Noah was ervan overtuigd. Bovendien zei iets in me dat hij gelijk had.

'Ze komt wel terug,' zei ik, terwijl ik mijn best deed overtuigd te klinken.

'Misschien wel,' zei hij. 'Misschien ook niet. Ik heb geen flauw idee.'

'Ze zal je te veel missen om weg te blijven.'

'Waarom is ze dan weggegaan?' wilde hij weten. 'Het is niet logisch!'

Hij sloeg met zijn goede arm op de leuning van zijn stoel en schudde zijn hoofd.

'Ik wou dat zij het konden begrijpen.'

'Wie?'

'Mijn kinderen. De verpleegsters. Zelfs dokter Barnwell.'

'Je bedoelt dat Allie de zwaan is?'

Voor het eerst keek hij mijn kant op. 'Nee. Dat ik Noah ben. Dat ik dezelfde man ben die ik altijd ben geweest.'

Ik wist niet precies wat hij bedoelde, maar wist wel dat ik mijn mond moest houden terwijl ik wachtte tot hij zich nader verklaarde.

'Je had hen vandaag moeten zien. Nou én als ik er niet met ze over wil praten? Niemand gelooft me, en ik heb geen zin ze ervan te overtuigen dat ik weet waar ik het over heb. Ze zouden er alleen maar van alles tegenin gebracht hebben, zoals altijd. En nou én dat ik mijn lunch niet opeet? Nou, je zou gedacht hebben dat ik geprobeerd had uit het raam te springen. Ik ben overstuur en ik heb het volste recht om overstuur te zijn. Als ik overstuur ben, eet ik niet. Zo ben ik al mijn hele leven, maar nu doen ze net of mijn geestelijke vermogens nog erger achteruit zijn gegaan. Kate probeerde me met een lepel te voeren en net te doen of er niets aan de hand was. Kun je je dat voorstellen? En toen kwamen Jeff en David, en zij probeerden het te verklaren door te zeggen dat ze waarschijnlijk ergens eten aan het zoeken was, volledig voorbijgaand aan het feit dat ik haar twee keer per dag voer. Niemand van hen schijnt het iets te kunnen schelen dat er misschien iets met haar is gebeurd.'

Terwijl ik mijn best deed te begrijpen wat er aan de hand was, realiseerde ik me ineens dat er meer achter Noah's plotselinge woede zat dan de manier waarop zijn kinderen hadden gereageerd.

'Wat zit je werkelijk dwars?' vroeg ik vriendelijk. 'Dat ze deden alsof het maar gewoon een zwaan was?' Ik zweeg even. 'Dat hebben ze altijd gedacht, en dat weet je. Daar heb je je nooit iets van aangetrokken.'

'Het kan ze niks schelen.'

'Nou,' wierp ik tegen, 'het kan ze juist eerder te veel schelen.' Hij wendde koppig zijn blik af.

'Ik begrijp het gewoon niet,' zei hij opnieuw. 'Waarom zou ze weggaan?'

Door die woorden drong het ineens tot me door dat hij niet kwaad op zijn kinderen was. Hij reageerde ook niet eenvoudigweg op het feit dat de zwaan verdwenen was. Nee, het zat dieper, iets waarvan ik me afvroeg of hij het zelfs wel tegenover zichzelf durfde toegeven.

In plaats van aan te dringen zei ik niets, en we zwegen allebei. Terwijl ik wachtte, keek ik hoe zijn hand rusteloos op zijn schoot bewoog.

'Hoe is het gisteren met Jane gegaan?' vroeg hij na een ogenblik, zonder aanleiding.

Bij zijn woorden – en ondanks alles wat we besproken hadden – flitste er een beeld van hem met Allie dansend in de keuken door mijn hoofd.

'Beter dan ik had kunnen denken,' zei ik.

'En vond ze het album mooi?'

'Ze vond het geweldig.'

'Goed,' zei hij. Voor het eerst sinds ik binnengekomen was, glimlachte hij, maar de glimlach was weer even snel verdwenen als hij gekomen was.

'Ik weet zeker dat ze met je wil praten,' zei ik. 'En Kate is er ook nog steeds.'

'Dat weet ik,' zei hij, en hij keek verslagen. 'Ze mogen binnenkomen.'

'Weet je het zeker?'

Toen hij knikte, legde ik mijn hand op zijn knie. 'Zal het wel lukken vandaag?'

'Ja.'

'Zal ik tegen ze zeggen dat ze niet over de zwaan moeten praten?'

Hij dacht even over mijn woorden na voor hij zijn hoofd schudde. 'Het doet er niet toe.'

'Moet ik tegen je zeggen dat je geduld met ze moet hebben?'

Hij keek me lijdzaam aan. 'Ik ben niet erg in de stemming voor plagerijtjes, maar ik beloof dat ik niet weer zal schreeuwen. En maak je geen zorgen – ik zal niets doen waarmee ik Jane van streek maak. Ik wil niet dat ze zich zorgen over me maakt terwijl ze aan morgen zou moeten denken.'

Ik stond op van het bed en legde een hand op zijn schouder voor ik wegliep.

Noah, zo wist ik, was kwaad op zichzelf. Hij had de afgelopen vier jaar geloofd dat de zwaan Allie was – hij moest geloven dat ze een manier zou vinden om naar hem terug te komen – maar de onverklaarbare verdwijning van de zwaan had hem ernstig aan het twijfelen gemaakt.

Toen ik zijn kamer uit liep, hoorde ik hem bijna vragen: *En als de kinderen nu al die tijd gelijk hebben gehad?*

In de gang hield ik die informatie voor mezelf. Ik opperde overigens wel dat het het beste zou zijn als ze Noah zo veel mogelijk aan het woord zouden laten en zo natuurlijk mogelijk zouden reageren.

Kate en Jane knikten allebei, en Jane liep voorop naar binnen. Noah keek in onze richting. Jane en Kate bleven staan, wachtend tot ze uitgenodigd werden om verder te komen, omdat ze niet wisten wat ze konden verwachten.

'Hoi, papa,' zei Jane.

Hij forceerde een glimlach. 'Hoi, schat.'

'Alles goed?'

Hij wierp een blik op Jane en mij en toen op het blad op het bed met eten dat koud was geworden. 'Ik begin een beetje trek te krijgen, maar verder. Kate – zou jij...'

'Natuurlijk, papa,' zei Kate, terwijl ze naar hem toe kwam. 'Ik zal iets voor je halen. Soep misschien? Of een boterham met ham?'

'Een boterham klinkt goed.' Hij knikte. 'En misschien een kopje thee met suiker.'

'Ik ga het meteen beneden voor je halen,' zei Kate. 'Wil je ook een stukje chocoladetaart? Ik hoorde dat ze net chocoladetaart gebakken hebben.'

'Lekker,' zei hij. 'Dank je. En – het spijt me van daarnet. Ik was overstuur en ik had geen enkele reden om me op jou af te reageren.'

Kate glimlachte even naar hem. 'Het geeft niet, papa.'

Ze wierp mij een opgeluchte blik toe, al maakte ze zich duidelijk nog steeds zorgen. Zodra ze de kamer uit was, gebaarde Noah naar het bed.

'Kom binnen,' zei hij op rustige toon. 'Maak het je gemakkelijk.'

Terwijl ik door de kamer liep, keek ik naar Noah, me afvragend wat hij in de zin had. Op de een of andere manier had ik het vermoeden dat hij Kate eropuit had gestuurd omdat hij met Jane en mij alleen wilde praten.

Jane ging op het bed zitten. Toen ik naast haar ging zitten, pakte ze mijn hand. 'Ik vind het heel akelig van de zwaan, papa,' zei ze grootmoedig.

'Dank je,' zei hij. Ik zag aan zijn gezicht dat hij er verder niets over wilde zeggen. 'Wilson heeft me over het huis verteld,' zei hij in plaats daarvan. 'Ik heb gehoord dat het fantastisch is.'

Jane's gelaatsuitdrukking werd zachter. 'Het is net een sprookje, papa. Het is nog mooier dan het voor de bruiloft van Kate was.' Ze zweeg even. 'We hebben bedacht dat Wilson je om vijf uur zou kunnen ophalen. Ik weet dat het vroeg is, maar dan heb je de kans om wat tijd in het huis door te brengen. Je bent er al een tijdje niet meer geweest.'

'Dat is prima,' zei hij instemmend. 'Het is goed om het oude huis weer te zien.' Hij keek van Jane naar mij en toen weer naar Jane. Hij scheen voor het eerst te zien dat we hand in hand zaten, en hij glimlachte.

'Ik heb iets voor jullie allebei,' zei hij. 'En als jullie het niet erg vinden, geef ik het voor Kate terugkomt. Ik weet niet of ze het zal begrijpen.'

'Wat is het?' vroeg Jane.

'Help me eens even overeind,' zei hij. 'Het ligt in mijn bureau en het is moeilijk voor me om op te staan als ik een tijdje gezeten heb.'

Ik stond op en pakte zijn arm. Hij stond op en liep aarzelend naar het andere eind van de kamer. Nadat hij zijn la had opengedaan, haalde hij er een pakje uit en liep terug naar zijn stoel. De wandeling scheen hem vermoeid te hebben, en hij vertrok zijn gezicht toen hij weer ging zitten.

'Ik heb het gisteren door een van de verpleegsters laten inpakken,' zei hij, terwijl hij het ons toestak.

Het was klein en rechthoekig, in rode folie gewikkeld, maar terwijl hij het aan ons gaf, wist ik al wat erin zat. Jane blijkbaar ook, want we staken geen van beiden onze hand ernaar uit.

'Toe,' zei hij.

Jane aarzelde voor ze het ten slotte aannam. Ze ging met haar hand over het papier en keek toen op.

'Maar... papa...' zei ze.

'Maak eens open,' drong hij aan.

Jane legde het boek op de tafel en maakte het papier los; zonder doos was het boek onmiddellijk herkenbaar. Net als het kogelgat in de rechterbovenhoek, een kogel die in de Tweede

Wereldoorlog voor hem bedoeld was geweest. Het was *Leaves of Grass* van Walt Whitman, het boek dat ik hem had gebracht toen hij in het ziekenhuis lag, het boek waarmee ik me hem nooit zonder kon voorstellen.

'Van harte gefeliciteerd,' zei hij.

Jane hield het boek vast alsof ze bang was dat het zou breken. Ze keek even naar mij en toen naar haar vader. 'We kunnen dit niet aannemen,' zei ze; haar stem klonk zacht en net zo verstikt als ik me voelde.

'O, jawel,' zei hij.

'Maar… waarom?'

Hij keek ons aan. 'Wisten jullie dat ik dit iedere dag las terwijl ik op je moeder wachtte? Toen ze die zomer weggegaan was, toen we nog jong waren? Op een bepaalde manier was het net alsof ik de gedichten aan haar voorlas. En toen, nadat we getrouwd waren, lazen we het op de veranda, net zoals ik me voorgesteld had dat we zouden doen. We hebben in de loop der jaren ieder gedicht wel duizend keer gelezen. Er waren keren dat ik voorlas, en dan keek ik naar je moeder en zag dat haar lippen tegelijk met de mijne bewogen. Er kwam een moment dat ze alle gedichten uit haar hoofd kon voordragen.'

Hij staarde weer uit het raam, en ik wist ineens dat hij weer aan de zwaan zat te denken.

'Ik kan de bladzijden niet meer lezen,' vervolgde Noah. 'Ik kan de woorden niet meer onderscheiden, maar ik heb moeite met het idee dat niemand ze ooit weer zal lezen. Ik wil niet dat het een relikwie wordt, iets dat maar op de plank staat als een aandenken aan Allie en mij. Ik weet dat jullie niet zo dol op Whitman zijn als ik, maar van al mijn kinderen zijn jullie de enige twee die het helemaal gelezen hebben. En wie weet, misschien lezen jullie het nog een keer.'

Jane keek naar het boek. 'Dat zal ik doen,' beloofde ze.

'Ik ook,' voegde ik eraantoe.

'Dat weet ik,' zei hij, terwijl hij ons om beurten aankeek. 'Daarom wilde ik ook dat jullie het zouden krijgen.'

Nadat hij zijn lunch had opgegeten, zag Noah eruit alsof hij moest rusten, dus gingen Jane en ik naar huis.

Anna en Keith kwamen halverwege de middag aan, Leslie reed een paar minuten later de oprijlaan op, en we stonden met zijn allen in de keuken, kletsend en lachend als vroeger. We vertelden over de zwaan, maar gingen er niet te ver op in. In plaats daarvan stapten we in twee auto's en reden, met het oog op het weekend, naar Noah's huis. Net als Jane de avond tevoren waren Anna, Keith en Leslie met stomheid geslagen. Ze liepen een uur lang met open mond door het huis en de tuin, en terwijl ik bij de trap in de woonkamer bleef staan, kwam Jane naar me toe en ging stralend naast me staan. Ze ving mijn blik op, knikte in de richting van de trap en knipoogde. Ik lachte. Toen Leslie vroeg wat er te lachen viel, speelde Jane de onschuld zelve.

'Gewoon iets tussen je vader en mij. Een privé-grapje.'

Op weg naar huis reden we langs het vliegveld en haalden Joseph op. Hij begroette me met zijn gebruikelijke: 'Hoi, vaders,' en voegde er – ondanks alles wat er was gebeurd – alleen 'Je bent afgevallen' aan toe. Nadat hij zijn bagage had opgehaald, reed hij met me naar Creekside om Noah op te halen. Zoals altijd was Joseph ingetogen in mijn gezelschap, maar zodra hij Noah zag, fleurde hij aanzienlijk op. Noah was ook blij te zien dat Joseph was meegekomen. Ze zaten op de achterbank te praten en ze werden allebei levendiger naarmate we dichter bij huis kwamen, waar ze omhelsd werden zodra ze de deur binnenstapten. Al gauw zat Noah op de bank met Leslie aan de ene kant en Joseph aan de andere, en ze wisselden over en weer verhalen uit terwijl Anna en Jane in de keuken stonden te kletsen. De geluiden van het huis klonken plotseling weer vertrouwd, en ik merkte dat ik bij mezelf dacht dat het eigenlijk altijd zo zou moeten zijn.

Het eten werd doorspekt met gelach toen Jane en Anna de waanzin van de afgelopen week beschreven, en toen de avond op zijn eind begon te lopen, verraste Anna me door met haar vork tegen haar glas te tikken.

Terwijl iedereen stil was, nam ze het woord.

'Ik wil graag een toost uitbrengen op pap en mam,' zei ze, terwijl ze haar glas hief. 'Zonder jullie beiden zou dit allemaal niet mogelijk zijn geweest. Dit wordt de meest fantastische bruiloft die iemand zich maar zou kunnen wensen.'

Toen Noah moe werd, bracht ik hem terug naar Creekside. De gangen waren leeg toen ik hem naar zijn kamer bracht.

'Nogmaals bedankt voor het boek,' zei ik, terwijl ik bij de deur bleef staan. 'Het is het meest waardevolle geschenk dat je ons had kunnen geven.'

Zijn ogen, die grauw begonnen te worden van de staar, leken door me heen te kijken. 'Graag gedaan.'

Ik schraapte mijn keel. 'Misschien is ze er morgenochtend wel,' zei ik.

Hij knikte, wetend dat ik het goed bedoelde.

'Misschien wel,' zei hij.

Joseph, Leslie en Anna zaten nog steeds rond de tafel toen ik thuiskwam. Keith was een paar minuten daarvoor naar huis gegaan. Toen ik naar Jane vroeg, gebaarden ze in de richting van het terras. Toen ik de schuifdeuren opendeed, zag ik Jane tegen de balustrade geleund staan, en ik ging bij haar staan. We stonden een tijdje naast elkaar van de frisse zomerlucht te genieten, zonder dat we iets zeiden.

'Ging het met hem toen je hem afzette?' vroeg Jane ten slotte.

'Zo goed als je kunt verwachten. Maar hij was tegen het einde wel moe, hoor.'

'Denk je dat hij het leuk vond vanavond?'

'Ongetwijfeld,' zei ik. 'Hij vindt het heerlijk om bij de kinderen te zijn.'

Ze keek door de deur naar het tafereel in de eetkamer: Leslie zat druk te gebaren, duidelijk middenin een humoristisch verhaal, en Anna en Joseph lagen slap van het lachen, hun plezier zelfs buiten duidelijk hoorbaar.

'Als ik ze zo samen zie, komen er weer allerlei herinneringen boven,' zei ze. 'Ik wou dat Joseph niet zo ver weg woonde. Ik weet dat de meisjes hem missen. Ze zitten nu al bijna een uur zo te lachen.'

'Waarom zit jij niet aan tafel met ze?'

'Daar zat ik ook tot een paar minuten geleden. Toen ik je koplampen zag, sloop ik naar buiten.'

'Waarom?'

'Omdat ik alleen met je wilde zijn,' zei ze, terwijl ze me een speelse por gaf. 'Ik wilde je mijn cadeau voor onze trouwdag geven en zoals je zei, zal het morgen een beetje druk zijn.' Ze schoof een kaart naar me toe. 'Ik weet dat het er klein uitziet, maar het was niet het soort cadeau dat ik kon inpakken. Je zult het wel begrijpen zodra je ziet wat het is.'

Nieuwsgierig maakte ik de kaart open en vond het certificaat erin.

'Kooklessen?' zei ik glimlachend.

'In Charleston,' zei ze, en kwam dicht tegen me aan staan. Wijzend naar het certificaat ging ze verder. 'De lessen schijnen het neusje van de zalm te zijn. Zie je wel? Je brengt het weekend in de Mondori Inn door met hun chef-kok, en hij moet een van de beste van het land zijn. Ik weet dat je het in je eentje prima doet, maar ik dacht dat je het misschien leuk zou vinden om wat nieuwe technieken te leren. Blijkbaar leren ze je daar hoe je vlees moet snijden, wanneer de pan klaar is om vlees snel in dicht te schroeien, zelfs hoe je de gerechten die je opdient garneert. Je kent Helen wel, hè? Van het kerkkoor? Ze zei dat het een van de leukste weekends was die ze ooit heeft gehad.'

Ik sloeg even mijn armen om haar heen. 'Dank je,' zei ik. 'Wanneer is het?'

'De lessen zijn in september en oktober – steeds het eerste en derde weekend van de maand – dus je hebt tijd om te zien hoe het met je afspraken zit voor je besluit te gaan. En dan hoef je alleen maar te bellen.'

Ik bestudeerde het certificaat terwijl ik me probeerde voor te stellen hoe de lessen zouden zijn. Bezorgd over mijn stilte zei Jane aarzelend: 'Als je het niet leuk vindt, krijg je wel iets anders van me.'

'Nee, het is perfect,' zei ik geruststellend. Toen voegde ik er fronsend aan toe: 'Maar er is wel één ding.'

'Ja?'

Ik sloeg mijn armen om haar heen. 'Ik zou meer van de lessen genieten als we ze samen konden volgen. Zullen we er een romantisch weekend van maken? Charleston is prachtig in die tijd van het jaar en we zullen het echt naar onze zin hebben in de stad.'

'Meen je dat?' vroeg ze.

Ik trok haar naar me toe en keek haar diep in de ogen. 'Ik kan niets bedenken wat ik liever zou doen. Ik zou je te veel missen om ervan te kunnen genieten.'

'Als je een tijdje uit elkaar bent, ga je meer naar elkaar verlangen,' zei ze plagerig.

'Ik geloof niet dat dat mogelijk is,' zei ik, terwijl ik ernstiger werd. 'Je hebt geen idee hoeveel ik van je hou.'

'Jawel hoor,' zei ze.

Vanuit mijn ooghoek zag ik de kinderen naar ons kijken terwijl ik me vooroverboog om haar te kussen en haar lippen tegen de mijne voelde. Vroeger zou ik er verlegen van zijn geworden. Maar nu deed het er helemaal niet toe.

18

Ik was op zaterdagochtend minder zenuwachtig dan ik had verwacht.

Anna kwam langs toen iedereen op was en verbaasde ons met haar nonchalance terwijl ze met haar familie ontbeet. Daarna gingen we allemaal op het terras zitten waar de tijd bijna in slowmotion verstreek. Misschien waren we ons in stilte aan het schrapzetten voor de drukte die later die middag zou volgen.

Meer dan eens zag ik Leslie en Joseph naar Jane en mij kijken, blijkbaar gebiologeerd door het beeld van ons terwijl we elkaar speels een por gaven of om elkaars verhalen lachten. Terwijl Leslie bijna ontroerd leek – bijna als een trotse ouder – was Josephs uitdrukking moeilijker te doorgronden. Ik kon niet zien of hij blij voor ons was of dat hij zich zat af te vragen hoe lang die nieuwe fase zou duren.

Misschien waren hun reacties gerechtvaardigd. In tegenstelling tot Anna hadden ze ons de laatste tijd niet veel gezien, en ze herinnerden zich ongetwijfeld hoe we, de laatste keer dat ze ons samen hadden gezien, tegen elkaar waren geweest. Toen Joseph met Kerstmis thuis was, hadden Jane en ik inderdaad amper een woord tegen elkaar gezegd. En ik wist natuurlijk dat hij zich haar bezoek aan New York het jaar ervoor nog herinnerde.

Ik vroeg me af of Jane iets merkte van de onderzoekende blikken van haar kinderen. Als ze het al deed, dan besteedde ze er geen aandacht aan. In plaats daarvan trakteerde ze Joseph en

Leslie op verhalen over de organisatie van de bruiloft, niet in staat haar blijdschap over hoe goed het allemaal uitgepakt had onder stoelen of banken te steken. Leslie had wel honderd vragen en raakte in vervoering over iedere romantische onthulling; Joseph zat tevreden en in stilte te luisteren. Anna deed zo nu en dan een duit in het zakje, meestal als antwoord op een vraag. Ze zat naast me op de bank, en toen Jane opstond om de koffiepot bij te vullen, keek Anna haar moeder over haar schouder na. Toen pakte ze mijn hand, boog zich naar mijn oor en fluisterde eenvoudig: 'Ik kan niet wachten tot vanavond.'

De vrouwen van de familie hadden om één uur een afspraak met de kapper en kwekten als schoolmeisjes terwijl ze de deur uit gingen. Ikzelf was halverwege de ochtend gebeld door zowel John Peterson als Henry MacDonald met de vraag of ik bereid was om ze in Noah's huis te ontvangen. Peterson wilde horen hoe de piano klonk en MacDonald wilde een kijkje in de keuken en de rest van de eetruimte nemen om zich ervan te verzekeren dat het diner soepel zou verlopen. Beide mannen beloofden hun bezoek kort te houden, maar ik verzekerde hun dat het geen probleem was. Ik moest nog iets in het huis leggen – iets dat Leslie in haar kofferbak had laten liggen – en ging er toch langs.

Net toen ik weg wilde gaan, hoorde ik Joseph de woonkamer achter me binnenkomen.

'Hoi, vaders. Vind je het goed als ik meega?'

'Ja natuurlijk,' zei ik.

Joseph keek uit het raam en zei niet veel tijdens de rit naar Noah's huis. Hij was er jaren niet meer geweest en scheen het uitzicht eenvoudigweg op te slorpen terwijl we over de met bomen omzoomde weggetjes reden. Hoewel New York City opwindend was – en Joseph beschouwde het nu als zijn thuis – voelde ik zomaar dat hij vergeten was hoe mooi het platteland kan zijn.

Ik minderde vaart, reed de oprijlaan op en zette de auto op mijn vaste plekje. Toen we uit de auto stapten, bleef Joseph een ogenblik staan en keek naar het huis. Het lag te stralen in het felle zomerlicht. Binnen enkele uren zouden Anna, Leslie en Jane boven zijn om zich aan te kleden voor de bruiloft. De stoet, zo hadden we besloten, zou vanuit het huis beginnen; terwijl ik naar de ramen op de eerste verdieping keek, probeerde ik me die laatste momenten voor de huwelijksinzegening voor te stellen wanneer alle gasten zaten te wachten, maar het lukte me niet.

Toen ik mezelf uit mijn dagdroom wakker schudde, zag ik dat Joseph bij de auto vandaan was gelopen en in de richting van de tent liep. Hij liep met zijn handen in zijn zakken terwijl zijn blik door de tuin dwaalde. Bij de ingang van de tent bleef hij staan en keek over zijn schouder naar me, wachtend tot ik naar hem toe kwam.

We dwaalden zwijgend door de tent en de rozentuin en toen het huis in. Hoewel Joseph niet zichtbaar opgewonden was, voelde ik dat hij net zo onder de indruk was als Leslie en Anna waren geweest. Aan het eind van de rondleiding stelde hij wat vragen over het technische gedeelte van wat er gedaan was – het wie, wat en hoe – maar tegen de tijd dat de cateraar de oprijlaan op kwam gereden, was hij weer in stilzwijgen vervallen.

'En wat vind je ervan?' vroeg ik.

Hij antwoordde niet meteen, maar er verscheen een flauwe glimlach om zijn lippen terwijl hij zijn blik over de tuin en het huis liet dwalen. 'Eerlijk gezegd,' gaf hij ten slotte toe, 'kan ik niet geloven dat het je gelukt is.'

Terwijl ik zijn blik volgde, schetste ik in een paar woorden hoe het er een paar dagen ervoor had uitgezien. 'Goed, hè?' zei ik afwezig.

Op mijn woorden schudde Joseph zijn hoofd. 'Ik heb het niet alleen hierover,' zei hij, terwijl hij naar het omringende landschap wees. 'Ik heb het over mam.' Hij zweeg even om te zien of hij mijn volle aandacht had. 'Vorig jaar toen ze naar mij kwam,' vervolgde hij, 'was ze erger over haar toeren dan ik haar ooit had gezien. Ze huilde toen ze uit het vliegtuig stapte. Wist je dat?'

Mijn gezicht sprak boekdelen.

Hij stak zijn handen in zijn zakken en keek naar de grond om mijn blik te ontwijken. 'Ze zei dat ze niet wilde dat je haar zo zag, dus had ze geprobeerd zich goed te houden. Maar in het vliegtuig... Ik denk dat het haar gewoon te veel was geworden.' Hij aarzelde. 'Ik bedoel, daar stond ik op het vliegveld om mijn moeder op te halen, en ze stapt uit het vliegtuig met het gezicht van iemand die net van een begrafenis komt. Ik weet dat ik iedere dag op mijn werk met verdriet te maken heb, maar als het je eigen moeder is...'

Zijn stem stierf weg en ik hield wijselijk mijn mond.

'Ze hield me die eerste avond dat ze er was tot na middernacht wakker. Ze bleef maar praten en huilen over wat er tussen jullie aan de hand was. En ik moet toegeven dat ik kwaad op je was. Niet alleen omdat je de trouwdag vergeten was, maar om alles. Het was net alsof je ons gezin als iets vanzelfsprekends beschouwde en waarvoor je nooit inspanningen wilde leveren. Uiteindelijk zei ik tegen haar dat als ze na zo veel jaren nog steeds ongelukkig was, ze in haar eentje misschien beter af zou zijn.'

Ik wist niet wat ik moest zeggen.

'Ze is een fantastische vrouw, vaders,' zei hij, 'en ik vond het vreselijk haar zo gekwetst te zien. En de daaropvolgende paar dagen ging het beter – een beetje tenminste. Maar ze moest er nog steeds niet aan denken om terug naar huis te gaan. Ze keek zo echt heel verdrietig wanneer we het erover kregen, dus vroeg ik uiteindelijk of ze bij mij in New York wilde blijven. Even dacht ik dat ze me eraan zou houden, maar ten slotte zei ze dat ze het niet kon. Ze zei dat jij haar nodig had.'

Ik kreeg een brok in mijn keel.

'Toen je me vertelde wat je voor jullie trouwdag wilde doen, was mijn eerste gedachte dat ik er niets mee te maken wilde hebben. Ik verheugde me er niet eens op om dit weekend te komen. Maar gisteravond...' Hij schudde zijn hoofd en zuchtte. 'Je had haar moeten horen toen je weg was om Noah naar huis te brengen. Ze bleef maar over je praten. Ze ging maar door over hoe geweldig je was geweest en hoe goed jullie het weer met elkaar kunnen vinden. En toen ik zag hoe jullie elkaar op het terras kusten...'

Hij keek me aan met een gezicht waar het ongeloof afdroop, en het was net of hij me voor het eerst zag. 'Het is je gelukt, vaders. Ik weet niet hoe, maar het is je gelukt. Ik geloof niet dat ik haar ooit gelukkiger heb gezien.'

Peterson en MacDonald waren precies op tijd en zoals beloofd, bleven ze niet lang. Ik borg het voorwerp uit Leslie's kofferbak op en onderweg naar huis reden Joseph en ik naar het verhuurbedrijf om twee smokings op te halen – een voor hem, de tweede voor Noah. Ik zette Joseph bij huis af voor ik naar Creekside reed, aangezien hij nog iets te doen had voor de huwelijksplechtigheid.

Noah zat in de stoel terwijl de late middagzon door het raam naar binnen scheen en toen hij zich omdraaide om me te begroeten, zag ik dat de zwaan niet teruggekomen was. Ik bleef in de deuropening staan.

'Hallo, Noah,' zei ik.

'Hallo, Wilson,' fluisterde hij. Hij zag er verschrompeld uit, alsof de rimpels in zijn gezicht in de nacht dieper geworden waren.

'Gaat het?'

'Het kon beter,' zei hij. 'Maar het kon ook slechter.'

Hij forceerde een glimlach alsof hij me wilde geruststellen.

'Ben je klaar om te gaan?'

'Ja.' Hij knikte. 'Ik ben klaar.'

Op de oprijlaan zei hij niets over de zwaan. In plaats daarvan staarde hij uit het raampje zoals Joseph had gedaan, en ik liet hem alleen met zijn gedachten. Niettemin groeide mijn verwachtingsvolle spanning naarmate we dichter bij het huis kwamen. Ik kon niet wachten tot hij zag wat ik gedaan had en ik nam, denk ik, aan dat Noah net zo onder de indruk zou zijn als iedereen was geweest.

Maar vreemd genoeg vertoonde hij geen enkele reactie toen hij uitstapte. Hij keek om zich heen en haalde heel licht zijn schouders op. 'Ik dacht dat je zei dat je de boel had laten opknappen,' zei hij.

Ik knipperde met mijn ogen terwijl ik me afvroeg of ik hem goed verstaan had.

'Dat heb ik ook.'

'Waar dan?'

'Overal,' zei ik. 'Kom mee, dan laat ik je de tuin zien.'

Hij schudde zijn hoofd. 'Ik kan hem van hier zien. Hij ziet er net zo uit als altijd.'

'Nu, misschien, maar je had hem vorige week moeten zien,' zei ik bijna verdedigend. 'Hij was helemaal overwoekerd. En het huis…'

Hij viel me met een ondeugende grijns in de rede.

'Gefopt,' zei hij met een knipoog. 'Nou, kom op – laat me eens zien wat je gedaan hebt.'

We maakten een rondje door de tuin en het huis voor we op de schommelbank op de veranda gingen zitten. We hadden een uur voor onszelf voor we onze smoking moesten aantrekken. Joseph was aangekleed tegen de tijd dat hij kwam en werd een paar minuten later gevolgd door Anna, Leslie en Jane die rechtstreeks van de kapper kwamen. De meisjes waren giechelig toen ze uitstapten. Voor Jane uit lopend, verdwenen ze snel naar boven, hun jurk over hun arm gedrapeerd.

Jane bleef voor me staan, haar ogen twinkelend terwijl ze hen nakeek.

'Nou, denk eraan,' zei ze, 'Keith mag Anna niet van tevoren zien, dus laat hem niet naar boven gaan.'

'Nee,' beloofde ik.

'Laat trouwens niemand naar boven gaan. Het moet een verrassing zijn.'

Ik stak twee vingers op. 'Ik zal de trap met mijn leven bewaken,' zei ik.

'Dat geldt ook voor jou, hoor.'

'Dat dacht ik al.'

Ze wierp een blik op de verlaten trap. 'Ben je al zenuwachtig?'

'Een beetje.'

'Ik ook. Het is zo moeilijk te geloven dat ons kleine meisje al zo groot is en dat ze nu zelfs trouwt.'

Hoewel opgewonden, klonk ze een beetje weemoedig, en ik boog me voorover om haar een kus op haar wang te geven. Ze glimlachte.

'Luister – ik moet Anna gaan helpen. Ze moet in haar jurk geholpen worden – hij hoort heel strak te zitten. En ik moet me ook gaan omkleden.'

'Dat weet ik,' zei ik. 'Ik zie je straks.'

In het daaropvolgende uur kwam eerst de fotograaf, gevolgd door John Peterson en toen de cateraars die allemaal slagvaardig aan de gang gingen. De taart werd bezorgd en op de standaard gezet, de bloemist kwam met een boeket, boutonnières en corsages, en net voor de gasten zouden arriveren, nam de predikant de volgorde van de stoet met me door.

Al snel begon het erf vol te stromen met auto's. Noah en ik stonden op de veranda om de meeste gasten te begroeten voor we ze naar de tent stuurden, waar Joseph en Keith de dames naar hun stoel brachten. John Peterson zat al achter de piano, en de zachte klanken van Bach zweefden door de warme avondlucht. Al snel zat iedereen en stond de predikant op zijn plaats.

Toen de zon begon onder te gaan, nam de tent een mysterieuze gloed aan. Kaarsen flakkerden op de tafels, en cateraars waren achter bezig met het neerzetten van het eten.

Voor het eerst begon de gebeurtenis iets echts voor me te krijgen. In een poging om kalm te blijven, begon ik te ijsberen. De huwelijksplechtigheid zou in minder dan een kwartier beginnen en ik nam aan dat mijn vrouw en dochters wisten wat ze aan het doen waren. Ik probeerde mezelf ervan te overtuigen dat ze eenvoudigweg tot het laatste moment wachtten om te voorschijn te komen, maar toch gluurde ik om de paar minuten door de openstaande voordeur naar de trap. Noah zat op de schommelbank en keek met een geamuseerd gezicht naar me.

'Je ziet eruit als een doelwit in zo'n schiettent op de kermis,' zei hij. 'Je weet wel – waar de pinguïns heen en weer gaan.'

Ik ontspande mijn voorhoofd. 'Is het zo erg?'

'Volgens mij heb je een groef in de veranda gesleten.'

Ik besloot dat ik beter kon gaan zitten en terwijl ik naar hem toe liep, hoorde ik voetstappen de trap af komen.

Noah stak zijn handen op om te gebaren dat hij bleef zitten, en met een diepe zucht liep ik de hal in. Jane kwam langzaam de trap af, met één hand op de leuning, en ik kon alleen maar staren.

Met haar haar opgestoken zag ze er onmogelijk verleidelijk uit. Haar perzikkleurige japon hing uitnodigend om haar lichaam, en haar lippen waren glanzend roze. Ze had net genoeg oogschaduw op om haar donkere ogen te accentueren en toen ze mijn gezicht zag, bleef ze staan, zich koesterend in mijn bewondering.

'Je ziet er... ongelooflijk uit,' wist ik uit te brengen.

'Dank je,' zei ze zacht.

Een ogenblik later kwam ze door de hal naar me toe gelopen. Toen ze dichterbij kwam, ving ik een zweem van haar nieuwe parfum op, maar toen ik me voorover boog om haar te kussen, trok ze zich terug voor ik te dichtbij kwam.

'Niet doen,' zei ze lachend. 'Dan smeer je mijn lippenstift uit.'

'Echt?'

'Echt,' zei ze en sloeg mijn graaiende handen weg. 'Je mag me later kussen – dat beloof ik. Als ik eenmaal begin te huilen, is mijn make-up toch al naar de maan.'

'Waar blijft Anna toch?'

Ze knikte in de richting van de trap. 'Ze is klaar, maar ze wilde nog even met Leslie alleen praten voor ze naar beneden kwam. Nog even snel als zusjes onder elkaar, denk ik.' Er lag een dromerige glimlach om haar lippen. 'Ik kan niet wachten tot je haar ziet. Ik geloof niet dat ik ooit een mooiere bruid heb gezien. Is alles klaar?'

'Zodra hij een teken krijgt, speelt John de bruidsmars.'

Jane knikte. Ze zag er zenuwachtig uit. 'Waar is papa?'

'Waar hij hoort,' zei ik. 'Rustig maar – alles zal perfect verlopen. We hoeven nu alleen nog maar te wachten.'

Ze knikte opnieuw. 'Hoe laat is het?'

Ik keek op mijn horloge. 'Acht uur,' zei ik, en net toen Jane wilde vragen of ze Anna moest gaan halen, ging de deur boven krakend open. We keken allebei tegelijkertijd op.

Leslie was de eerste die verscheen, en net als Jane was ze een plaatje. Haar huid had de frisheid van de jeugd en ze kwam met nauwelijks verholen plezier de trap af gehuppeld. Haar jurk was ook perzikkleurig, maar in tegenstelling tot die van Jane was deze mouwloos en liet haar zonverbrande gespierde armen zien toen ze de leuning omklemde. 'Ze komt eraan,' zei ze ademloos. 'Ze komt er zo aan.'

Joseph glipte achter ons om naar binnen en ging naast zijn zus staan. Jane pakte me bij de arm, en tot mijn verbazing zag ik dat mijn handen trilden. Dit was het, dacht ik, dit was waar het allemaal om draaide. En toen we de deur boven open hoorden gaan, grijnsde Jane meisjesachtig.

'Daar komt ze,' fluisterde ze.

Ja, Anna kwam, maar zelfs toen waren mijn gedachten bij Jane. Terwijl ze naast me stond, wist ik dat ik nooit méér van haar gehouden had. Mijn mond was ineens droog geworden.

Toen Anna verscheen, werden Jane's ogen groot. Een ogenblik lang leek ze versteend, sprakeloos. Toen ze het gezicht van haar moeder zag, kwam Anna net zo snel als Leslie de trap af, met één arm achter haar rug.

De jurk die ze droeg, was niet de jurk die Jane haar een paar minuten geleden nog had zien dragen. In plaats daarvan droeg ze de jurk die ik die ochtend had laten bezorgen – ik had hem in zijn kledinghoes in een van de lege kasten gehangen – en hij paste perfect bij Leslie's jurk.

Voor Jane de kracht had verzameld om iets te zeggen, liep Anna naar haar toe en liet zien wat ze achter haar rug verborgen had gehouden.

'Ik denk dat jij degene bent die deze moet dragen,' zei ze eenvoudig.

Toen ze de bruidssluier zag die Anna in haar handen hield, knipperde ze snel met haar ogen; ze kon het niet geloven. 'Wat is er aan de hand?' wilde ze weten. 'Waarom heb je je trouwjurk uit gedaan?'

'Omdat ik niet trouw,' zei Anna met een kalme glimlach. 'Nog niet tenminste.'

'Waar heb je het over?' riep Jane uit. 'Natuurlijk trouw je…'

Anna schudde haar hoofd. 'Dit is nooit mijn bruiloft geweest, mam. Het is jóuw bruiloft.' Ze zweeg even. 'Waarom dacht je dat ik je alles heb laten uitzoeken?'

Jane leek Anna's woorden niet te kunnen verwerken. In plaats daarvan keek ze van Anna naar Joseph en Leslie, zoekend naar antwoorden op hun lachende gezichten voor ze eindelijk naar mij keek.

Ik pakte Jane's handen en bracht ze naar mijn lippen. Een jaar van organiseren, een jaar van geheimen voor dit moment. Ik kuste zachtjes haar vingers voor ik haar aankeek.

'Je zei toch dat je opnieuw met me zou trouwen?'

Een ogenblik lang leek het alsof we alleen in het vertrek waren. Terwijl Jane me aanstaarde, dacht ik aan al die afspraken die ik stiekem in het afgelopen jaar had gemaakt – een vakantie op precies het juiste moment, de fotograaf en cateraar die toevallig net nog een 'gaatje' hadden, bruiloftsgasten zonder plannen voor het weekend, de werklieden die in staat waren om een plekje in hun agenda vrij te maken om het huis in slechts een paar dagen in orde te maken.

Het duurde een paar seconden, maar toen verscheen er langzaam iets van begrip op Jane's gezicht. En toen ze volledig door had wat er aan de hand was – waar dit weekend in werkelijkheid om draaide – keek ze me vol verwondering en ongeloof aan.

'Mijn bruiloft?' Haar stem klonk zacht, bijna ademloos.

Ik knikte. 'De bruiloft die ik je lang geleden al had moeten geven.'

Hoewel Jane meteen alle bijzonderheden wilde horen, pakte ik de sluier die Anna nog in haar handen had.

'Ik vertel je er tijdens de receptie wel over,' zei, ik terwijl ik hem voorzichtig op haar hoofd zette. 'Maar nu zitten de gasten te wachten. Joseph en ik worden vooraan verwacht, dus ik moet gaan. Vergeet het boeket niet.'

Jane's ogen stonden smekend. 'Maar... wacht...'

'Ik kan echt niet blijven,' zei ik zachtjes. 'Ik hoor je niet vooraf te zien, weet je nog?' Ik glimlachte. 'Maar ik zie je over een paar minuten, oké?'

Ik voelde de ogen van de gasten op me gericht toen Joseph en ik naar de pergola liepen. Een ogenblik later stonden we naast Harvey Wellington, de predikant die ik gevraagd had ons te trouwen.

'Je hebt de ringen toch wel, hè?' vroeg ik.

Joseph klopte op zijn borstzak. 'Hier, vaders. Ik heb ze vandaag opgehaald, precies zoals je gevraagd had.'

In de verte zakte de zon onder de boomtoppen en de hemel werd langzaam grijs. Mijn ogen dwaalden over de gasten en toen ik hun gedempte gefluister hoorde, werd ik overspoeld door een gevoel van dankbaarheid. Kate, David en Jeff zaten met hun echtgenoten op de eerste rijen, Keith zat pal achter hen, en erachter zaten de vrienden die Jane en ik al een leven lang hadden. Ik was iedereen dank verschuldigd omdat ze dit mogelijk hadden gemaakt. Sommigen hadden foto's voor het album gestuurd, anderen hadden me geholpen de juiste mensen te vinden om te helpen met de plannen voor de bruiloft. Maar mijn dankbaarheid ging niet alleen naar hen uit voor dat soort dingen. Tegenwoordig leek het onmogelijk om geheimen te bewaren, maar niet alleen had iedereen dit voor zich gehouden, ze waren ook enthousiast op komen dagen, klaar om dit speciale moment in ons leven te vieren.

Ik wilde Anna het meest van allemaal bedanken. Niets van dit alles zou mogelijk zijn geweest zonder haar bereidwillige deelname, en het kan niet gemakkelijk voor haar geweest zijn. Ze had voortdurend op haar woorden moeten letten, terwijl ze Jane bezig hield. Het was ook voor Keith een behoorlijke belasting geweest, en ik bedacht dat hij op een dag een prima schoonzoon zou zijn. Ik beloofde mezelf dat, wanneer Anna en hij inderdaad besloten om te trouwen, zij precies de bruiloft zou krijgen die ze wilde hebben, wat het ook kostte.

Leslie was ook een enorme hulp geweest. Zij was degene die Jane overgehaald had om in Greensboro te blijven en zij was degene die naar de winkel was gereden om Anna's bijpassende jurk te kopen voor ze hem mee naar huis nam. Maar vooral was zij degene op wie ik een beroep deed om de bruiloft zo mooi mogelijk te maken. Met haar liefde voor romantische films kwam het allemaal vanzelf bij haar op, en het was haar idee geweest om Harvey Wellington en John Peterson te vragen.

Dan was er natuurlijk Joseph nog. Hij was het minst uitgelaten van mijn kinderen toen ik hem vertelde wat ik van plan was te doen, maar dat had ik kunnen verwachten. Wat ik niet verwachtte, was zijn hand op mijn schouder toen we onder de pergola stonden en wachtten tot Jane kwam.

'Hé, vaders,' fluisterde hij.

'Ja?'

Hij glimlachte. 'Ik wilde alleen even zeggen dat ik het een eer vind dat je mij als getuige hebt gevraagd.'

Bij zijn woorden kreeg ik een brok in mijn keel. 'Dank je,' was het enige wat ik kon zeggen.

De bruiloft was helemaal zoals ik had gehoopt dat hij zou worden. Ik zal nooit de gedempte opwinding van de mensen vergeten of de manier waarop ze reikhalzend naar mijn dochters keken toen die over het gangpad liepen. Ik zal nooit vergeten hoe mijn handen begonnen te trillen toen ik de eerste klanken van de 'Bruiloftsmars' hoorde of hoe stralend Jane keek toen ze door haar vader over het gangpad werd geleid.

Met haar sluier op, zag Jane eruit als een mooie, jonge bruid. Met een boeket van tulpen en babyroosjes losjes in haar handen, leek ze over het gangpad te zweven. Naast haar straalde Noah van onverholen genoegen, op en top de trotse vader.

Aan het eind van het gangpad bleven Jane en hij staan, en Noah lichtte langzaam haar sluier op. Nadat hij haar een kus op haar wang had gegeven, fluisterde hij haar iets in het oor en ging toen op zijn plekje op de eerste rij naast Kate zitten. Achter hen zag ik vrouwen al met zakdoekjes hun tranen deppen.

Harvey opende de plechtigheid met het uitspreken van een dankgebed. Na ons gevraagd te hebben elkaar aan te kijken, sprak hij vervolgens over liefde en vernieuwing en de inspanningen die ervoor nodig zijn. Tijdens de hele plechtigheid bleef Jane hard in mijn hand knijpen terwijl haar ogen geen moment van de mijne afdwaalden.

Toen het moment daar was, vroeg ik Joseph om de ringen. Voor Jane had ik een diamanten trouwdagring gekocht; voor mezelf had ik een kopie gekocht van de ring die ik altijd gedragen had, een die leek te glanzen van hoop op een betere toekomst.

We spraken opnieuw de beloften uit die we lang geleden hadden gedaan en schoven de ringen aan elkaars vingers. Toen het moment kwam om de bruid te kussen, deed ik dat onder het geluid van gejuich, gefluit en applaus, en een explosie van flitslampjes.

De receptie ging tot middernacht door. Het diner was fantastisch, en John Peterson was geweldig in vorm op de piano. Elk van de kinderen bracht een heildronk uit – net als ik, om iedereen te bedanken voor wat ze hadden gedaan. Jane hield niet op met glimlachen.

Na het eten zetten we een paar tafels aan de kant en Jane en ik dansten urenlang. In de momenten die ze nam om op adem te komen, bestookte ze me met vragen die me het grootste deel van de tijd dat ik niet sliep geplaagd hadden.

'En als iemand nou zijn mond voorbij had gepraat?'

'Maar dat hebben ze niet gedaan,' antwoordde ik.

'Maar als ze het wél hadden gedaan?'

'Dat weet ik niet. Ik denk dat ik gewoon hoopte dat als iemand inderdaad zijn mond voorbij praatte, je zou denken dat je het verkeerd gehoord had. Of dat je niet zou geloven dat ik gek genoeg zou zijn om zoiets te doen.'

'Je hebt wel veel vertrouwen in veel mensen.'

'Dat weet ik,' zei ik. 'En ik ben dankbaar dat ze bewezen hebben dat ik gelijk had.'

'Ik ook. Dit is de mooiste avond van mijn leven.' Ze aarzelde terwijl ze haar blik door de kamer liet gaan. 'Dank je, Wilson. Voor iedere seconde hiervan.'

Ik sloeg mijn arm om haar heen. 'Graag gedaan.'

Toen de klok naar middernacht kroop, begonnen de gasten weg te gaan. Ieder van hen gaf mij een hand op weg naar buiten en Jane een kus. Toen John Peterson eindelijk de piano dichtklapte, bedankte Jane hem uitbundig. In een opwelling gaf hij haar een kus op de wang. 'Ik had het voor geen goud willen missen,' zei hij.

Harvey Wellington en zijn vrouw hoorden bij de laatsten die weggingen, en Jane en ik liepen met hen mee tot op de veranda. Toen Jane Harvey bedankte omdat hij de plechtigheid had willen leiden, schudde hij zijn hoofd. 'Geen dank. Er is niets mooiers dan deel uitmaken van iets als dit. Dit is waar het huwelijk om draait.'

Jane glimlachte. 'Ik zal jullie bellen om samen te gaan eten.'

'Dat zou ik leuk vinden.'

De kinderen zaten rond een van de tafels rustig over de avond te praten, maar afgezien daarvan was het stil in huis. Jane ging bij hen aan tafel zitten en toen ik achter haar ging staan, keek ik de kamer rond en realiseerde me dat Noah ongemerkt weggeglipt was.

Hij was de hele avond opvallend stil geweest, en ik dacht dat hij misschien op de veranda achter was gaan staan om alleen te kunnen zijn. Daar had ik hem eerder aangetroffen en eerlijk gezegd maakte ik me een beetje zorgen om hem. Het was een lange dag geweest en nu het laat begon te worden, wilde ik vragen of hij terug wilde naar Creekside. Maar toen ik op de veranda stapte, zag ik hem niet.

Ik wilde net naar binnen gaan om in de kamers boven te kijken, toen ik in de verte een eenzame gestalte op de oever van de rivier zag staan. Hoe het mogelijk was dat ik hem zag, zal ik nooit precies weten, maar misschien zag ik zijn handen bewegen in het donker. Met zijn smoking aan ging hij volledig op in de nachtelijke omgeving.

Ik aarzelde of ik hem zou roepen, maar besloot het niet te doen. Om de een of andere reden had ik het gevoel dat hij niet wilde dat iemand anders wist dat hij daar stond. Maar ik was nieuwsgierig en aarzelde maar even voor ik de trap af ging. Ik begon in zijn richting te lopen.

Boven me schitterde de sterrenhemel en in de frisse lucht hing de geur van aarde, zo karakteristiek voor het laagland. Mijn schoenen maakten een zacht schraperig geluid op het grind, maar toen ik op het gras kwam, begon het terrein te hellen, eerst geleidelijk, maar toen steeds steiler. Ik had moeite mijn evenwicht te bewaren tussen de dichter wordende begroeiing. Terwijl ik takken uit mijn gezicht duwde, kon ik niet begrijpen waarom – of hoe – Noah zo gelopen was.

Hij stond met zijn rug naar me toe te fluisteren toen ik dichterbij kwam. De zachte intonatie van zijn stem was onmiskenbaar. Eerst dacht ik dat hij het tegen mij had, maar ik realiseerde me ineens dat hij niet eens wist dat ik er was.

'Noah?' vroeg ik zachtjes.

Hij draaide zich verrast om en keek me aan. Het duurde een ogenblikje voor hij me in het donker herkende, maar langzaam ontspande zijn gezicht. Terwijl ik voor hem stond, had ik het vreemde gevoel dat ik hem op iets verkeerds betrapte.

'Ik hoorde je niet komen. Wat doe je hier?'

Ik glimlachte geamuseerd. 'Ik wilde jou hetzelfde vragen.'

In plaats van antwoord te geven knikte hij in de richting van het huis. 'Dat was me het feestje wel dat je gegeven hebt. Je hebt jezelf echt overtroffen. Ik geloof niet dat Jane de hele avond ook maar één moment opgehouden is met glimlachen.'

'Dank je.' Ik aarzelde. 'Heb je het naar je zin gehad?'

'Ik vond het geweldig,' zei hij.

Een ogenblik lang zeiden we geen van beiden iets.

'Gaat het?' vroeg ik ten slotte.

'Het kon beter,' zei hij. 'Maar het kon ook slechter.'

'Weet je het zeker?'

'Ja,' zei hij. 'Ik weet het zeker.'

Misschien als reactie op mijn nieuwsgierige blik merkte hij op: 'Het is zo'n mooie avond. Ik wilde er maar eens even van genieten.'

'Hier?'

Hij knikte.

'Waarom?'

Ik had natuurlijk de reden kunnen raden waarom hij de klim naar de oever van de rivier had gewaagd, maar op dat moment kwam de gedachte niet bij me op.

'Ik wist dat ze niet bij me weggegaan was,' zei hij eenvoudig. 'Ik wilde met haar praten.'

'Met wie?'

Noah scheen mijn vraag niet te horen. In plaats daarvan knikte hij in de richting van de rivier. 'Ik denk dat ze voor de bruiloft is gekomen.'

Toen begreep ik ineens wat hij tegen me zei, en ik keek naar de rivier, waar ik helemaal niets zag. Mijn hart zonk in mijn schoenen, en overmand door een gevoel van machteloosheid vroeg ik me af of de dokters misschien toch gelijk hadden gehad. Misschien had hij waanideeën – of misschien was vanavond te veel voor hem geweest. Maar toen ik mijn mond opendeed om hem over te halen om weer naar binnen te komen, bleven de woorden in mijn keel steken.

Want in het kabbelende water achter hem, alsof ze uit het niets opdook, kwam ze over de maanverlichte kreek aan gezwommen. Ze zag er majesteitelijk uit; haar veren leken wel van zilver en ik deed mijn ogen dicht, in de hoop dat ik het beeld uit mijn hoofd zou verdringen. Maar toen ik ze weer opendeed, cirkelde de zwaan voor ons en ineens begon ik te glimlachen. Noah had gelijk. Ik wist weliswaar niet waarom of hoe ze was gekomen, maar ik had geen enkele twijfel dat zij het was. Het moest wel. Ik had de zwaan al wel honderd keer gezien en zelfs van een afstandje zag ik het kleine zwarte vlekje midden op haar borst, precies boven haar hart.

Epiloog

Staand op de veranda, terwijl het volop herfst is en ik aan de avond van onze bruiloft denk, vind ik de frisse avondlucht verkwikkend. Ik kan me ieder detail nog levendig voor de geest halen, net zoals ik me alles kan herinneren dat tijdens het jaar van de vergeten trouwdag gebeurde.

Het geeft een vreemd gevoel te weten dat het allemaal achter me ligt. De voorbereidingen hadden mijn gedachten zo lang in beslag genomen, en ik had het zo vaak voor me gezien, dat ik soms het gevoel heb dat ik het contact met een oude vriend verloren heb, iemand bij wie ik me op mijn gemak voelde. Maar in het kielzog van die herinneringen ben ik gaan beseffen dat ik nu het antwoord heb op de vraag waarover ik piekerde toen ik hier ging zitten.

Ja, kwam ik tot de conclusie, een mens kan echt veranderen.

De gebeurtenissen van het afgelopen jaar hebben me veel over mezelf, en een paar universele waarheden, geleerd. Ik heb bijvoorbeeld geleerd dat hoewel het gemakkelijk is om onze geliefden pijn te doen, het veel moeilijker is om die wonden te helen. Toch heeft het hele proces van het helen van die wonden me de rijkste ervaring van mijn leven opgeleverd. Het heeft ertoe geleid dat ik, hoewel ik vaak overschat heb wat ik in een dag voor elkaar kon krijgen, onderschat had wat ik in een jaar kon doen. Maar ik heb vooral geleerd dat het mogelijk is dat twee mensen weer helemaal verliefd worden, ook al ligt er een leven vol teleurstellingen tussen hen.

Ik weet niet goed wat ik van de zwaan moet denken en wat ik die nacht heb gezien, en ik moet toegeven dat ik het nog steeds niet gemakkelijk vind om romantisch te zijn. Het is een dagelijkse strijd om mezelf opnieuw uit te vinden en een deel van me vraagt zich af of dat het altijd zal blijven. Maar wat dan nog? Ik houd me vast aan de lessen die Noah me over de liefde heeft geleerd en houd ze levend, en al word ik nooit een echte romanticus als Noah, dat wil niet zeggen dat ik ooit zal ophouden het te proberen.